LES ENFANTS DU CINÉMA

Né en 1970, François-Guillaume Lorrain est journaliste, écrivain et traducteur. Critique de cinéma au *Point*, il est l'auteur de plusieurs romans et essais remarqués.

Paru dans Le Livre de Poche :

L'Homme de Lyon

FRANÇOIS-GUILLAUME LORRAIN

Les Enfants du cinéma

pour Catherine,

en la remerciant

pour sa lecture, voici

quelques étoiles filantes.

Amicalement.

FGL.

GRASSET

ISBN : 978-2-253-16735-8 – 1re publication LGF

A ma grand-mère, qui eut juste le temps de lire le chapitre sur La Guerre des boutons.

Introduction

Jeux interdits, La Guerre des boutons, Zazie dans le métro, L'Enfant sauvage, Diabolo menthe, L'Effrontée, La Boum, Au revoir les enfants… Innombrables sont ces films de gosses qui ont marqué notre mémoire. Autant de silhouettes, de mines, de bouilles inoubliables. A l'heure où l'on apprend d'ordinaire ses leçons, entre les quatre murs d'une école, ces gamins, tombés du ciel, ont fait une entrée fracassante dans nos foyers, par la grande porte du cinéma, qui a gravé d'eux une image forte, inaltérable. Une carte postale avec laquelle nous vivons, fichée dans un coin de notre tête, comme un souvenir idéalisé de notre propre jeunesse. Tandis que nous vieillissons, ces petits êtres de pellicule restent à jamais des enfants, préservés du temps et de ses outrages. Mais si l'on revoit un de ces classiques, on ne peut s'empêcher d'imaginer la suite, leur seconde vie, quand il leur a fallu grandir, muer, prendre du ventre, perdre cette grâce de la première fois, de cette coïncidence miraculeuse entre un visage et une histoire. Apprendre que Jean-Baptiste Maunier, le frêle chanteur des *Choristes*, est aujourd'hui un colosse de deux mètres, qui tente l'Actors Studio à New York, vous déconcerte forcément un peu.

C'est oublier que la magie du cinéma a des limites et qu'elle ne prévoit pas de pacte d'éternelle jouvence. La vie n'épargne personne, pas même les jeunes héros du cinéma, qui souvent ont disparu de nos écrans-radars. Car l'essai a rarement été transformé. Le taux d'échec – si l'on peut parler d'échec – fut spectaculaire. A Hollywood, le système était bien huilé : l'enfance devint une industrie à la chaîne qu'on fit tourner jusqu'à l'écœurement. On ne lâchait pas les Shirley Temple, Mickey Rooney, Judy Garland, Liz Taylor et tous leurs clones, encasernés dans des écoles où leur était inculqué à longueur de journée l'art de devenir de petits acteurs savants. En France, l'entreprise a relevé de l'artisanat, du petit bonheur la chance, notre cinéma n'offrant plus grand-chose à ces gamins qui avaient goûté à son ivresse. Hormis Brigitte Fossey (*Jeux interdits*), Sophie Marceau (*La Boum*), Charlotte Gainsbourg (*L'Effrontée*), Benoît Magimel (*La vie est un long fleuve tranquille*), le déchet fut maximal.

L'affaire avait pourtant commencé sur des bases plus méthodiques dans les années 30, où quelques enfants trustaient les rôles. Avec le parlant, nos réalisateurs avaient en effet décidé d'enrôler les petites têtes blondes, qui, à l'évidence, faisaient un tabac dans les séances du samedi soir. Le cinéaste craint l'enfant, petit diable incontrôlable, vite fatigué, mais il a besoin de sa fantaisie, de son innocence, de sa vie. Notre cinéma muet n'avait pas eu son *Kid* – il nous manquait Chaplin – mais il eut, dès 1932, un

Poil de carotte triomphal, qui célébra les noces du septième art et de l'enfance. Robert Lynen fut la première de ces vedettes miniatures et populaires et jusqu'en 1940, il enchaîna les prestations, avant de s'engager dans le réseau Alliance, qui le mena tout droit à la forteresse de Karlsruhe, où il fut fusillé à l'âge de vingt-quatre ans. Citons aussi Mouloudji, qui fit ses débuts dans *La Guerre des gosses*, première adaptation de *La Guerre des boutons*, Serge Grave – souvent utilisé par Sacha Guitry – et Jean Claudio, un trio quasi professionnel engagé par Christian-Jaque dans *Les Disparus de Saint-Agil* (1938) et qu'il reprit dans *L'Enfer des anges*, qui décrivait le quotidien misérable d'une cité parisienne. Quelques mois après *Poil de carotte*, *Zéro de conduite* de Jean Vigo allait marquer durablement François Truffaut et tout un pan plus artistique du cinéma français, qui comprit que filmer un enfant, c'était aussi filmer l'enfance tout entière, forte, simple, bouleversante.

Après la guerre, les carrières se firent plus sporadiques. Pour certains gamins, le coup fut sans lendemain, pour d'autres, la gloire fut plus longue à mourir, dans un remake douloureux de la première fois. Que sont-ils devenus, tous ces ex-futurs champions du grand écran ? Cette question est bien de notre temps, qui consomme son lot de vedettes vite adorées, vite brûlées. L'exploit engendre l'oubli, le triomphe prématuré porte en soi la chute, le retour à une France anonyme. Le silence après les vivats. Comment vit-on après la gloire, une fois que l'ingrate s'en est allée couronner d'autres têtes ? On a eu envie de partir à la recherche de ces enfants adulés du cinéma qu'une existence plus banale avait rattrapés, puis engloutis. On devinait d'étranges destins, entre ombres troubles et lumières aveuglantes. Car comment vivre une fois qu'on a été l'Enfant chéri du cinéma, moment magique qui décida souvent de leur avenir. Comment vieillir, lorsqu'on a incarné une figure pure, immaculée, de l'enfance ? *Life must go on.* Alors que Petit Gibus, tel un disque rayé, prononçait en boucle « si j'aurais su, j'aurais pas venu », l'enfant, Martin Lartigue, devenait un homme et se ridait. Il sera question de quiproquos, de grand écart douloureux, d'accommodements délicats. La plupart sont rentrés dans le rang, finissant professeur, musicien, peintre, opticien, facteur, parfois même génie mathématique… Grandeur ou décadence, selon le point de vue.

Bien sûr, ces ex-stars n'ont pas laissé leur numéro de téléphone. On en veut pour preuve cette quête du cinéaste Jacques Doillon qui chercha lui-même désespérément son jeune acteur du *Petit Criminel*, Gérald Thomassin. De guerre lasse, il eut l'idée de filmer une lettre à l'intention de son ex-comédien qu'il inséra dans le DVD de son film, dix ans plus tard. Une copie tomba entre les mains d'un copain de Thomassin qui recontacta Doillon depuis une cabine téléphonique. Et c'est ainsi qu'il obtint à nouveau le rôle principal chez Doillon, dans *Le Premier Venu.* Pour écrire ce livre, il a donc fallu remonter le temps, renouer des fils coupés, s'engager dans de multiples voies parfois sans issue, solliciter les réseaux sociaux, éplucher les pages blanches, discuter avec des homonymes qui n'avaient parfois jamais entendu parler du film pour lequel je les appelais. Certains enfants avaient aussi changé de nom.

Mais notre curiosité excédait cette simple ritournelle du « que sont-ils devenus ? ». Qui sont-ils aussi ? Question essentielle, occultée par l'énormité du rôle qui avait écrasé leur existence encore vierge. Leurs origines, leurs sentiments nous demeurent méconnus, même s'ils ont pour nous un visage, un nom, depuis le jour où un réalisateur, un directeur de casting ont posé, tel un Deus ex machina, leur regard sur eux. Deux histoires étonnantes résument ce cinéma qui peut vous tomber dessus à tout moment : celle de Didier Haudepin, remarqué un samedi après-midi, alors qu'il traînait avec ses parents à la librairie La Hune de Saint-Germain-des-Prés. Il deviendra le petit garçon pianiste de *Moderato Cantabile*, avant d'être l'ado troublé des *Amitiés particulières*. Et puis il y a cette petite fille d'une directrice de casting : un dimanche matin elle regarde une émission pour enfants au lieu de faire ses devoirs. Soudain, elle appelle sa mère : « Regarde celui-là, voilà le garçon que tu cherches pour *Louis, enfant roi* : c'est sur ce conseil d'enfant que démarra la carrière de Jocelyn Quivrin, récemment disparu. Il y eut aussi les enfants impatients, recalés une première fois et qui se feront connaître plus tard, autrement : Vanessa Paradis, qui se précipite au casting de *Jean de Florette* deux ans avant *Joe le Taxi* – Claude Berri cherchait une petite fille de huit ans et elle en avait déjà douze – ou Emmanuelle Béart, quatorze ans, qui échoue à décrocher un rôle dans *La Boum*.

On voulait aussi croiser les points de vue et, pour

raconter ces aventures, on est donc parti à la recherche des adultes, du réalisateur, des acteurs, du producteur… A dérouler la suite de leur existence, on en est venu à faire des récits de vie intimes, passionnants, où revenait un autre motif persistant : comment grandir avec un regard collectif rivé sur soi ? Un été, déjà lointain, on a été un autre, mais on aimerait bien devenir soi-même. Mais… Bonjour, Zazie. Bonjour, Petit Gibus. On croyait s'amuser, on prend pour perpèt' et le rôle devient un boulet, un bâillon, une étiquette collée sur le visage. Nostalgie, agacement, détachement, reconnaissance… Toutes les réactions sont dans la nature.

Etre un acteur enfant n'a rien d'anodin. Le cinéma, une affaire de grands, vous vole votre image, l'expose au monde entier, sans vous demander votre avis. Puis il s'en va ailleurs, en quête de chairs fraîches, jamais assouvi. En filigrane, se pose évidemment la question du talent. Y étaient-ils pour quelque chose ? Tous en ont douté. L'enfance est souvent géniale, si elle l'ignore. Répétée, réclamée, elle n'engendre que singeries, tentatives regrettables pour renouer avec l'innocence des débuts. L'enfance est par définition ce qui se perd. En s'éloignant de ces rôles qui les avaient révélés, ces enfants ont souvent perdu gros. Si sur la pellicule, ces étrennes ont l'air joyeuses, innocentes, elles ont donc souvent fait des dégâts, le cinéma s'étant rarement distingué par son accompagnement psychologique : « Si on me demandait de prêter un de mes enfants pour un film, je refuserais. » La déclaration de Bertrand Blier, réalisateur de *Beau-père*, laisse songeur. Aussi ne s'étonnerat-on pas de lire des histoires à la tonalité parfois mélancolique. A la fin du film, l'enfant est triste.

Il ne s'agit pas d'un répertoire encyclopédique. On y est allé à l'instinct, par affinité. Il y aura des manques, des attentes déçues. Des enfants aussi cherchés en vain. Tout le monde ira de sa curiosité. Et le garçon de *L'As des as* ? Et celui de *La Vie devant soi* ? Et Pénélope dans *La Boum* ? Pour y répondre, de brefs chapitres alternent avec des enquêtes plus longues. On s'est limité au cinéma hexagonal, ne faisant qu'une exception : le fils de Charlie Chaplin, Michael, qui nous a raconté son histoire en français. Le temps viendra pour les enfants étrangers que l'on a commencé à traquer.

Très bientôt, d'autres gamins, *Guerre des boutons* oblige, vont connaître des lendemains qui chantent. Et qui déchanteront peut-être. « Aujourd'hui, tourner avec les gosses est entré dans les mœurs. Vous les arrêtez dans la rue, parfois, ils s'en fichent un peu. La magie a disparu », déclare dans un entretien qui clôt l'ouvrage Dominique Besnehard, le premier grand découvreur d'enfants. Tous les nôtres viennent d'un temps où la magie du cinéma existait encore. Le plus âgé a soixante et onze ans, la plus jeune trente-quatre ans. On espère qu'il y aura des découvertes, des traversées du miroir derrière lequel on trouvera enfin ces enfants que l'on croyait connaître. Nous les avons tant aimés… Souhaitons que le livre terminé, le lecteur puisse se dire : nous les aimons encore.

Jeux interdits :
Brigitte Fossey et Georges Poujouly

Cela commence dans un jardin. Pas n'importe lequel. Celui de Bao Daï, à Cannes, où poussent toutes sortes de fleurs, d'essences, d'herbes, de treilles et de cèdres. Pour ainsi dire le paradis. Deux femmes discutent. Elles ne sont pas d'accord. Elles ne le sont pas souvent. L'une est la mère, simple, spontanée, l'autre est la tante, sophistiquée, riche, parfois colérique, jalouse de sa sœur, qui a eu une petite fille. L'enfant joue, non loin d'elles, habituée à leurs chamailleries, ayant déjà appris à s'en protéger en faisant le clown ou en fuyant au bout du jardin.

Elle dresse soudain l'oreille. Les deux femmes évoquent une petite annonce parue dans le journal : *un metteur en scène cherche…* Il est question d'un film. La petite fille n'a que cinq ans, mais elle sait déjà de quoi un film est fait. Son père enseigne l'allemand et l'anglais à l'école industrielle de Tourcoing, qui a un ciné-club, et son directeur, Joseph, vient parfois à la maison avec des bobines pour des séances, qu'elle épie derrière la porte. Elle n'a pas le droit, mais de soir en soir, la scène se répète. Elle a des parents très cinéphiles, qui ont vu par exemple *La Bataille du rail* d'un certain René Clément. C'est justement ce nom-là que la petite fille entend prononcer dans le jardin cannois de Bao Daï. « Quand René Clément la verra, je suis sûre qu'il va la prendre », affirme la tante. « Il faut qu'elle ait une vie tranquille. Je ne veux pas d'un singe savant », réplique la mère. « Je t'assure, il va la prendre, je suis prête à parier. » « Chiche », répond la mère. Voilà comment tout démarre : par un pari entre deux sœurs dans un jardin tranquille de Cannes, où une petite fille à qui on n'a pas demandé son avis s'en va jouer sur une balançoire accrochée entre deux cèdres tricentenaires.

C'est une table ovale immense, colonisée par un essaim de petites filles. Neuf dix ans, peut-être onze. La salle de casino de l'hôtel Ruhl de Nice n'est pourtant pas un endroit pour les petites filles. Comme il doit leur sembler grand ce palace niçois. Un monsieur patrouille, assure l'accueil, tandis qu'à l'écart, une dame au regard impérieux, assise sur une estrade, observe, contrôle les jeunes candidates. La petite fille du jardin cannois a beau avoir cinq ans et demi, ce jour-là, elle en fait trois, avec ses nattes, ses petits nœuds et son bikini feuille de vigne. Il faut dire qu'il y avait de quoi mourir de chaleur dans la Simca 5 de sa tante, qui vient de l'encourager à rejoindre la table. Arrivé devant le bout de chou, le monsieur qui a l'air de décider de tout ne peut s'empêcher de s'étonner : « Mais tu es bien trop petite. » « Pas du tout », répond l'enfant sans se démonter : « J'ai cinq ans et trois mois. » Surpris par un tel aplomb, le monsieur se tourne vers les deux femmes qui accompagnent la gamine : « C'est dommage, je cherche entre neuf et onze ans, désolé de vous décevoir. » Mais la mère n'est pas déçue, au contraire, elle serait plutôt soulagée et répond : « Ce n'était pas sérieux, je suis ravie que vous ne la preniez pas. » Fin de l'histoire ?

Une voix au fort accent russe se fait soudain entendre dans la salle de jeux : « Rrrrené, assieds-la, Rrené, assieds-la. » René Clément, car il s'agit bien de lui, se dévisse le cou : « Tu vois bien qu'elle est trop petite, il nous faut une vraie petite fille, pas un bébé. » « Rrené, assieds-la, qu'est-ce que cela peut faire ? » renchérit la propriétaire de l'accent russe, qui est la dame au regard impérieux, mais aussi l'épouse du réalisateur.

Presque embarrassé, le René en question s'adresse à la mère : « Excusez-moi, vous voulez bien qu'elle s'assoie ? » La mère acquiesce. « Installe-toi en face de moi, ma chérie », demande René. Le bébé prend place, tandis que le monsieur se lance dans une histoire qu'il expose à la cantonade. Son récit achevé, il demande si quelqu'un a envie de raconter à son tour. Silence de mort. Personne ne bouge. Puis un doigt se lève, lentement, un doigt minuscule. « Toi, mon p'tit bout, mon p'tit poisson. » Le p'tit poisson, très digne, fait le tour de la grande table et vient se planter devant René. Elle n'a pas le trac. Un petit frère vient de naître chez elle. En quelques mois, elle a grandi, devenue l'aînée, elle fonce, investie d'un pouvoir nouveau, qui la galvanise. Impressionné, René l'écoute et pousse plus avant : « Tu pourrais nous la refaire en riant ? » La petite fille s'exécute. « En pleurant ? » Pas de problème. Le p'tit bout a des parents joyeux, qui l'emmènent voir les clowns, le père joue parfois l'idiot et à la maison, on fait un peu de théâtre sans le savoir comme Monsieur Jourdain. Elle adore qu'on lui raconte des histoires, qu'on lui donne aussi la parole, comme ce jour-là où elle a un public et cet adulte qui lui parle désormais d'égal à égal. Le p'tit bout devenu grand s'en souvient comme d'un moment très agréable. Et la tante, ce jour-là, gagne son pari.

La voilà choisie : elle sera Paulette. René la présente à un autre monsieur. Il s'appelle Jean Aurenche et il a écrit un scénario. Il l'observe, l'écoute parler. Il faudrait modifier le script, car cinq ans, ce n'est pas dix. Finalement, cela va bien, il ne change presque rien. Sur le tournage, elle n'est pas seule, Maman est presque toujours là. Au début, son père est là aussi, car ses vrais parents ont tenu à interpréter les parents de Paulette. C'est l'exode, les avions des méchants Allemands survolent un convoi de pauvres Français, avec parmi eux Paulette, son chien et ses parents, qui pour la protéger doivent tomber sur elle. Ils vont être troués de balles et mourir sans qu'elle s'en aperçoive. Il faut chuter sur des gravillons et ils ne veulent pas que leur petite fille se fasse mal, d'où leur insistance. Elle n'aura pas mal, mais elle aura peur, à cause des bruits du bombardement. René a refusé qu'on la prévienne. La mère a pourtant plaidé la cause de sa fille, mais le réalisateur s'est montré intraitable : si on les lui fait entendre à l'avance, il craint qu'elle ne veuille plus.

Bah, la frayeur est passée. Maintenant, il faut qu'elle pleure. Elle ramasse son chien, comprend qu'il est mort, lui aussi. Elle se lance, mais les larmes ne coulent pas, elle n'y arrive pas. Elle attrape autrement le chien qui lui mord la joue droite : personne ne s'en est rendu compte, mais cette fois, c'est bon, elle s'est mise à pleurer. C'était très facile, dit-elle même à René qui la félicite. Mais si elle croyait qu'elle allait s'en sortir comme ça, c'est raté. A la fin du tournage, on lui redemande des larmes. Elle est seule, abandonnée, perdue dans un hospice et elle crie « Michel, Michel », le nom du petit garçon à qui on l'arrache. Des cris à fendre l'âme. Manque de chance, c'est le dernier jour de tournage, la veille de Pâques, la petite fille ne pense qu'aux vacances, à la belle bicyclette rouge qu'elle va recevoir en cadeau et elle est très contente. Impossible de pleurer. Alors René va voir sa mère. Lui n'est pas content du tout. Cette scène est capitale, il faut absolument la réussir : « Vous allez lui dire que vous partez », explique-t-il à la mère, qui fait donc ses adieux, quitte le plateau, pour la première fois du tournage. La petite fille pleure. Le réalisateur a obtenu sa scène.

Sinon, tout se passe à peu près bien, même si sa mère lui fait répéter son texte en y mettant le ton, ce qu'elle n'aime pas du tout. Elle veut trouver elle-même. Elle est très structurée, elle a déjà son monde. Le plus difficile n'est pas de réciter le texte écrit dans le scénario, car, qu'on se le dise, elle sait déjà lire, c'est de savoir où poser son regard : la caméra est là, mais tu ne la regardes pas, lui a expliqué René qui attend parfois qu'elle lui fasse des propositions. Comment tu dirais ça ? Elle comprend qu'il faut avoir des points fixes, des gestes, des intentions.

Mais la guerre, elle connaît. Son père, qui a été otage, y fait allusion chaque fois qu'elle refuse de manger à la maison. « Tu sais, pendant la guerre… » Sa mère, aussi, a des choses à raconter. Comme dans le film, elle a failli mourir à cause d'une bombe : c'était à Boulogne-sur-Mer, elle s'était réfugiée dans une cave d'où elle avait aperçu par la fenêtre un grand ruisseau qui charriait des couverts et des vases en argent, avec au milieu, une vieille dame en train d'en ramasser le maximum parmi les morts en répétant : « Eh beh, quel malheur, eh beh, quel malheur ! » Sa mère lui a souvent raconté l'histoire, elle en a même perçu l'humour, alors ce n'est pas jouer dans un film de guerre qui va la traumatiser.

Bien sûr, elle ne comprend pas tout. Elle sait qu'elle a perdu ses parents, mais cette idée que tuer des animaux, entasser les petites croix dans le cimetière, c'est accumuler les deuils pour faire le deuil, évidemment, la dépasse. Elle ne saisit pas bien non plus le lien entre les animaux et le cimetière, elle n'arrive pas à croire que sous les croix, ils sont là pour de bon, enterrés. Sans le savoir, elle est une vraie petite lady Macbeth qui pousse au crime le garçon, mais la cruauté, la perversité, la reproduction de la violence, son intériorisation, l'introjection, voilà des mots qu'elle n'apprendra que bien plus tard.

Pour l'instant, entre les prises, elle joue. Elle a des jeux très reconstituants. Elle prend de la terre entre ses mains, elle ajoute un peu d'eau et au pied d'un arbre, elle modèle des gens et des animaux, recréant ce qui vient de mourir dans le film. Ces jeux-là sont essentiels, les journées sont longues pour une petite fille : lever à six heures du matin, coucher à vingt et une heures. Sa mère a exigé qu'elle s'amuse pour redevenir une enfant. Elle joue aussi à cache-cache avec son partenaire : il s'appelle Georges, il a cinq ans et demi de plus qu'elle et de grands yeux clairs qui la fascinent. Il est très beau, très gentil. Un amour, sauf lorsqu'il refuse de jouer avec elle. Parfois, il en a assez. Ce n'est pas comme dans le film, où elle le mène par le bout du nez, où elle peut lui demander n'importe quoi, voler des croix, tuer des animaux. Elle veut un cimetière, il le lui livre clé en main. Mais dans la vraie vie, tout est plus compliqué et pour se consoler, elle joue avec la petite sœur de Georges, qui est sa doublure lumière.

Finalement, ce n'était pas si long. Quelques semaines pour cinquante minutes de film. Mais voilà qu'en novembre, le téléphone sonne à nouveau à Tourcoing. Ils n'en ont pas assez, ils veulent un vrai long-métrage. Un grand monsieur du cinéma, un ami de René, Jacques Tati, l'a convaincu qu'il tenait là un chef-d'œuvre. Il faut retourner. C'est sans compter sur la mère : pas question que sa fille rate l'école. Vous attendrez les vacances. On insiste. Elle ne cède pas. Va pour le printemps qui arrive enfin. Mais elle a grandi. On rallonge sa robe de douze centimètres. Il lui manque une dent, on appelle le professeur

Lebovitch, qui lui confectionne une fausse dent de lait. Seuls ceux qui sont au courant s'en aperçoivent.

La suite a lieu à Venise où le film est présenté. Mais que c'est triste Venise quand on a six ans et des interviews à donner. Le ballet dure huit jours avec à la clé pour René une statuette en or qui ressemble à un lion. Mais la petite fille, qui aimerait jouer, s'ennuie à répondre à ces journalistes qui posent toujours les mêmes questions rasoir. Quelques mois plus tard, il faut revoir le film au festival de Cannes. Retour à la case départ, là où tout a commencé dans la ville de sa tante. A Tourcoing, la vie est si simple, si calme, si joyeuse, à Cannes, tout est compliqué. Faire un film était moins impressionnant que venir chez sa tante.

Finalement, les deux enfants sortent de la salle avant la projection. Tant mieux, elle ne supporte pas ces images des avions allemands qui bombardent en piqué. Georges est à côté d'elle, un peu plus loin, il y a René et sa femme Bella qui roule toujours les « r ». Ils croisent William Holden, une star, ils vont faire des photos sur la plage, mais on lui demande de jouer avec une pelle pour faire des pâtés. Elle refuse. Puis elle monte dans une voiture avec sa mère et les Clément. Georges ne vient pas avec eux. « Au revoir », lui dit-il. Lorsque la voiture redémarre, elle se tourne vers Bella : « Je ne sais pas pourquoi, je me sens très triste. » « Parce que tu ne reverras plus Georges ? » lui demande Bella, qui a déjà compris. « Ah oui, c'est ça. » Maintenant que c'est dit, la tristesse est passée. Il faudra attendre plus de vingt ans avant qu'elle ne revoie Georges.

Pourquoi viennent-elles lui marcher sur les pieds ? Depuis que le film est sorti, les enfants ne sont plus du tout les mêmes dans son école de Tourcoing. Ses socquettes blanches deviennent grises et elle interroge ses parents sur ces enfants, qui ont cessé d'être gentils. On lui explique qu'elle est désormais dans les journaux. Dans quinze jours, tout sera oublié, ce n'est d'ailleurs pas leur faute, mais celle des parents qui ont tout raconté à leurs enfants. Puisque c'est comme ça, faire un autre film ne lui dit pas grand-chose. Elle veut continuer l'école à Tourcoing et rester seule dans sa chambre, pour lire et étudier. Plus tard, elle fera comme son père, professeur, elle veut aussi pratiquer la danse classique, même si sa tante nourrit pour elle d'autres projets : épouser un ambassadeur. Lorsqu'elle va passer ses vacances à Cannes, on ne la laisse pas lire, il faut mettre de belles robes, se faire coiffer, recevoir des petites amies. A Cannes, les jeux sont vraiment interdits : elle apprend à faire semblant, à faire l'actrice.

Il y aura encore deux films. L'un est italien, elle y joue avec Louis Jourdan, que sa mère considère comme le plus bel acteur français. Le tournage a lieu à Rome, sa mère ne connaît pas cette ville et veut la découvrir. Elle apprend un peu d'italien tout en continuant à mener sa vie d'enfant. Puis c'est à Gene Kelly qu'elle donne la réplique. On ne refuse pas le plus grand danseur au monde et l'on s'en va tourner sur les bords du lac d'Aiguebelette. Comme les soirées d'été sont douces près de ce lac. Il n'y aura pas d'autre film – les parents y veillent – sinon le court-métrage d'actualités qui la montre, elle, la petite princesse du cinéma, reçue à Buckingham par la reine Elisabeth, fraîchement couronnée.

Au fil du temps, la petite fille sait un peu mieux ce qu'elle veut faire. Des livres. Du journalisme. Ou comédienne. Elle ne veut en tout cas dépendre de personne. En attendant, elle fait hypokhâgne et khâgne au collège Sévigné. Mais sa tante, qui a décidément beaucoup d'ascendant, lui rappelle qu'il faudrait songer à se marier. Elle gagne du temps en partant pour Genève suivre des études d'interprétariat. Elle n'étudie pas beaucoup. Elle va au théâtre, au cinéma. Puis reçoit une lettre poste restante, qu'elle met quelques mois à aller retirer. Elle est signée du cinéaste Albicocco, qui lui propose *Le Grand Meaulnes*, Yvonne de Galais. Elle téléphone aussitôt. Elle abandonne tout, elle rentre à Paris, pour le film. C'est la chance de sa vie, elle ne veut pas passer à côté. Mais pourquoi, après tout ce temps, avoir pensé à elle ?

Il faut revenir quelques années en arrière vers un bal des débutantes. La tradition anglaise a été importée en France en 1958 par André Tarbès. A dix-sept ans, elle ouvre le bal. Les gens pensent qu'elle fait son entrée dans le monde, mais la jeune fille compte bien se faire remarquer et faire son entrée dans le monde du théâtre. André Tarbès glisse son nom au cinéaste Albicocco, qui songe déjà au *Grand Meaulnes* et s'en va voir *Jeux interdits*. Lorsqu'il ressort de la salle, il se dit que cette gamine pourrait tout à fait être une fille d'Yvonne de Galais. Un fantasme de la littérature supplante un mythe du cinéma et permet à la petite fille blonde de réussir sa mue.

Georges et René ne vont pas pour autant disparaître. Elle a suivi de loin la carrière du grand garçon aux yeux clairs qui la fascinait. Elle le croise une ou deux fois sur la plage du Touquet, où il possède une maison avec son épouse. Elle a vingt ans. Quelques années plus tard, un metteur en scène, Marc Pavaux, a l'idée de les réunir à nouveau pour la télévision. *Esprits de famille* : ils doivent jouer des fantômes mariés et heureux, tant que les vivants penseront à eux. Vingt-trois ans après, Michel et Paulette n'ont pas été oubliés et vivent encore dans les mémoires. Elle ne peut refuser un tel rendez-vous. Clin d'œil, le téléfilm est tourné à Tourcoing. Mais ils n'évoquent même pas la première fois. Ce second rendez-vous ne lui donne aucun regret. Elle le croisera encore sur un plateau de doublage.

René, elle le rencontre d'abord par hasard, rue du Temple, dans le Marais. Elle a vingt et un ans, est mariée et a déjà un enfant. Elle ne reconnaît pas le cinéaste jadis enthousiasmé par son art, le visage collé à l'œilleton, qui construisait ses plans avec passion. L'homme a vieilli, il dit que la Nouvelle Vague lui a tout volé sans jamais le reconnaître. Elle est peinée par sa tristesse. Puis une réalisatrice allemande, Helma Sanders, les met à nouveau en présence. Elle a écrit pour elle le rôle d'une enfant actrice devenue comédienne à l'âge adulte. Le film aura pour titre *L'Avenir d'Emilie*. On est en 1985. L'Allemande veut la confronter au regard de René et ils dînent tous les trois ensemble. Helma se met à pleurer. René, les larmes aux yeux, avoue qu'il ne l'a jamais oubliée, qu'elle a toujours beaucoup compté pour lui. Mais elle ouvre la fenêtre, se met sur le balcon en attendant que ces deux-là cessent de pleurnicher. Pour un peu, elle en rirait. Elle se souvient qu'une nuit, René voulait avec son épouse la garder à l'hôtel et qu'elle n'avait pas voulu. Très tôt, elle avait appris à poser des limites. D'une certaine façon, ils lui ont pris son enfance, qu'ils ont mise dans un film auquel on l'aura sans cesse renvoyée. Enfant, elle s'en fichait. Adolescente, elle a commencé à s'en agacer, car elle n'aimait pas la répétition, elle cherchait déjà à s'inventer. Adulte, elle s'est révoltée, refusant ce qu'elle appelle le « ghetto blond ». Elle est allée vers des rôles durs, militants, pour effacer l'image de la petite fille blonde. En somme, elle s'est construite contre ces *Jeux interdits* dont elle a tout de même accepté de parler. Qu'elle en soit remerciée.

GEORGES POUJOULY

« Michel, Michel » : ces cris poussés par la petite Paulette à la fin de *Jeux interdits* ont fait pleurer la France entière. Dans cette scène lacrymale, les deux enfants, que la guerre a réunis tragiquement, sont séparés sur ordre des adultes butés qui n'ont rien compris à ce qui lie les deux gamins. A l'horreur de la guerre se surajoute la connerie des grands. Le film se termine sur cette séparation. « Michel, Michel », hurle Brigitte Fossey au milieu de la foule, perdue dans une forêt de jambes, alors qu'on l'emmène loin du garçon qui l'a protégée depuis la mort de ses parents. Michel, c'est l'aîné bienveillant, qui pardonne tout. C'est la possibilité de l'affection magique, pure et mystérieuse, qui unit parfois les enfants. Michel, c'était Georges Poujouly.

On se souvient que *Jeux interdits* est une histoire d'orphelins. Mais avec Poujouly, il faut commencer par sa mère. Le sacrifice d'une mère, qui veut voir son fils partir en vacances ou du moins en colonie. C'est une femme pauvre, sans homme à la maison, flanquée de jumelles de quatre ans : vision d'une petite famille populaire qui s'entasse dans un studio du 15ᵉ arrondissement, rue de la Croix-Nivert. La subsistance vient d'une usine, où la mère fabrique des poupées travaillées à l'acide, qui lui rongent les mains. Pour elle, pas question de vacances, mais pour son fils, il y a la solution de la colonie. Il faut cependant une avance. Elle s'en va donc quémander auprès du comptable de son usine, qui accueille mal sa requête. Elle insiste, le ton monte et on la renvoie. Mère Courage a perdu son emploi, mais a défendu comme une lionne son petit, qui prend le chemin de Crouy-sur-Ourcq, en Seine-et-Marne. Georges ira en colonie. Et sa vie en sera bouleversée.

A la même époque, un cinéaste, René Clément, passe en revue les colonies autour de Paris. On est à l'été 1951 et il prépare un petit film intitulé *Croix en bois, croix en fer*. Ce titre provisoire provient d'un bref roman de François Boyer, publié au lendemain de la guerre. « Psychologie d'enfant savoureuse. Et l'ouvrage, par sa sobriété, sa densité, la finesse et la cruauté de l'observation, est très personnel. » C'est en ces termes que Roger Martin du Gard salue le livre dans une lettre à André Gide datée du 10 août

1947. René Clément partage cet avis. Mais pour l'heure, il n'a prévu qu'un moyen-métrage pour un film à sketches collectif. Thème imposé : « les enfants pendant la guerre ». A trente-huit ans, Clément, à qui l'on doit *La Bataille du rail*, *Le Père tranquille*, *Au-delà des grilles*, est déjà un spécialiste du conflit. Il veut cette fois montrer le traumatisme des enfants, la perversité d'un jeu d'adultes meurtrier, qui rejaillit sur un âge désarmé. La guerre de Corée a débuté et Clément n'arrive pas à oublier cette photo d'une petite Asiatique seule dans un champ bombardé. Il revient d'Italie, où le thème a déjà accouché de chefs-d'œuvre : *Rome, ville ouverte*, *Allemagne, année zéro,* de Roberto Rossellini, *Sciuscia* de Vittorio De Sica… Pourquoi n'en serait-on pas capable en France ? Lorsqu'il découvre le texte de Boyer, ancré dans l'exode de 1940, il y voit une matière à filmer. Mais il faut trouver les bouts de chou et il piétine dans sa quête de la perle rare. « Nous avions déjà éliminé un certain nombre de singes savants. J'avais vu ou interrogé près d'un millier d'enfants », déclare-t-il à l'époque.

La colonie de Crouy est sa dernière chance. Il y sélectionne cinq garçons qu'il enregistre sur un magnétophone. Une voix le séduit : son timbre pointu, sa façon de s'exprimer, douce et décidée à la fois. Il demande au régisseur de lui amener le gamin et le met au travail, sans lui promettre le rôle, tandis qu'il part pour Nice à la recherche de la petite fille. A son retour, il est heureux de « retrouver un gosse qui après quinze jours était déjà un très bon élève ». Georges Poujouly est sorti du lot, a tapé dans l'oreille du grand cinéaste. Mais sans la mère, sans son entêtement, pas de *Jeux interdits*.

Voilà pourquoi Poujouly disait parfois : « C'est grâce à ma mère que j'ai fait du cinéma. » « J'ai souvent demandé à Georges de rédiger ses Mémoires, il traînait les pieds. Ce n'était pas un nostalgique. Un jour pourtant, il s'y est mis, mais il n'a pas dépassé la dédicace : A ma mère. » Le témoignage est de Dominique Poujouly, qui a partagé la vie de l'acteur entre 1980 et 2000, l'année de sa mort. Je la retrouve par un après-midi pluvieux aux Auditoriums de Joinville, où elle est responsable des plannings. On y achève les finitions du dernier film de Polanski, *The Ghost Writer*. L'écrivain-fantôme : j'ai l'impression de l'être un peu en sollicitant la mémoire de cette femme, qui seule peut prolonger le souvenir de Georges Poujouly.

Fantôme de Poujouly justement à Joinville : c'est là qu'il a effectué son ultime travail, l'enregistrement, pour le Mémorial de la Shoah, de textes écrits par des déportés. La voix, toujours cette voix qui avait frappé René Clément et dont Poujouly fit son outil de travail dans la dernière partie de sa vie, en devenant doubleur et directeur de plateau. Il aura été la voix de Michael Douglas pour la série *Les Rues de San Francisco*, de Tom Courtenay dans *La Solitude du coureur de fond*. Il doubla aussi *Dallas*, *Les Feux de l'amour*, *Les Voyageurs du temps*. Sa voix « peu reconnaissable, mais qu'il pouvait moduler », fut la première touchée en 1999, lorsqu'on lui diagnostiqua un cancer de la gorge, qui l'obligea à subir une ablation des cordes vocales. « C'est ce qui l'a meurtri le plus. Il avait une belle voix et il le savait. Il a essayé de réapprendre à parler du ventre, c'était trop tard. »

Cette voix, Poujouly en joue déjà dans *Jeux interdits*, avec une précocité remarquable pour un enfant de onze ans. Je revois la scène de punition : le petit Michel (Poujouly) a thésaurisé des croix dans la maison de ses parents, alors que le grand frère, blessé par une ruade de cheval, garde le lit. Les croix portent malheur, il est privé de dîner, mais il est le seul à connaître des prières et le père le convoque : « Je suis puni », proteste Poujouly. On le force à réciter le « Notre père » et il s'exécute sur un ton hargneux, en lorgnant le pain qui lui est refusé. « Cela lui va bien. Il avait en effet ce côté tête de mule, très têtu, déjà là à l'écran. »

Ce film qui l'avait lancé, Georges en parlait très peu. « Qu'on ne se souvienne de lui que pour ça l'attristait. Comme s'il n'avait rien fait d'autre, alors qu'il avait eu une carrière. » Un film qui marque au fer rouge. Impossible de s'en débarrasser, de corriger cette première image, ces scènes primitives, qui vont lui coller comme une seconde peau. Lorsqu'ils se rencontrent, Dominique Poujouly a vu le film, mais elle n'y fait aucune allusion. « C'est l'homme, en premier lieu, qui m'a attirée. Il voulait d'ailleurs qu'on s'intéresse d'abord à lui, surtout pas au petit garçon des *Jeux interdits*. Elle décrit quelqu'un de pointilleux dans le travail, presque maniaque : « Très attachant aussi. Tout le monde tombait sous le charme. » Au début de leur vie commune, Poujouly accepte enfin de visionner le film avec elle : « Il regardait un enfant qui n'était pas lui, mais il disait parfois en se moquant : ah là, je suis bien. » Il avait une préférence pour la scène de l'église : encouragé par ce petit diable de Brigitte Fossey, il y fauche la croix qui orne l'autel, mais le prêtre le surprend et lui flanque une gifle : « Le comédien ne savait pas s'y prendre. Georges lui a dit de le gifler une bonne fois pour toutes et il a reçu une bonne trempe. » S'il a été pris en flagrant délit par l'homme d'Église, c'est parce qu'il a trébuché : il a appris pour les besoins du film. Une leçon des *Jeux interdits* qu'il retiendra pour sa vie d'adulte. « Quand on se disputait, pour détendre l'atmosphère, il faisait semblant de se prendre les pieds dans un tapis. »

Sur le tournage, Poujouly fut surtout fasciné par la technique. Il voulait devenir dessinateur industriel. Il découvre les travellings, suit les câbles électriques, admire la construction d'un plan. Mais il traîne Brigitte Fossey, petite fille encombrante, qui s'accroche, un peu dépassée par toute cette aventure. Dans le film, Poujouly cède à toutes ses lubies de fillette traumatisée par la mort de ses parents, et joue au garçon protecteur comme dans la vraie vie, où il s'occupe de ses deux petites sœurs. Mais sur le plateau, il essaie de la semer. Jusqu'au jour où il est bien obligé de rester avec elle. Ils sont au festival de Cannes et ils ont été mis à la porte des *Jeux interdits,* privés de projection, car jugés trop jeunes pour voir un film de guerre. Les héros ont été spoliés de leur exploit, qui n'est pas pour les enfants. On peut jouer dedans, mais pas le regarder. Jeux interdits décidément. Si la fillette s'en accommode, le garçon, frustré, ressasse son amertume. Heureusement, il peut se rattraper avec le film d'André Cayatte, *Nous sommes tous des assassins*, également présenté lors de ce festival. Il y incarne, de façon poignante, le petit frère de l'assassin, Mouloudji. Là aussi une histoire de guerre : pour survivre, il ramasse des mégots de cigarette abandonnés par les soldats allemands. Cayatte dénonce une société indifférente envers des gamins misérables, une misère qui n'est pas sans rappeler au gamin son 15e arrondissement. Mais la situation a changé. En 1952, Poujouly est devenu la petite vedette du cinéma français et c'est sur son visage inquiet, plaqué derrière une porte vitrée, que se termine ce réquisitoire contre la peine de mort.

Cayatte avait lui aussi désespéré de trouver l'oiseau rare, mais il entendit parler du tournage des *Jeux interdits* que Clément venait de terminer. Poujouly jongla d'un film à l'autre, mais il y perdit ses cheveux : Cayatte le fit passer sous la tondeuse, ce qui déclencha la colère de René Clément. Car le cinéaste, encouragé par son mentor Jacques Tati, avait décidé de rallonger *Jeux interdits*, d'en faire un véritable film. Mais l'argent manquait, la reprise fut tendue : « J'ai littéralement terminé le film comme on sort un malade du lit en ayant peur qu'il ne meure dans la seconde qui suit », témoignera René Clément. D'où sa rage quand il voit ressurgir un petit gars qui a perdu sa tignasse et à qui il faut trouver une perruque. « Georges se souvenait de la colère de Clément. Mais il n'en parlait jamais de façon agressive. » Clément rappela d'ailleurs son ancien acteur quinze ans plus tard : « Tu ne voudrais pas me filer un coup de main et faire une bricole ? » Le cinéaste tourne *Paris brûle-t-il ?*. Le temps de quelques secondes, Poujouly repasse brièvement devant la caméra de Clément pour interpréter un jeune militaire français, qui défile lors de la libération de Paris.

Mais ne brûlons pas les étapes. En 1952, Poujouly est encore l'enfant roi. Son épouse me tend une interview du journal de *Tintin*, publiée peu après la sortie de *Jeux interdits*. Visite au dernier étage de la rue de la Croix-Nivert : le journaliste interroge le garçon sur les « retombées » du film. « Mes sœurs n'avaient plus une seule robe convenable. Maman voulait renouveler la literie. La nôtre était si vieille. Je rêve d'une bicyclette, mais j'attendrai de tourner dans un autre film. » On est presque chez Zola, mais Poujouly, à douze ans, est devenu soutien de famille. « En faisant du cinéma, sa première réaction fut que sa mère n'aurait plus à travailler. » A lui seul, le tournage de *Jeux interdits* à La Foux d'Allos et dans les Alpes-Maritimes a été un joli dépaysement. Hôtel à Nice. Découverte de la Méditerranée. Tout s'enchaîne à un rythme effréné.

Car Poujouly, scolarisé à l'école des Enfants du Spectacle, va aller de film en film. De très bons comme *Les Diaboliques* de Clouzot, où il se prend d'une grande tendresse pour Simone Signoret. Des œuvres oubliables en Italie (*Le Trésor du Bengale*) qui n'ont pour seul intérêt que de le rapprocher de la terre de ses ancêtres : Poujouly est en effet la déformation de Pozzuoli, ville près de Naples d'où Sophia Loren est originaire. L'époque est heureuse : il aime jouer et il est demandé. Il est aussi fortement encouragé par sa mère. « Elle a été débordée, dépassée par tout cet afflux d'argent. Elle s'est mise à sortir, au cinéma, au restaurant, avec une bande d'amis qui lui empruntaient de l'argent sans le lui rendre. Elle gaspillait », déclare-t-il tardivement, dans une interview donnée à *Elle* en 1973. Il gâte sa mère : quoi de plus normal ? Mais au début des années 50, le compte bloqué jusqu'à la majorité n'est pas encore d'actualité et l'argent gagné par les enfants finit dans la poche des parents. D'où certaines désillusions, lorsque Poujouly atteint ses seize ans. Mais ce n'est pas si grave : « Il vivait au jour le jour. Il n'avait pas besoin d'argent », se souvient Dominique Poujouly. En compensation, il vit des rencontres magnifiques. En 1954, il est choisi pour donner la réplique à Gérard Philipe dans l'enregistrement du *Petit Prince*. « Ils ont travaillé trois jours au théâtre du Ranelagh. Ils ont partagé la même loge. Toute sa vie, Georges a gardé sous un cadre le mot laissé par Gérard Philipe : merci pour votre hospitalité. » Le comédien du TNP, qui a le feu sacré, l'encourage, le conforte dans sa nouvelle vocation. L'enregistrement, qui a marqué des générations d'enfants (sans qu'ils sachent toujours que le Michel des *Jeux interdits* était devenu le petit Prince), vaudra à l'adolescent un coup de fil de Jacques Brel.

Mais en 1956, il va rater un virage. Il est pressenti pour le rôle du jeune garçon dans l'adaptation du *Vieil Homme et la mer*, que prépare John Sturges. Après un Lion d'or à Venise en 1952, *Jeux interdits* a collectionné les prix outre-Atlantique : Oscar du meilleur film étranger en 1953, prix du meilleur film étranger décerné par la critique américaine. Aux Etats-Unis,

Georges Poujouly est l'Amélie Poulain des années 50. Ne vient-il pas aussi d'incarner un jeune mousse dans l'épopée maritime *Si tous les gars du monde*, de Christian-Jaque ? Mais l'époque a ses usages : la Warner veut lui faire signer un contrat de sept ans. Poujouly souhaiterait partir, mais sa mère refuse. Cela veut dire tout quitter : des changements trop brusques pour elle. Dans l'interview donnée à *Elle* en 1973, Georges revient sur cette déception, sans en imputer la responsabilité à sa mère : « A la dernière minute, on a pris un Mexicain à ma place », déclare-t-il pudiquement, pour expliquer la fin du rêve américain. Dominique Poujouly rectifie : « Quand il disait, j'ai fait du cinéma grâce à ma mère, il ajoutait : et j'ai aussi raté l'Amérique à cause de ma mère. » Mais se souvient-on du Mexicain du film de Sturges ? Poujouly aurait-il réussi aux States là où tant d'acteurs français se sont fourvoyés ? Rien de moins certain.

Il n'arrêtera pas tout de suite. Au lieu de donner la réplique à Spencer Tracy, Poujouly tourne dans le premier film de Louis Malle, *Ascenseur pour l'échafaud.* Il a dix-sept ans et son choix de rester en France semble avoir été le bon. Malle l'a préféré à Jean-Paul Belmondo, Laurent Terzieff ou Richard Bohringer. Blouson de cuir sur les épaules, col relevé, il joue les petites frappes. Tandis que Maurice Ronet se débat, prisonnier de son ascenseur, Poujouly, accompagné de sa petite amie, lui fauche sa voiture et engage une course automobile sur l'autoroute avec un Allemand. Le duel se termine dans un motel où Poujouly joue toujours les durs. Voilà maintenant qu'il prétend avoir fait la guerre. Mais l'Allemand se moque de lui et le démasque. Poujouly prend peur et tire avec le revolver de Ronet qu'il a trouvé dans la boîte à gants. Le jeune acteur, qu'on voit souvent de dos, comme si le cinéaste regrettait son choix, force son jeu. Dominique Poujouly nous apprend qu'à l'époque, il a été contacté par son père, qu'il n'avait jamais vu. « Il le haïssait, il disait que s'il le rencontrait, ce serait pour lui casser la figure. Il a toujours eu un rapport conflictuel avec les hommes d'âge mur. » Face à l'Allemand massif et ironique, Poujouly incarne ce « mal de la jeunesse » qui cherche à épater, à s'affirmer trop vite dans une griserie de l'inaccompli. Sans doute ressemblait-il quelque peu à ce personnage velléitaire.

Mais pour l'instant, il faut passer le cap difficile de l'adolescence : le jour de son bac, il est en tournage. Puis il donne la réplique à Bardot dans *Et Dieu créa la femme*. Schoendoerffer l'engage ensuite sur *Pêcheur d'Islande* et lorsque Claude de Givray, pour son film *Une grosse tête*, cherche une « petite frappe » professionnelle face à Eddie Constantine, il pense à Poujouly. « Il était très bien. Je n'avais aucun doute sur la suite de sa carrière », se souvient ce grand ami de François Truffaut. Dans un petit livre autobiographique de Michel Boujut, *Le jour où Gary Cooper est mort*, qui raconte sa désertion en 1960, je découvre une photo de l'époque du cinéma Champollion avec à l'affiche, *Jeux interdits*. Le nom de Brigitte Fossey est inscrit en entier, mais Poujouly a perdu son prénom. Comme les mauvais garçons, on ne l'appelle plus que par son patronyme.

Il n'empêche : au même titre que Charrier, Trintignant, Belmondo ou Sami Frey, Poujouly est en 1960 le jeune premier à la mode. Il a grandi devant les caméras et il est en passe d'accomplir ce qu'aucun enfant n'a encore réussi au cinéma : sa conversion à l'âge adulte. Il trouve parfois refuge chez les Casadesus, qui l'accueillent dans leur moulin de l'île de Ré. Emancipé à l'âge de seize ans, il a fait leur connaissance grâce à son tuteur, grand ami du père Casadesus et du chef d'orchestre Charles Munch. Il découvre la musique classique, fréquente Edith Piaf, à qui il a été présenté par Frédéric Botton, parolier de Juliette Gréco et de Régine. « Elle l'avait emmené chez elle boulevard Lannes, l'avait fait chanter dans l'idée d'en faire un de ses protégés. Mais l'essai n'avait pas été concluant. » Très beau garçon, Poujouly est invité chez Trénet, courtisé par Brialy. Il est un habitué de Castel et de la bande de Régine. C'est à cette époque qu'il partage un appartement avec Alain Emery, l'ex-enfant de *Crin-Blanc* (voir p. 42), monté de sa Camargue pour tenter sa chance à Paris. Les journaux people de l'époque – *Cinémonde*, *Ici Paris* – chroniquent ses amours, factices ou réelles. Lorsqu'il part au service militaire en septembre 1960, la presse s'en donne à cœur joie sur les nouveaux *Jeux interdits* de Georges Poujouly.

Mais cette fois-ci, ce n'est plus du jeu. « Je suis là pour vous apprendre à tuer. » Voilà le son de cloche qu'il entend à son arrivée sous les drapeaux. Poujouly réagit mal. Les gros durs, les figures viriles, on l'a dit, il n'aime pas. Il multiplie les fausses tentatives de suicide, jusqu'à en commettre une vraie, comme à la fin d'*Ascenseur pour l'échafaud.* A l'époque, beaucoup d'acteurs, pour échapper au service, simulaient un dérangement, l'homosexualité, ou ingurgitaient du Phenergan, qui donnait un air ahuri, une prononciation pâteuse, une drogue que prenaient les comédiens américains pour avoir l'air cool. Lorsque la presse rend compte de son suicide manqué, elle l'impute à son angoisse d'être oublié par le cinéma, de ne plus pouvoir entretenir sa famille. Pieuse version qui occulte le dégoût que lui inspire l'armée. Celle-ci le lui fait payer cher : six mois de cellule capitonnée, avec séjours répétés en HP. Poujouly, qui n'évoquait jamais cette période, ne va plus remonter la pente. Pour corser l'affaire, un grave accident de voiture le met sur le flanc en 1962. Lorsqu'il revient, la place est prise par les Belmondo, Brialy, Delon... En deux ans, le cinéma français a changé du tout au tout. Les jeunes-turcs de la Nouvelle Vague, les Truffaut, Chabrol, Godard, se sont fait connaître en éreintant René Clément, La Patellière, Christian-Jaque, Clouzot, Cayatte. Autant de réalisateurs qui avaient fait tourner Poujouly. A vingt-deux ans, le voilà catalogué « cinéma de papa ». Plus dure sera la chute. A-t-il aussi sa part dans cette chute ? « Il ne prenait pas l'initiative. Il avait du mal à se vendre. Et puis il se dispersait. Entre un casting et un rendez-vous avec une jolie fille, son choix était assez vite fait. » De cette époque, Poujouly regrettait un film qui lui semblait promis : *La 317e section* (1965) de Schoendoerffer, qui l'avait déjà fait tourner dans *Pêcheur d'Islande* : « Il disait que le rôle de Jacques Perrin était pour lui. Ils se ressemblaient beaucoup. »

En jouant la guerre d'Indochine, peut-être aurait-il pu exorciser cette guerre d'Algérie qui l'avait cassé.

J'ai retrouvé une interview du 21 mai 1964. Ce soir-là, on diffuse *Les Beaux Yeux d'Agatha*, téléfilm dont il est un des protagonistes. Pour justifier son article, le journaliste a titré : *Le Second Souffle de Poujouly*. L'acteur, âgé de vingt-quatre ans, annonce des projets avec Clouzot, René Clair, Yves Ciampi. Il ne sera pris nulle part. De toute façon, ces trois cinéastes qui allaient signer leur dernier film n'auraient probablement pas suffi à relancer sa carrière. Poujouly opte pour la télévision, mais le second souffle fait long feu. « Dans les années 50, les choses étaient allées très vite. Quand elles se sont ralenties, il a mal pris la chose. » L'explication se trouve aussi dans une incapacité à vieillir. Les années passent, il garde toujours son allure d'adolescent, son visage d'enfant. « Il en a été pénalisé. Comme tous les gosses qui n'ont pas eu d'enfance, il était resté un gamin. On lui avait demandé très tôt de se comporter en adulte, il avait gardé un côté tout fou. Il était d'ailleurs très drôle. » Son épouse se souvient d'une passion subite pour les trains électriques, qui lui était passée tout aussi subitement.

Dans les années 60, Poujouly essaie de grandir en se mariant avec Béatrice Aymonier, une femme-jockey qui drive les chevaux de l'écurie Hunnington à Chantilly. Poujouly est lui-même un excellent cavalier. Ils habitent un immense appartement à Boulogne, aimablement prêté par la belle-famille. Deux enfants naissent et on presse le gendre, de moins en moins demandé au cinéma, de choisir un vrai métier. C'est chose faite en 1973 : il est engagé à la Panvision, qui sert d'intermédiaire entre les agences de publicité et les producteurs. La même année, il donne cette interview au magazine *Elle*, qui solde les comptes avec le passé et le cinéma. Mais l'expérience tourne court : Poujouly envoie balader travail et famille : il divorce et se spécialise dans le doublage, découvert déjà en 1960 avec *Tintin*. « Il avait conscience qu'il aurait pu aller plus loin dans sa carrière d'acteur, mais il n'en concevait aucune amertume. Il n'était pas aigri, plutôt fataliste », nuance Dominique Poujouly, qui en veut encore aux journalistes ayant résumé sa vie à un seul film, puis à un trou noir. La déchéance, la vision misérabiliste ont toujours été bonnes vendeuses. Lorsqu'il meurt, un malfaisant va jusqu'à écrire qu'il finit seul et ruiné.

En 1995, Poujouly avait eu envie de réenregistrer *Le Petit Prince*. L'âge avait au moins ça de bon qu'il était assez vieux pour devenir l'aviateur interprété jadis par Gérard Philipe. Le destin a parfois de jolis clins d'œil. Mais les héritiers, qui se fichaient du destin, demandèrent de l'argent et Poujouly jeta l'éponge alors que le texte était déjà en répétition avec les comédiens. « Dès qu'il rencontrait un obstacle, il abandonnait. Il avait des tas d'idées, il inventait des histoires, mais il allait rarement jusqu'au bout. » Mais Dominique garde le souvenir d'un comédien-né, spontané, plein de vie, qui adorait se déguiser. « Avec un balai-brosse et une corbeille à pain, il vous faisait un GI ou bien il devenait skieur avec deux lattes de bois. »

L'enfant des *Jeux interdits* aura donc mûri cahin-caha, comme empêtré dans les filets traîtres d'un premier film légendaire, qui fut une grâce et un fardeau, un miracle et une malédiction. Ce difficile combat n'était pas perdu d'avance, mais il exigeait de la chance, de la persévérance, pour réussir à remplacer la première image par d'autres, aussi marquantes, aussi durables. L'âge d'homme venu, Georges Poujouly s'est effacé doucement. Passé de l'autre côté du miroir, il n'utilisa plus que cette voix qui l'avait fait remarquer la première fois, en 1950. Une manière comme une autre de rester fidèle à ses débuts.

Crin-Blanc :
Alain Emery

Soixante ans après *Crin-Blanc*, Alain Emery est toujours en Camargue. Folco, le garçon qui murmurait à l'oreille des chevaux, est encore chez lui au mas Cacharel, où se déroula en 1951 le tournage de ce petit film de trente-cinq minutes qui fit connaître cette région du bout du monde. Voyons-nous là, a-t-il insisté. Il habite à Maussane, dans les Alpilles, à une heure de route, mais il est invité permanent chez son ami Florian, qui a repris le mas-hôtel à la mort du père, Denys Colomb de Daunant, coscénariste de *Crin-Blanc*. De la salle à manger, on distingue la petite cabane en roseaux qu'Alain Emery avait construite avec un gardian pour les besoins du film. Le décor de cinéma a résisté au temps.

Cacharel, sous l'égide de Colomb de Daunant, fut très tôt le QG culturel de la Camargue. Les Parisiens venaient y rêver devant les flamants roses, loin de Saint-Germain-des-Prés. Le lieu fut aussi fréquenté par le Nîmois Jean Bousquet qui s'en inspira en 1962 pour baptiser sa maison de couture. On est aux confins de la Camargue et de la mer. Sur la lagune de marais salants, j'aperçois ces étendues de terres craquelées où galopait Crin-Blanc. A une portée de fusil, les étangs des Impériaux, qui ferment la partie ouest de l'immense étang de Vaccarès. A quatre kilomètres de ce paysage en forme de carte postale, la ville pèlerinage des Saintes-Maries-de-la-Mer, où fut repéré, dix-sept ans plus tard, un autre enfant sauvage, celui de Truffaut. Les lieux ont été préservés, aucune construction ne vient gâcher la route du bord de mer ni la pinède, dix kilomètres à l'ouest, sur l'autre rive du petit Rhône. Folco y allumait en hâte un feu de camp pour manger le lapin qu'il venait d'attraper. Admirable noir et blanc, dramatisé, d'Edmond Séchan, l'oncle du chanteur Renaud. Musique poignante de Maurice Leroux. Lorsque Folco aperçoit les gardians, qui cherchent à récupérer le cheval qu'il a su seul apprivoiser, il s'élance à nouveau, cavale sur la plage du Grand Radeau jusqu'au petit Rhône où il se jette pour échapper aux adultes et à leur besoin de possession. Apogée tragique d'un film qui marque l'impossible réconciliation entre les hommes et l'état de nature. Il faut quitter la terre, partir au loin, vers le grand large, autrement dit, la mort. « Ce n'est pas moi qui bascule dans le fleuve », précise Emery d'une voix rauque mais chantante, où résonne un solide accent de Marseille. « Le plan a été interprété par François Périé, un gardian qui à l'époque avait vingt ans. Il avait réglé toutes les cascades du film. Il vit toujours tout près d'ici, c'est un honnête homme que j'aime profondément, un être magnifique. » Le tournage a tissé des liens, indéfectibles. Mais c'est bien Emery qu'on voit agrippé à la chevelure du cheval emporté par le courant du fleuve : « Je ne savais pas nager. Une barque suivait à quelques mètres, au cas où. » Quand il vient à Cacharel, Emery emprunte un cheval pour partir en balade sur la lagune, seul ou avec des copains gardians. Pourtant, à bientôt soixante-dix ans, il a vu du pays. Connu bien des femmes. Vécu les nuits parisiennes des sixties et seventies, selon une étrange parabole, ponctuée d'allers-retours.

Avant *Crin-Blanc*, Alain Emery n'avait jamais vu la Camargue. Il a grandi dans un quartier nord de Marseille, la Timone, fils d'un modeste négociant en vins. La Camargue est à l'époque une terre méconnue, ingrate et lointaine, qui demande de longues heures de route.

Tout commence, comme souvent, par une annonce dans un journal. Une amie de sa mère, lectrice du *Provençal*, joue cette fois les anges gardiens. « Cherchons bel enfant de 10-11 ans qui sache monter à cheval. » Alain n'a jamais vu un cheval, mais va pour le bel enfant. Des centaines de gosses sont réunis. On procède à des essais photos, il sort du lot avec quelques autres. Albert Lamorisse, le réalisateur, l'interroge sur ses aptitudes équestres. Réponse de l'enfant : « Je n'aurai pas peur. Je crois que je pourrai apprendre. » Commentaire aujourd'hui de l'adulte : « J'étais très intimidé. Mais quelque chose m'a poussé en avant. »

Ce « quelque chose », Emery dit y avoir repensé toute son existence. Instant décisif, dans toute sa pureté, qui va le faire naître à une nouvelle vie, transplanté dans un paysage irréel, encore vierge. La Camargue. Univers libre, insoupçonné, inespéré, où une grande et noble famille, les Colomb de Daunant, va l'entourer d'une tendresse, d'une attention inattendues. D'un quartier populaire, il verse dans un milieu aristocratique, cultivé, élégant. Denys Colomb de Daunant, le coscénariste de *Crin-Blanc*, est le petit-fils par alliance du marquis de Baroncelli, qui a fait renaître, dans les années 20, les traditions camarguaises. Les Colomb de Daunant le prennent en charge, l'éduquent et lui permettent d'accomplir ce grand saut où il apprend aussi, c'est la moindre des choses, à monter à cheval. « J'étais impressionné par Denys, sa connaissance des pur-sang arabes et andalous, ses méthodes de dressage. Il me conseillait des livres. Aux trop jolies *Lettres de mon Moulin*, je préférais *La Bête du Vaccarès*, de Joseph d'Arbaud, écrivain régional au talent méconnu. » Et Emery de se muer en conteur : « Un demi-dieu agonise, se meurt dans nos marécages. Seul un gardian solitaire le maintient en vie depuis que les hommes ne croient plus en sa mythologie. » Une histoire qui rappelle *Crin-Blanc*. Emery évoque aussi le souvenir de Monique, l'épouse de Denys, qui avait essayé d'apprendre les bonnes manières « à ce petit gardian sauvage, puant de la boue des étangs et de la sueur des chevaux que je montais sans selle ». La préparation du film dure plus de six mois durant lesquels il suit les cours d'un instituteur aux Saintes. Le petit Marseillais se rend désormais en classe à cheval.

Il découvre également le monde des gardians, corporation qui l'initie à une autre virilité que celle des quartiers nord de Marseille. Mais il fait aussi connaissance avec Albert Lamorisse, le réalisateur. « L'œil bleu de Lamorisse et l'œil noir de la caméra. » Emery résume à ce double regard la terreur que lui inspira le tournage. Il n'aime pas les caméras et ne les aimera jamais. Mais Lamorisse voulait un garçon comédien, déjà acteur, qui sache traduire des sentiments. « Je crois qu'il souhaitait faire tourner son fils qui jouera plus tard dans *Le Ballon rouge*. Mais à l'époque de *Crin-Blanc*, il était trop petit. Je ne fus pas Shirley Temple ni Jacky Coogan. Je fus une erreur de casting. Lamorisse m'appelait l'enfant qui ne sait pas sourire. » Mais à lire le scénario, y avait-il de quoi sourire ? *Crin-Blanc* est une quête tragique de liberté. « Je vivais mon rôle, j'aimais mon cheval. » Ou plutôt ses chevaux. Car il y en eut six, un pour chaque scène, qui exigeait des caractères différents. « Polio était le plus calme, c'est celui dont je caresse l'encolure. Philou, sur lequel je cavale, appartenait à la femme de Denys… »

Emery revient sur Lamorisse qui le terrorisait. « Quand je retrouve mon cheval, il voulait que je sourie. Je n'y suis pas parvenu. » Sur ce film, il se voit comme « l'enfant de la peur », aussi farouche que le cheval, son double, que traquent les adultes. « Je n'étais pas acteur et je ne le serai jamais. Lorsque je regarde ce gosse, son visage est lisse, mais par la magie d'une histoire, d'un cheval et de paysages, apparaissent l'honnêteté de l'enfance, ses émerveillements, ses peurs, ses espérances et pour finir, son désespoir. »

Cannes, 1953 : l'enfant se promène sur la Croisette en plein festival. Il marche, sans le savoir, sur les traces de Brigitte Fossey et Georges Poujouly qui, l'année précédente, arpentaient les mêmes lieux. Il est venu avec une tante niçoise pour la projection de *Crin-Blanc*. Mais personne ne s'occupe de lui. Heureusement, l'attachée de presse du film le reconnaît alors qu'il passe devant le palais des festivals où se presse la foule. « Mais tu es le petit de *Crin-Blanc* ? » C'est ainsi qu'il se découvre sur l'écran. Autres temps, autres mœurs. Aujourd'hui, Emery, logé au Martinez, descendrait d'une belle voiture noire, entouré de sa famille, et monterait les marches devant une meute de photographes qui enverraient son portrait aux quatre coins du monde. Quelques jours plus tard, le jury décerne son grand prix du court-métrage au film d'Albert Lamorisse, qui est absent. On a acheté un petit costume à Emery, le seul de l'équipe qui soit resté à Cannes. Tout tremblant, il monte sur la scène pour recevoir des mains de Jean Cocteau, président du jury, ce « salaire de la peur ». « Si je n'avais qu'un prix à donner, ce serait à *Crin-Blanc* », déclare le prince des poètes, sensible à cette symphonie en images universelle. Cocteau sera une de ces personnalités dont Emery fera la connaissance grâce aux Colomb de Daunant. Carole Weisweiller, fille de Francine, la grande amie et mécène de Cocteau, s'est en effet installée à deux cents mètres du mas Cacharel. Emery pourrait se laisser aller à ressusciter les morts célèbres dont il a croisé le chemin : Marie-Laure de Noailles, Brassaï, El Cordobés… Il préfère garder pour lui ses souvenirs. Il y a aussi Charles

Spaak, le grand scénariste, qui faisait partie du même jury cannois, et qui l'encourage à continuer, lorsque Emery tente sa chance à Paris. Il a dix-sept, dix-huit ans. Dès l'âge de quinze ans, il ne supportait plus de vivre à Marseille, devenue une prison régentée par l'autorité parentale. « Je fuguais en vélomoteur, je passais par la digue à la mer, je prenais le bac à Salin-de-Giraud pour retrouver mes copains gardians. » On ne retourne pas en cage après avoir connu la liberté. Le jeune homme en veut toujours plus et monte à la capitale : « L'envie de m'amuser, la curiosité inévitable à cet âge où les tiges poussent. » Il est devenu un très beau jeune homme, qui plaît aux femmes. A soixante-dix ans, il a gardé cette allure fringante, charmeuse. Emery a le verbe facile, la voix virile et caressante, qui suggère une vie heureuse, dont il aura profité à bras-le-corps.

En 1958, il partage quelques mois un appartement avec Isabelle de Funès et Georges Poujouly, qui lui aussi tente sa mue d'enfant acteur. Emery suit des cours de théâtre, mais avec modération, tente à reculons quelques castings – Clouzot, Clément pour *Plein soleil*, Chabrol sur *Les Bonnes Femmes* – qu'il rate sans trop insister : « Je n'étais pas fait pour ça. » Il avoue ne se connaître aucun talent d'acteur ni aucun goût pour l'effort. « On m'a demandé un jour quel serait mon vœu le plus cher : avoir tout reçu sans l'avoir mérité, être roi ou voleur. » Le cinéma a-t-il fait de lui un enfant béni, lui a-t-il entrouvert les portes d'une liberté à laquelle il n'aurait sinon jamais aspiré ? Sans doute. Se retournant sur sa vie, il s'interroge : fut-elle placée sous le signe de la liberté ou tout cela n'était-il « qu'inconstance, légèreté, velléités » ?

Au début des années 60, il ressemble à un de ces play-boys chantés par Dutronc : il est en effet mannequin chez Catherine Harlé qui vient d'ouvrir sa célèbre agence, tremplin pour Nico, Anita Pallenberg, Amanda Lear... Il fait partie de la bande à Castel qui en 1962 a inauguré le 15, rue Princesse, QG des sixties parisiennes. Est-ce là-bas ou ailleurs qu'il rencontre ce mannequin italien qui s'en va le lendemain retrouver son mari à Milan : il lui promet de la rejoindre, elle croit à des propos en l'air, mais le jour suivant, il l'attend au bar du train. Prélude à une longue idylle italienne. Il a renoncé depuis longtemps au cinéma lorsqu'on fait de nouveau appel à lui pour une série télévisée équestre : *Les Indiens*. 1964 : la mode est aux Peaux-Rouges qui ont depuis peu leur vallée à Senlis. Le temps de 26 épisodes de 13 minutes, il devient un jeune Indien courageux qui s'oppose au chef de sa tribu. La série, de son propre aveu, est une ânerie et un bide monumental. Les retrouvailles sont sans lendemain. S'il faut travailler avec les chevaux, il préfère les dresser avec des copains gardians, avant de les revendre aux premiers touristes attirés par la Camargue qu'il a contribué à rendre populaire. Il débourre, apprivoise, prolongeant ainsi à l'âge adulte le premier contact avec *Crin-Blanc* filmé par la caméra de Lamorisse. Quand il a fait le plein de grand air, il retourne à Paris pour de nouvelles rencontres, de nouvelles liaisons, toujours éphémères. A la fin des années 60, Castel rachète l'archipel des Lavezzi, au sud de Bonifacio, et il est de l'aventure : sur l'île de

Cavallo, réservée jusque-là aux bergers, un nouvel hôtel ouvre ses portes, il en devient le manager. Ce chaos de granit et de sable balayé par le vent dans les Bouches de Bonifacio a dû être pour lui proche du paradis. Une version *sea, sex and sun* de la Camargue. Ainsi s'écoulent les seventies marquées par des hasards de femmes qui resteront entre nous. En 1978, il part prendre à Trouville la direction du New Jimmy's que Régine vient d'ouvrir. Puis c'est le New Jimmy's de Montparnasse, avant qu'il ne mette le cap sur le François Ier, où il « console parfois des putes de luxe à deux smic la nuit, parce qu'elles n'ont pas trouvé d'émir ».

Sa quarantaine est difficile. Dèche et bohème, résume-t-il. Sans famille, donc sans responsabilité ni culpabilité. Il est plus souvent hébergé que logé. Cette décennie ne connaîtra pour seule accalmie qu'un long séjour au Gabon, à Libreville, en 1987. Il y vit une grande histoire d'amour, il s'y rétablit aussi sur le plan financier en commençant à importer des T-shirts dégriffés. Le PDG de Souleïado, qui est au courant de ses petits trafics, lui propose de constituer une collection, d'écrire dessus Souleïado et de les vendre à ses boutiques franchisées. En contrepartie, il s'engage à ne pas lui faire de procès. Regain de fortune. En 1990, la naissance de sa fille, l'achat d'une maison à Maussane inaugurent une décennie plus stable et clémente. Mais en 2000, la séparation d'avec sa femme le plonge dans l'alcool et la déprime. Sa rencontre en 2002 avec Marie, devenue depuis son épouse, lui permet de mener une vie plus raisonnable, plus heureuse, au sein d'une famille recomposée. Hasard ou coïncidence : sa compagne est cinéaste. « Mes errements ne m'ont pas été comptés. Je m'en tire bien. Je n'ai rien construit, juste une aptitude à filer sous le vent », dit-il joliment.

Ces quelques heures passées avec Alain Emery m'ont fait découvrir un homme, qui, à l'évidence, a le culte de l'amitié et un talent inné pour la vie, qui l'aura gâté. C'est un Hollandais volant, qui a pris son envol depuis une Camargue découverte à l'âge de onze ans. Heureux qui comme Emery a fait un beau voyage… Il a tout de même fini par revenir au port. Révélé dans un univers éclaboussé de soleil, il aura plongé dans le monde de la nuit et brûlé son existence dans l'obscurité, loin des caméras. Jamais pourtant, il n'a oublié la Camargue, seul point fixe dans une vie d'errances et d'amarres larguées. Elle fut son paradis jamais tout à fait perdu, fiché dans un coin de sa tête, en cas de gros temps. Tout cela parce qu'un jour de 1951, il avait osé affirmer à un monsieur à l'œil bleu qu'il n'aurait pas peur de monter à cheval.

Un roi à New York : Michael Chaplin, le fils prodigue

C'est entre Vevey et Montreux que Michael Chaplin est entré dans ce livre. A l'improviste. Au détour d'une phrase lâchée en voiture alors qu'il m'emmenait vers les archives de son père. Car j'étais venu pour Charlie. Michael, jusque-là, n'excédait guère le statut de rejeton. Un des huit rejetons de ce couple tardif mais étonnamment prolifique, formé avec Oona O'Neill.

Ma présence dans la voiture du fils, je la devais à mon journal. J'avais proposé un reportage sur le manoir suisse de Ban, à Corsier-sur-Vevey, la dernière résidence de Chaplin. Selon l'attachée de presse de MK2, propriétaire des droits de l'œuvre, cette maison allait devenir un musée. Le processus butait seulement sur la résistance d'un voisin, furieux à l'idée que des bus de visiteurs processionnent devant chez lui. J'avoue que cet avenir muséologique ne me bouleversa pas. La suite était plus intéressante : le manoir se délabrait, fermé, encerclé par les mauvaises herbes. Il y avait un sujet, un titre possible : la maison-fantôme. Et puis l'anniversaire des trente ans de la disparition de Chaplin approchait. A sa mort, le 25 décembre 1977, j'avais sept ans. Mourir à Noël m'avait semblé très incongru. Pour s'en aller ce jour-là, il fallait sans doute avoir une autorisation. Ou être quelqu'un de très fort, aussi fort que le Christ. Sa disparition avait d'ailleurs réussi à occulter la joie des célébrations. Mais tout s'était mélangé dans ma tête : sa mort, la naissance du Christ et même le Père Noël. Les programmes eux-mêmes n'étaient pas très clairs : la messe céda bientôt la place à plusieurs de ses films. Ce fut donc un Noël chaplinesque, un peu triste, mais aussi un de ces moments qui marquent la sortie de l'enfance.

Assis à côté de Michael Chaplin, j'essayais de meubler la conversation. Je lui fis part de mon projet sur les enfants. « Moi aussi, j'ai joué avec mon père, dans *Un roi à New York*. » J'esquissai un vague sourire. Dans les derniers films de leur père, la plupart des enfants Chaplin avaient eu de sympathiques participations, qui tenaient plutôt du simple tour de piste. « J'ai eu le rôle principal à ses côtés. » Michael avait lâché cette phrase avec une certaine indifférence. Il n'entendait pas surestimer le fait qu'il avait joué Rupert, l'enfant prodige, politisé à outrance, que le roi en exil à New York découvre, plongé dans la lecture de Karl Marx. Rupert Macabee : apparition absurde, mais efficace. Remonté comme une pendule, il se lance dans une litanie de slogans anticapitalistes, de déclarations de guerre à toute forme de pouvoir et de gouvernement. La vérité sort de la bouche des enfants : Chaplin avait choisi ce petit personnage, Rupert, pour être son porte-parole et clouer le bec aux maccarthystes qui l'avaient chassé des Etats-Unis. Il n'avait pas oublié « le Kid » et son incontestable pouvoir lacrymal : avec *Un roi à New York*, il avait tenté de refaire le coup en imaginant un pauvre gamin traqué par la commission des activités antiaméricaines, et obligé, pour sauver ses parents, de donner les noms de leurs amis. Rupert, en pleurs, vient se réfugier chez le roi – Charlie Chaplin – dont il se prétend le neveu. Et le voilà qui repart dans sa diatribe contre la répression. Corps d'enfant, mais cerveau hypertrophié d'adulte, Rupert est un monstre, la créature monstrueuse du maccarthysme. Pourtant, entre Michael Chaplin et « le Kid » Jackie Coogan, il n'y a pas photo.

Sorti en 1957, *Un roi à New York* est le film le plus courageux de Chaplin. Mais le génie chaplinesque est ailleurs, avant. Comme si on ne pardonnait pas à Chaplin d'être redevenu Chaplin. D'avoir abandonné Charlot pour parler en son nom propre et répliquer aux délateurs maccarthystes. Michael n'y est donc pour rien. Ce n'est pourtant pas l'avis de son père. Lors d'un dîner avec Jerry Epstein, son assistant, le cinéaste compara Michael et Coogan : et la comparaison ne fut pas en faveur de son fils. Il lui attribua même le semi-échec d'*Un roi à New York*. Epstein le défendit, sa mère Oona aussi, mais Chaplin ne voulut pas en démordre. Michael raconte l'anecdote avec un léger sourire. Affecte-t-il l'indifférence ? En fut-il blessé ? Difficile de savoir. « Ma mère lui rappela la terreur que le père de Coogan exerçait sur son fils pour qu'il sorte le grand jeu. Il le battait. » Derrière la bouille bouleversante du petit Jack, il y avait en effet un père fouettard. Un bourreau de son propre enfant, prêt à lui arracher toutes les larmes de son corps s'il ne faisait pas pleurer la terre entière. Chaplin, avec son fils, n'eut pas recours à une telle violence. « Mon père, sur le plateau, était très exigeant, mais il ne m'en demandait pas plus qu'aux autres. Il ne faisait pas de différence. Il me montrait comment jouer, me mimait tous les gestes, que je devais reproduire. Avec lui, pas d'explications, pas de psychologie. » Michael, pourtant, se souvient de l'été 1956 comme du seul vrai moment d'intimité vécu avec son père. « Je le voyais enfin dans son élément. A Corsier, il s'enfermait dans sa bibliothèque, impossible de le déranger. » Un enfant s'interroge toujours sur les lieux où le père prétend s'en aller travailler. Ici, le père s'appelle Chaplin.

Michael me raconte cela tout en me faisant faire, avec une extrême obligeance, le tour du manoir glacial, pratiquement vide. A la mort de sa mère, Oona, en 1991, il y a vécu avec son frère Eugene. Puis un jour, en 2005, l'entretien en est devenu financièrement impossible. Entre le bruit assourdissant de l'autoroute Lausanne-Montreux construite à proximité, les pièces qui sonnent creux et le délabrement de la nature, j'ai du mal à imaginer qu'on vivait encore, il y a deux ans, dans cette maison. Les racines des arbres soulèvent les lignes blanches du court de tennis où Chaplin jouait avec son ami Bill Tilden. La piscine est noire de crasse. Michael prend cette dégradation avec un flegme dont j'ignore s'il est suisse ou britannique : « Les oiseaux, maintenant, ont la paix. Ils peuvent venir faire leurs nids. » Il m'avoue son faible pour l'ornithologie, son unique passion durant l'enfance. « La seule fois où j'ai suscité l'intérêt de mon père, c'est en lui parlant des oiseaux. Pour qu'il vous écoute, il fallait réussir à l'accrocher. » A partir de là, Chaplin se mettait en quatre pour encourager ses enfants. « Il m'a présenté à un grand zoologue, à des ornithologues. » Chaplin connaît ou a connu tout le monde : sa fille Geraldine est passionnée par la danse, il lui raconte ses souvenirs avec Nijinski…

Près de la maison vide, on aperçoit le muséologue, ultime habitant des lieux, qui loge dans l'appartement construit au-dessus du garage. Le projet est en bonne voie. Michael s'est engagé dans la fondation Chaplin, constituée avec ses frères Eugene, Christopher et sa sœur Victoria. En venant s'installer avec sa famille, à la mort de sa mère Oona, il avait déjà empêché la vente de la maison. Aujourd'hui, Eugene vit encore près du manoir, à Vevey, et Christopher, Annie et Victoria possèdent aussi un pied-à-terre en bordure du lac où Vevey a rendu hommage à Chaplin avec une statue grandeur nature. Elle est un peu écrasée par une fourchette géante, plantée dans les eaux, juste devant elle. Référence à la scène culte des petits pains dans *La Ruée vers l'or* ? Nullement. Vevey est aussi le siège du musée de l'Alimentation, financé par Nestlé. C'est dans un moulin de la petite ville qu'un certain Cailler, en 1819, fonda la première usine de chocolat.

Michael habite à cinquante kilomètres, à Gruyère, mais il guide les journalistes de passage. Etrange trajectoire : le fils maudit est devenu le gardien du temple. De toute la tribu Chaplin, Michael fut en effet l'enfant par qui arriva le scandale. « Je ne répondais pas du tout aux exigences de mon père. Il nous répétait que rien n'était donné. Il avait l'angoisse des gens partis de très bas, persuadés que tout peut s'arrêter à tout moment. Mais nous vivions dans le luxe, on voyageait aux quatre coins du monde, à la maison, on voyait passer Cocteau, Truman Capote ou l'ex-reine d'Espagne. Comment vouliez-vous qu'on songe à la chute ? » Entre Chaplin et ses enfants, il y a l'écart de l'âge, qui d'ordinaire sépare un grand-père de ses petits-enfants. Mais il existe surtout ce gouffre entre des gamins qui grandissent dans la tranquillité vaudoise et un gosse des bas-fonds de Londres, devenu l'homme le plus célèbre au monde et attaqué de toutes parts. Chaplin ne cesse de leur remémorer la vanité des choses. A Noël, chaque fois qu'il descend le grand escalier au pied duquel s'entasse une montagne de cadeaux, il exprime toujours le même écœurement et leur rappelle que Charlot, dans son enfance, n'avait droit qu'à une orange. « Il aimait raconter son entrée à l'orphelinat, après que sa mère, Hannah, fut devenue folle : on lui avait rasé la tête, car il avait des poux. Il tenait beaucoup à ses cheveux, il fut très malheureux. » A Montreux, dans les archives Chaplin, se trouve un petit livre de prières annoté. Un ouvrage qui appartenait à sa mère et qui constitua son seul héritage.

Michael Chaplin a plus de soixante ans. Barbe blanche. Propos mesurés, toujours affables. Il faut bien sûr écarquiller les yeux pour deviner le jeune rebelle aux cheveux longs. J'apprendrai qu'il pratique le yoga chaque matin. Mais de sa turbulente jeunesse, il a gardé la même horreur des contraintes. Il n'a pas de portable, ce qui nous vaut un sérieux contretemps lors de nos retrouvailles. Car nous avons décidé de nous revoir, pour ne parler cette fois que de lui et non du musée. Le rendez-vous a été fixé à 11 heures du matin, devant la gare de Martigny, mais il arrive avec deux heures de retard. Ses grands yeux désarmants dégagent une telle bonhomie qu'il est difficile de lui en vouloir. Depuis notre première rencontre a paru mon article, illustré d'une carte postale de Noël 1964, où les Chaplin posaient presque au grand complet, chaque membre tenant entre ses mains différentes versions en langue étrangère des Mémoires de Chaplin. Signe d'universalité ? Absent de cette photo, Michael préfère y voir un clonage placé sous le signe du père. Tous les enfants poussent en effet très loin l'air de famille. Il me cite un ouvrage scientifique sur la transmission génétique, qui avait utilisé ce cliché de la famille Chaplin. Il en parle avec un grand calme, comme si tout cela ne le concernait plus. Une relation très agitée l'a pourtant opposé à Chaplin qui, on le devine, ne fut pas le plus facile des pères : « Etre le fils d'un grand homme, c'est comme vivre à côté d'un immense monument. On s'évertue à en faire le tour soit pour rester dans son ombre soit pour en sortir. »

A l'origine, il ne devait pas interpréter le rôle de Rupert. « Mon père voulait que je joue le garçon-pâtissier qui prépare ses viennoiseries en chantant et en se curant le nez. Mais il ne trouvait pas d'enfant pour Rupert. » Et puis un jour, son père le surprend en train d'imiter son discours du *Dictateur* : Michael, alias Hynkel, alias Hitler, hurle sur un micro imaginaire qui se courbe sous la violence diluvienne de ses paroles. « Je l'avais fait spontanément. Pas pour décrocher le rôle. » Mais Rupert, dans *Un roi à New York*, doit justement débiter des phrases interminables sur la politique : Michael ne se curera donc pas le nez. Mais il doit jouer un enfant très précoce : « Ce n'était pas moi du tout. J'étais très mauvais élève, je lisais peu, j'étais tout le temps renvoyé de l'école. » Michael détestait tellement les cours qu'il prétendit un jour être la victime, dans son pensionnat, d'assauts homosexuels. Ses parents, horrifiés, le retirèrent de l'école. Un cancre pour interpréter un surdoué ? Tout est possible au cinéma. Même si à l'époque, Michael ignore qui est Karl Marx et à quoi peut bien ressembler le communisme. « C'est un peu plus tard, vers onze ans, que j'ai compris. Mon père, par antiaméricanisme, était prosoviétique. Le jour où les Russes ont envoyé le premier Spoutnik, il a été ravi. Il avait un faible pour Khrouchtchev, qu'il a rencontré un jour. Quand il a martelé sa table avec sa chaussure à l'ONU, mon père a crié au génie. » Chaplin le met tout de même au parfum : « Tout ce que je savais, c'était qu'on était parti des Etats-Unis à cause du maccarthysme. » Mais Michael ne comprend pas un traître mot à ses répliques. « J'avais tout appris par cœur avec ma gouvernante canadienne, Penny. Comme j'avais également mémorisé les répliques de mon père, on voyait mes lèvres bouger pendant qu'il récitait son texte. »

En réalité, Michael n'apprécie guère le ton antiaméricain du film. Comme les quatre premiers enfants du mariage avec Oona, il est né en Californie et a mal supporté le départ pour l'Europe en 1952. A l'époque, il a six ans et les enfants de Fred Astaire, de William Wyler, de David Niven sont ses copains. « Les fils de Niven, on nous les citait toujours en exemple, ils étaient si bien élevés, si british, alors que nous, on était des petits voyous. » Mais le meilleur ami de Michael est un autre Michael, le fils de Charles Boyer : « Il avait deux ans de plus que moi et sa mère, qui l'adorait, lui passait tout[1]. » Michael a encore la nostalgie de la grande villa des Chaplin à Beverly Hills, ce royaume de l'enfance dont il fut exilé, comme son père, le roi Chaplin. « L'ensemble a été divisé en parcelles et vendu à des Japonais. Ma fille Carmen a essayé d'y entrer. Impossible. Les gens se barricadent et vous tirent dessus si vous franchissez la grille sans autorisation. » En Europe, le petit Michael ne cesse de harceler ses parents : quand retourneront-ils en Californie ? « C'était déjà assez dur pour eux, mais je ne leur facilitais pas la vie. » Il persiste à s'habiller en petit Américain et réclame d'être coiffé très court, comme un petit cowboy, ce qui déplaît souverainement à ses parents. Charlie Chaplin le fiche dehors le jour où il entre dans son bureau en sifflotant *God bless America*.

A l'Association Chaplin, on m'a parlé des enfants, de cette timidité commune, résultat d'un écrasement

1. Michael Chaplin ne reverra jamais cet ami, qui à l'âge de vingt et un ans, se tira une balle dans la tête en jouant à la roulette russe.

paternel. Vous verrez, m'avait-on dit, c'est vrai surtout des aînés. Elevés plus durement, ils ont connu leur père en pleine possession de ses moyens. Avec Michael, il s'agit d'autre chose. Je repense à une anecdote qu'il m'a confiée dans le salon du manoir. Michael a douze ans et ce jour-là, c'est Noël. Comme pour chaque 25 décembre, Chaplin a demandé à son amie, la virtuose Clara Haskil, de prendre place au piano où il compose lui-même les musiques de ses films. Le père est assis près de la cheminée, sur le canapé des *Lumières de la ville*. Autour de lui, sa progéniture écoute religieusement. Mais Beethoven ennuie Michael, qui finit par se lever et sort sur le perron. Il s'assoit et se met à rêver. Une femme superbe le rejoint bientôt. La musique classique ne l'emballe pas non plus : Joan Collins, actrice en vue d'Hollywood, est aussi la fiancée de son demi-frère, Sydney, acteur en Italie, qui l'a amenée dans sa jolie voiture de sport. Sydney est un play-boy et si Michael veut devenir acteur, c'est pour collectionner comme lui les belles carrosseries en tous genres. Michael a découvert le cinéma avec *Un roi à New York* et il eût été logique que son génie de père lui transmette sa vocation, mais il n'en est rien. Il prend exemple sur ce grand frère, modeste comédien, qui lui fait miroiter les avantages d'une vie facile. A l'époque, les films de Chaplin n'enthousiasment guère Michael. Aux Etats-Unis, il n'a vu que *Le Kid*, mais il découvre un jour un film de Charles Boyer avec son copain Michael Boyer. De retour à la maison, il clame, avec un sens inné de la provocation, que c'était beaucoup mieux que *Le Kid*. Michael sera très tôt attiré par les films de cow-boys. Pas vraiment le cinéma de papa. Ses héros sont Lino Ventura dans la série du *Gorille* ou Eddie Constantine en imper dans *Lemmy Caution*. La virilité le fascine. « Les hommes très courageux. Pas comme moi. » Quand son père évoque les boxeurs croisés au cours de son existence, l'enfant rêveur tend l'oreille : « J'adorais qu'il me parle de Jack Dempsey ou des truands qui avaient infiltré Hollywood : il imitait très bien leurs accents. »

Hormis *Un roi à New York* – Michael ira à la première à Leicester Square en septembre 1957 –, il n'a jamais vu de film de son père en sa présence. « Ma seule séance de cinéma avec lui a eu lieu en 1960, au Rex de Vevey, qui projetait *Le Général della Rovere*, de Rossellini. » Le cinéaste italien est un ami de la famille, mais là encore, la mémoire de Michael s'attarde sur un détail périphérique : « Rossellini possédait une magnifique Ferrari Superamerica. » Malgré le nom « américain », Chaplin accepte de prendre place pour un petit tour de piste. Michael est assis entre les deux, fou de joie.

Les films de Chaplin n'envahissent pas la maison familiale. Il n'a pu rapporter d'Amérique que *L'Emigrant*, *Charlot usurier* et *Le Cirque*. Ce sont les home-movies d'Oona que l'on visionne surtout. Chez les Chaplin, il y a une autre cinéaste. Michael ne regarde plus ces souvenirs de famille, qui traînent quelque part dans sa nouvelle habitation. Michael m'emmène aux archives Chaplin, à Montreux. Nous feuilletons la revue de presse du film. J'oscille entre l'enfant de onze ans et l'homme, qui se tient à mes côtés. Je suis frappé par ces yeux immenses, mélancoliques, qui lui mangent le visage. Michael se décrit comme un adolescent rêveur, qui s'échappait dans des mondes imaginaires. Plus tard, il m'avouera que ces mondes-là avaient souvent la couleur du mensonge, pratiqué de manière maladive. Le regard n'a pas changé, doux, boudeur, encadré simplement par un visage plus large et une barbe déjà blanche. Curieux contraste entre l'enfance encore visible et l'âge qui a déposé son empreinte. Il y a aussi ses épaules, tombantes. Le petit Michael était déjà légèrement enrobé, mais son père ne l'avait pas gâté, en l'affublant d'une robe de chambre bien trop grande. Cet affaissement des épaules lui est resté. Je pense à son père, à ce corps plié, battu, tordu, cassé dans tous les sens et usé jusqu'à la corde pour faire rire ou émouvoir l'humanité. Le père a bougé pour plusieurs générations, kidnappant toute la force vitale de la famille : sans doute le fils a-t-il vite compris qu'il partait battu d'avance. Face à l'énergie paternelle, il ouvrit grands les yeux et laissa tomber les épaules.

Devant les coupures de presse, Michael se laisse aller à une confidence : il vouait un amour platonique à Dawn Addams, la vedette féminine du film. Sur l'affiche, il aurait bien voulu poser à son côté, mais il avait dû se ranger sur la droite et s'effacer devant Chaplin qui prit la place du roi, entre les deux. Il est intarissable sur l'actrice, mariée au prince Vittorio Massimo, et devenue une figure de la jet-set italienne. Il se souvient d'un reportage sur la comédienne qu'on voyait en larmes devant la grille du palais conjugal. Séparée de son mari, elle avait convoqué la presse pour qu'on l'aide à récupérer son fils. La star n'était plus qu'une mère éplorée. « Une histoire très triste », soupire-t-il. Dawn Addams est morte en 1985. Qui s'en souvient ?

Sur l'affiche, je lis son nom : Michael Chaplin. Son père avait voulu le modifier, lui proposant de le rebaptiser John Bolton, en hommage à sa grand-mère maternelle. Michael, qui se fichait bien de sa grand-mère, cria à l'injustice et refusa cet échange qui le dépossédait. Un refus qu'il évoque aujourd'hui avec fierté. Il avait échoué pour l'affiche et la place du milieu, mais il avait réussi à conserver son identité. Ce fut peut-être cela, son exploit.

A l'époque, son demi-frère Sydney l'encouragea à poursuivre. Très vite, l'actrice Betsy Blair, une amie de la famille, lui proposa un tournage qui aurait dû le conduire en Chine : *Le Cerf-volant du bout du monde*. Le cerf-volant vola sans lui. Charlie Chaplin avait opposé son veto et Michael dut reprendre le chemin de l'école qu'il avait déjà manquée au mois de juin 1956. « J'ai revu récemment une bobine d'actualités où un journaliste interroge mon père sur mon avenir de comédien : il secoue violemment la tête. » Pour Michael, le retour à la réalité est brutal. Toute sa classe, à Lausanne, est conviée à une projection du film. La qualité de sa performance est diversement appréciée et dès qu'il cherche à se mettre en avant, Michael se fait renvoyer dans les cordes. « En fin d'année, nous montions une pièce de théâtre ; je m'attendais à décrocher un rôle important et c'est le contraire qui s'est produit. » L'été suivant, son père est invité à Bormes-les-Mimosas, dans le superbe domaine du commandant Paul-Louis Weiller, mécène et administrateur d'Air France : là-bas, il doit affronter les quolibets des fils d'officiers de la marine américaine : ils ont vu *Un roi à New York* et le traitent de communiste !

Michael garde malgré tout un excellent souvenir de ce film. Jamais il ne fut aussi proche de son père. Ce n'est bien sûr que « du cinéma », mais pendant quelques semaines, il aura été le fils unique de Charlie Chaplin[1]. Il est entouré, bichonné. Dans une des dernières scènes, il trouve même refuge dans les bras de son père. « Un geste impossible dans la vie. » La suite sera un peu moins tendre.

Le premier choc a lieu lors d'une tournée en Asie où son père est reçu comme un roi. Michael a quatorze ans et il en a assez de déambuler dans la prison dorée des palaces asiatiques. Loin des lambris, la réalité est moins reluisante. Il découvre un autre monde, misérable, violent. L'année suivante, il tombe amoureux de Yannah, une Polonaise, plus âgée que lui. Il commence à sécher les cours, à fréquenter les bars. Chaque matin, il prend le train pour se rendre à l'école à Lausanne, où il retrouve son amoureuse qui travaille comme jeune fille au pair. Un amour platonique. Son père est mis au courant de ses fréquentations. Mais lors d'une de ses absences, il autorise Michael à inviter à la maison Yannah et une de ses amies. Etrange soirée, où Michael, seigneur éphémère du manoir, est surveillé par les gouvernantes,

1. Geraldine en avait été très jalouse. Si jalouse, m'apprend Michael, que c'est à cette époque qu'elle aurait décidé de devenir actrice.

qui bombardent les pauvres jeunes filles de questions franchement méprisantes. « Etes-vous déjà allées au derby d'Ascot ? Que pensez-vous de Balzac, de Strindberg ? De Pablo Casals (vous savez que nous le recevons au manoir) ? » Horriblement gêné, Michael soupçonne son père d'être à l'origine de cette mise en scène humiliante. Peu après, il prend la décision de mettre les voiles. Ce jour-là, il erre dans Lausanne, sans un sou, à la recherche de Yannah. Il tombe sur Mario, le chauffeur de la famille, venu le chercher à la sortie de l'école. Il l'aperçoit en grande discussion avec un type : le détective privé que son père a lancé à ses trousses. Michael cherche à s'enfuir, mais le privé lui met le grappin dessus. S'ensuit un interrogatoire où Michael comprend qu'il n'a qu'une seule solution : rentrer à la maison. L'homme le met dans le train pour Vevey. Là-bas, il téléphone de la gare pour qu'on vienne le chercher : il pleut des cordes. Son père attrape le combiné et lui dit de se débrouiller tout seul : « Le personnel de la maison n'est pas à ta disposition. » Michael marche trois kilomètres sous la pluie. A son arrivée, il tente de s'échapper dans sa chambre, mais Chaplin l'attend de pied ferme. « Il a descendu l'escalier et a commencé à hurler : ah ! tu te crois un homme, tu veux des femmes, eh bien, viens te battre comme un homme. Et il m'a balancé un coup de poing dans la figure. » Michael en gardera un tremblement dans l'œil gauche pendant un mois. Il promet de filer droit, mais il étouffe et supporte mal l'absence de Yannah, qui, dissuadée en haut lieu, refuse désormais de lui adresser la parole. Il guette une occasion de prendre le large.

A Pâques 1962 – il a seize ans – son père tente une manœuvre de réconciliation : il s'est mis en tête de lui apprendre à pêcher. Une photo les montre tous les deux dans une barque en Irlande : Michael fixe l'eau, comme s'il avait décidé de se noyer. Son père, qui croit avoir ferré un gros poisson, se met à tirer comme un damné : il a en fait accroché l'hameçon à sa propre veste. La scène, assez burlesque, aurait sa place dans un film de Charlot, mais là, elle ne fait rire personne. A leur retour d'Irlande, une odeur immonde incommode la maison familiale. Chaplin convoque les plombiers qui inspectent en long et en large l'imposante tuyauterie du domaine. Rien d'anormal. Chaplin tourne en rond, fou de rage. L'odeur devient plus forte. La faute à un sac plastique que Michael a rangé négligemment dans un placard. A l'intérieur, un joli lot de sardines qu'on lui avait remis en Irlande pour servir d'appâts lors de la partie de pêche. Bel acte manqué. Signe aussi que Michael va commencer à leur pourrir la vie.

Quelques jours après cet attentat olfactif, il annonce à sa mère qu'il part une semaine en camping avec un copain brésilien. En réalité, il file à Londres et disparaît sans donner de nouvelles. Il trouve d'abord refuge chez sa sœur Geraldine, qui vit seule en Angleterre. « Mon père n'était pas très content qu'elle parte, mais elle avait au moins un projet : elle rêvait de devenir danseuse et avait intégré la Royal Ballet Academy. » La fugue de son frère la confronte à un dilemme : « Je lui avais demandé de ne rien dire à nos parents. Elle a tenu sa langue. Mon père le lui a longtemps reproché. » Comme il en voudra beaucoup à Michael d'avoir rendu folle d'inquiétude sa mère, qui ignora, pendant un mois, où se trouvait son fils. C'est finalement un ami de Geraldine qui vendra la mèche en Suisse.

A Londres, Michael tente de se prendre en main. Il a promis à sa mère de reprendre sa scolarité. A Noël 1962, l'ami Jerry Epstein le persuade de revenir passer les vacances en Suisse. Jerry l'a photographié sur un quai de gare avec ses frères et sœurs. Ils se rendent à Crans-sur-Sierre, où les attendent leurs parents. Plongé dans la lecture d'un journal, Michael snobe l'objectif. A Crans, le père et le fils se retrouvent dans la même pièce. C'est au fils de faire le premier pas. « Je n'osais pas. » Agé de soixante-treize ans, Chaplin n'a plus rien à voir avec sa marionnette, cette victime misérable qui a conquis le monde en tentant de survivre. A Crans, la température est glaciale. Dehors comme dedans. La réconciliation n'aura pas lieu. « J'avais acheté *L'Express* qui publiait une critique très dure du *Procès*, l'adaptation de Kafka qu'Orson Welles venait de réaliser. Mon père, qui s'était brouillé avec Welles, et qui ne parlait pas français, a demandé à ma mère que je traduise. Je me suis exécuté. » Chaplin écoute son fils comme s'il s'agissait d'un simple secrétaire. Michael parle enfin à son père, mais les mots qu'il prononce ne sont pas les siens. Chaplin cherche-t-il à renouer, indirectement, le dialogue ? Une chose est sûre : *Le Procès* est bien sorti en France juste avant Noël 1962, le 21 décembre exactement.

A leur retour au manoir de Ban, Michael se met à marcher bizarrement. Il boite. Une claudication, qui rappelle étrangement la démarche de Charlot. La rumeur circule dans la maison : se moquerait-il par hasard de son père ? Michael s'en défend et plaide non coupable. Oona, sa mère, l'emmène consulter un médecin, qui diagnostique une syphilis. Oona est abasourdie. Michael ouvre de grands yeux : il n'a jamais couché avec une fille. A Londres, un nouvel examen conclura à un dérèglement nerveux. Là encore, Michael ne veut pas s'appesantir, mais un psychanalyste se régalerait. Michael va mal et se met involontairement à imiter ce qui a fait la célébrité de son père. Il ne lui parle plus, mais devient en quelque sorte son double. Défi inconscient, à l'heure où Chaplin, trop vieux, a perdu de sa souplesse légendaire pour continuer à faire le Charlot. Comme si Michael voulait transmettre à son père le message suivant : à présent, je suis le seul capable d'accomplir ce qui fit ta gloire. Et attrape-moi si tu peux.

De retour à Londres, Michael sèche allègrement les cours. Il traîne avec quelques fils de bonne famille et ne se présente pas aux examens de fin d'année. Sa mère l'apprend et la sanction tombe : ses parents lui coupent les vivres. Il lui faut donc gagner de l'argent. Il tente d'abord d'être épicier, donne un coup de main à Adam Polloc, un décorateur de théâtre spécialisé dans les bals des débutantes. Mais les fêtes n'ont qu'un temps. Il faut retourner à l'épicerie, peser les fruits, emballer les légumes. Perspective désolante, qui finit par l'écœurer. Dans cet épisode londonien, il y a là un peu du « Kid » de son père. Un Kid adolescent qui n'aurait plus Charlot pour veiller sur lui. En prenant le large, Michael devient, malgré lui, un personnage des films de son père. Ironie du sort : il a choisi Londres, la ville natale de Chaplin et de son enfance misérable. Comme s'il revenait au point de départ, effaçant le chemin parcouru par son père, niant l'œuvre accomplie. A Noël 1963, la télé diffuse *La Ruée vers l'or*. Michael, qui n'est pas retourné dans sa famille, est seul et regarde le chef-d'œuvre de son père, qui revient le narguer sur un petit écran. Puis il éteint la télé, déprimé. Il colle son visage contre la fenêtre. Dans ce Londres hivernal, personne ne l'attend. Il n'est plus rien, sinon le fils du génie, qui coule des jours heureux, là-bas en Suisse, avec le reste de sa tribu.

Quelques jours plus tard, son copain Red l'initie à la marijuana dans un club français de Soho. C'est la révélation. La solution à tous ses problèmes. Sur les conseils du père d'un ami, Michael est allé consulter un psychanalyste, mais l'herbe est une bien meilleure thérapie. Plus besoin de parler. Il fixe son pote, hilare comme lui. Ce sera la ruée vers l'herbe. A l'issue d'une soirée enfumée, il se met en tête avec des copains de ramasser les pièces de monnaie lancées dans la fontaine de Marble Arch. On est bien dans *La Ruée vers l'or*. Mais la police les interpelle. Entre-temps, son copain Red est passé au LSD.

Michael aborde sa décision de devenir acteur. Pas une vocation, juste une solution, plus évidente que les autres, qui lui permettrait de s'en sortir. Il se présente chez le grand agent Al Parker, Américain désagréable, qui le flanque à la porte en l'engueulant : « Qu'est-ce que tu as lu, dans ta vie ? » Son grand-père maternel, Eugene O'Neill, a beau être Prix

Nobel de littérature, le cancre Michael n'a pas lu grand-chose. Là aussi, l'héritage est pesant. L'épouse d'Al Parker, l'actrice Margaret Johnston, assiste à la scène. Elle a du cœur, Margaret, et décide de prendre sous son aile le fils prodigue. Elle a aussi des principes : acteur, c'est un métier, et pour ce métier, il y a des écoles. Elle le persuade de se présenter au concours de la Royal Academy of Dramatic Art (RADA) et le coache pendant un mois : « Pour le classique, Shakespeare était obligatoire. Je connaissais très mal. Pour la deuxième fois de ma vie, après *Un roi à New York*, j'ai donc récité un texte auquel je ne comprenais rien », ajoute Michael avec humour. Il est quand même retenu pour un entretien. A aucun moment, affirme-t-il, il ne mentionne qu'il est le fils de Chaplin. Le jury ne fait aucune allusion, mais il est reçu. Cependant, il se rend compte que jouer ne l'intéresse pas : après avoir été le fils de Charlie Chaplin, il veut être lui-même, tout simplement. « J'étais entouré de vrais passionnés, des types qui savaient déjà aborder un rôle. » Une photo le montre à la sortie des cours, devant la façade du RADA : il se cache derrière des lunettes noires, le visage creusé, prématurément vieilli. On dirait une rock star fatiguée, usée par des années de défonce : « J'ai fumé mon dernier joint mi-décembre 1964, à peu près le même jour où j'ai quitté le RADA. » Comme s'il n'avait pu songer à être acteur que sous l'emprise hilarante de l'herbe. Mais le seul rôle qu'il obtiendra sera une figuration face à Warren Beatty, dans *Promise her anything* : il y joue un beatnik…

Auparavant, il a rencontré sa première femme. Patrice a six ans de plus que lui. La jeune femme a déjà un long passé de bohème et deviendra, après 1970 et leur séparation, un auteur prolifique de thrillers surnaturels. Michael ne me dit rien sur sa première femme, sinon qu'elle est écrivain et que deux enfants sont nés de leur union. Il ne mentionne pas l'ouvrage qu'elle rédigea en 1995 sur sa mère, Oona. Etrange projet qui aurait eu l'aval de son ex-belle famille, mais qui déclenche en retour une relecture sévère par les avocats de la famille Chaplin. Zones d'ombre que Michael n'aborde que de manière allusive, évoquant la très grande tristesse de sa mère après le décès de son père.

Patrice a vécu en Espagne et propose à Michael de se marier à Cadaquès. Le couple dépose les bans au consulat américain, où un touriste, qui repère le nom de Michael Chaplin, avertit la presse. « Les paparazzi ont débarqué et j'ai dû appeler mon père. Car à l'époque, la majorité était encore à vingt et un ans. "Comment comptes-tu entretenir ta femme ?" m'a-t-il demandé. J'ai répondu que je l'ignorais. "Alors, oublie !" et il a raccroché. » A Cadaquès, un photographe français lui fait une proposition : il les emmène à Gretna Green en Ecosse, en échange de l'exclusivité des photos du mariage. Dans cette petite ville située de l'autre côté de la frontière anglo-écossaise, il est possible de se marier dès dix-huit ans sans le consentement de ses parents. Le mariage y est devenu un business florissant, surtout qu'une modification de la loi oblige les nouveaux époux à demeurer vingt et un jours sur place. « Les paparazzi ont eu le temps de nous retrouver, mais rien n'a pu empêcher notre union, le 6 février 1965. » Michael n'a pas encore fini de jouer à cache-cache avec la presse : juste après son mariage, il a réclamé la National Assistance, autrement dit, l'aide financière de l'Etat. C'est son droit le plus strict, dès lors qu'il est marié. Mais la nouvelle provoque le scandale. « Mon cas a même été évoqué au Parlement. Quel était ce système où le fils d'un millionnaire pouvait obtenir de l'argent public ? » Michael reconnaît qu'à l'époque, il est à la dérive et qu'il agit sans réfléchir. « Même mes amis me répétaient : qu'est-ce que tu fous ? Où est ton sens des responsabilités ? » Sommée de réagir devant la presse, sa mère, Oona, se montre inhabituellement sévère : « Ce jeune homme est un problème et je suis navrée qu'on lui ait accordé l'aide publique. » Le coup est rude, venant de cette mère, qui lors des voyages du couple à Londres, rendait visite en cachette au jeune homme. « Mon père le savait-il ? C'est possible. » Oona en profitait pour lui remettre de l'argent. Les rapports avec sa mère sont toujours restés courtois.

Le scandale de la National Assistance a propulsé son nom en première page. Tout le monde sait que le jeune homme est désargenté, donc vulnérable. Et pour couronner le tout, il porte un des noms les plus célèbres de la planète. Il est la proie idéale. Michael est contacté par Larry Page, le manager des Kinks. Le titre résume sa situation : *I am what I am*. Le disque se vend correctement et Michael fait un crochet par « Top of the Pops », l'émission-culte des sixties qui a vu défiler tous les grands noms du rock anglais. Michael se souvient de son concert au Marquee, où il faisait la première partie des Kinks : « Je ne faisais que retarder l'arrivée du groupe adoré, tout le monde voulait que je dégage. » Michael n'insiste pas, et en effet, il dégagera assez vite.

Après avoir chanté, Michael va écrire, ou du moins va-t-on coucher pour lui sur le papier ses jeunes souvenirs. Un peu tôt pour raconter sa vie, mais la cible visée est son père, qui vient de publier en 1964 des Mémoires ayant laissé les lecteurs sur leur faim. La tentation est trop forte d'obtenir une réponse du rejeton « en rupture de ban ». Les éditeurs, qui lui dépêchent deux journalistes chevronnés, Charles Hamblett et Tom Merritt, chargés d'accoucher le fils rebelle, se régalent à l'avance de détails inattendus, croustillants.

Le titre est tout un programme : *I could not smoke the grass on my father's lawn* (littéralement : « Je ne pouvais pas fumer sur la pelouse de mon père »). Michael prétend ne plus posséder un seul exemplaire de ce livre qui fit couler beaucoup d'encre en son temps. Aucune copie ne se trouve à l'Association Chaplin. Le livre est maudit, relégué dans les enfers de la littérature chaplinesque. On en déniche quelques exemplaires sur Internet et page douze, je tombe sur cette phrase : « Ce type-là, je ne l'affrontais jamais directement. » Le type en question, c'est son père. Question vocabulaire, Michael s'est laissé aller. « Je voyais tous ces gars d'Hollywood qui se rassemblaient autour de mon père, les oreilles grandes ouvertes, prêts à se laisser charmer. Alors, je faisais un petit tour et je commençais à débiter les histoires les plus dingues au premier venu qui voulait bien m'écouter. » Duel. Compétition. Michael me confirme qu'il défiait sans cesse, mais en douce, un père adulé et écrasant. La mémoire, bien sûr, est sélective, mais cette sélection, chez Michael, se fait par le bas, le triste, le sévère. Ses premiers souvenirs font la grimace. Une lampe cassée, à trois ans, lui vaut la raclée paternelle. Le livre paraît début 1966 : après le scandale, c'est le début de la gloire, mais une gloire qui a encore l'odeur du soufre et qu'il doit à son père. La couverture très « peace and love » montre un Michael psychédélique vautré parmi des fleurs multicolores. Le sous-titre est racoleur : « Herbe, filles et jeunes gens branchés de la scène londonienne ». Le mot le plus important se trouve à la fin du titre : « Je ne pouvais pas fumer d'herbe sur la pelouse de mon père ».

Un père que Michael n'a toujours pas revu, même s'il l'a presque côtoyé. Jerry Epstein, l'assistant de Chaplin, a en effet fait appel à Michael pour la production de *La Comtesse de Hong-Kong*, dont Chaplin débute le tournage à Londres, en janvier 1966, avec Marlon Brando et Sophia Loren. « Quand mon père arrivait dans les bureaux d'Universal, Jerry me demandait d'aller faire un tour. » Michael devient donc un passager clandestin, un soutier anonyme du paquebot paternel. Aujourd'hui, il ne saurait dire avec certitude si son père ignorait sa présence : « Avec la vie, j'ai appris qu'on ne peut jamais être sûr de rien. Nous ne sommes pas là derrière chaque porte fermée. » Le père et le fils deviennent donc des fantômes l'un pour l'autre. Duo surréaliste. Un troisième personnage va s'inviter : Marlon Brando. Les rapports entre l'acteur et Chaplin sont exécrables. Brando tombe soi-disant malade et débarque un jour, sans s'excuser, avec plusieurs heures de retard. Chaplin le traite de « son of a bitch » et lui conseille de reprendre le premier avion pour Hollywood. Brando n'aura de cesse de se venger de cette humiliation. Dans ce film, Sydney, le fils aîné de Chaplin, joue le troisième rôle et son père se montre particulièrement dur avec lui. Brando s'en ouvre à Jerry Epstein, l'assistant de Chaplin, qui lui conseille de se mêler de ses affaires. Ensuite, l'acteur refuse de suivre les indications de Chaplin : Epstein doit jouer les intermédiaires. Brando jette alors son dévolu sur l'autre fils de Chaplin, Michael. Ils ont fait connaissance à l'aéroport, où le jeune homme est allé le chercher : « Pour moi, c'était un dieu. Mais il était très déconcertant. Il a prétendu qu'on s'était déjà rencontrés. Il était sûr qu'on s'était vus chez Bob Dylan. » Durant le tournage, Michael reçoit une invitation à dîner. Il est convoqué chez Brando où il retrouve le grand copain de l'acteur, le Français Christian Marquand. Au cours du repas, il est l'objet d'attaques de la part des convives. Michael est venu avec sa femme, mais Marquand enchaîne les blagues cochonnes. Brando incite Michael à se défendre. « Il me manipulait. » Au dessert, Brando lui glisse à l'oreille qu'il aime bien la façon dont il se comporte avec son père. Dans la lutte qui l'oppose à Chaplin, on devine que Brando veut s'allier son rejeton, qu'il affaiblit, pour mieux jouer au protecteur. « Il était d'une intelligence démoniaque. Il devinait en un instant vos faiblesses. Martin Sheen m'a raconté que dans la fameuse scène d'*Apocalypse now* où il le retrouve au fin fond de la jungle, Brando s'était brusquement retourné et lui avait sorti : "Toi, tu dois avoir eu de sacrés problèmes avec ton père." Comme ça, de but en blanc. Et le pire, m'a dit Martin, c'est qu'il avait raison. »

Brando ira même jusqu'à vouloir rabibocher Michael avec Chaplin lors de la soirée qui suit la première. Mais le jeune homme se défile et ne reverra son père qu'en octobre 1966 : quelques jours plus tôt, en plein montage de *La Comtesse de Hong-Kong*, Chaplin s'est cassé la cheville et a été transporté à l'hôpital. Jerry Epstein persuade Michael d'aller lui rendre visite. Pour Chaplin, cet accident marque le début de la fin. Il a perdu sa souplesse légendaire. Le vieil homme est à terre. Le roi est nu. La réconciliation peut avoir lieu.

Pour Michael, débute une autre époque, moins agitée. Jerry continue de veiller sur lui et tente de l'associer à divers projets. « Il voulait me faire écrire un scénario inspiré du *Comte de Monte-Cristo*. L'histoire se déroulait en Allemagne, juste avant la guerre. » Mais Michael abandonne en cours de route. Il ne s'en sent pas capable intellectuellement. Il entame une psychanalyse sur les conseils du père d'un ami, David Aster, qui joue les pères de substitution. Il va jusqu'à lui payer les consultations et l'encourage à retourner dans une école privée. Il dirige *The Observer* et promet à Michael de l'engager s'il réussit ses examens. On est en 1967, Michael a vingt et un ans, une femme et deux enfants. Mais il n'ira pas au bout de ses études. Il se sépare de Patrice et rencontre sa seconde femme, originaire de Trinidad et Tobago.

En 1970, ils filent vers le sud de l'Espagne, à Séville, avant d'atterrir au Maroc, dans la région du Rif, centre névralgique du kiff. « Pas besoin de vous faire un dessin. J'avais renoncé à tout et surtout à l'ambition. Dans ces cas-là, vous trouvez toujours un peu de soutien chez quelques penseurs. » Parmi eux, Timothy Leary, le pape du LSD. *Turn on, tune in, drop out* : tel était son slogan. Je lui fais répéter et traduire : *turn on* (défonce-toi), *tune in* (chope les bonnes vibrations), et *drop out* (décroche). Michael décrochera, tout en recevant le soutien financier de sa mère qui a consenti à lui verser une rente. Il part s'installer à Trinidad et Tobago, mais juste avant son départ, Oona le persuade de venir voir son père : « Elle croyait que j'allais quitter l'Europe pour de bon. Elle voulait que je dise au revoir à mon père. » Un père qui se prépare au grand départ et qui a tout oublié de leurs querelles passées. Le séjour à Trinidad ne dure que quelques mois : Michael revient avec sa famille en Europe et, en 1975, il s'installe à Paris, dans le 19e arrondissement. Il a déjà deux filles de son second mariage. En 1976, il reçoit la visite de son père, venu seul dans la capitale pour une tournée des grands-ducs. « Nous sommes allés chez Maxim's, à la Tour d'Argent, chez Lucas Carton… » Ils se disent adieu autour de ces grandes tables parisiennes. C'est aussi l'adieu de Chaplin à la vie et à ses plaisirs. Michael garde un souvenir ému de ce pardon paternel accordé sur le fil. Pour les fêtes de Noël 1977, il renoue avec le rituel familial et se rend à Corsier : « Il était encore possible de lui tenir la main. Il avait quelques moments de lucidité, mais on ne pouvait plus lui parler. »

Chaplin meurt le 25 décembre 1977 : Michael est réveillé, comme le reste de la famille, vers quatre heures du matin. A l'époque, il a déjà décidé de s'installer dans le sud de la France. Mais après la mort de Chaplin, il reste auprès de sa mère, qui vit des mois difficiles. Puis il part près de Fumel dans le Lot, où il achète, avec l'argent de la succession, une ferme de six hectares. « Pour avoir un statut social, on s'est inscrits comme agriculteurs. J'avais une trentaine de chèvres, je faisais un peu d'orge, du lait, du fromage. » Michael, comme tant d'autres à l'époque, goûte aux joies de la campagne. Dans sa Range Rover, j'ai aperçu un panier rempli de noix ramassées dans le Lot.

Une chose encore m'intrigue. Parti de Corsier comme un voleur, à l'âge de seize ans, il revient s'y installer à la mort de sa mère, en 1991. « Mon père a laissé des choses irrésolues, que nous avions à poursuivre. Il y a des réactions que je peux avoir et que mon père n'a pas eues. » A propos des enfants ? Michael acquiesce, puis ajoute : « En revenant au manoir dans les années 70, j'ai senti cette présence morbide de mon père. La maison était d'une incroyable tristesse. Dès qu'il n'a plus réussi à travailler, il a dû faire face à la vieillesse, à l'abandon, à la mort. Il a eu du mal. Ma mère en a souffert. » Michael a voulu chasser cette souffrance en revenant avec ses enfants. « Je voulais entendre rire, réinsuffler un peu de vie. » Je me souviens de ce que Josephine Chaplin m'avait raconté à la Fondation à Paris : tous ces enfants qui, le soir, allaient jouer sur les lits des gouvernantes, au deuxième étage. Un rituel décrit comme un joyeux chahut, mais sans parents.

Etre le fils de Chaplin fut pour Michael une longue épreuve, une perspective bouchée avec lignes de fuite nécessaires. Plutôt que de répondre aux exigences de son père, il a préféré s'échapper, quitte à refuser de construire. Puis le temps a nuancé les positions. Comme ces hommes qui n'ont pas su être un fils, il a su devenir un père, avec d'autres principes. Ainsi a-t-il donné raison à ses filles qui ont refusé de poursuivre l'école. Dolores et Carmen sont devenues actrices, une envie qui n'était pas ancrée en lui. Il ne tire aucune gloire d'*Un roi à New York*. Il y tient seulement comme on tient au seul moment d'intimité partagé avec ce père si célèbre et pourtant inconnu. Une association sans lendemain dont le cinéma a conservé la preuve. Sur une photo prise durant le tournage, on l'aperçoit qui se penche avec intérêt vers l'appareil d'un journaliste. Ce garçon à l'air souvent rêveur ou fuyant est là plein de vie. Aucun doute : cet enfant, ce jour-là, était heureux.

Aujourd'hui, Michael s'est lancé dans l'écriture d'un roman. Ce n'est pas la première fois qu'il nourrit une ambition romanesque. Mais il est décidé à aller jusqu'au bout. Il y est question des Cathares, dont le souvenir reste si présent là où il vit dans le Lot. Il admet que le roman historique est un biais pour évoquer une trame plus intime. Cachée au centre de son livre, il y a l'année 1977, l'année de la mort de son père. Il n'en a donc pas fini avec lui.

Il est temps de rentrer à Paris. Nous avons passé plusieurs heures assis à une table du Montreux Palace où Nabokov acheva son existence, s'offrant durant seize ans une suite avec les royalties de *Lolita*. Une autre fin de vie helvétique pour un autre grand exilé. Nabokov, qui n'avait pas oublié la tragédie familiale perpétrée par les bolcheviques, n'aimait guère Chaplin et ses amitiés prosoviétiques. Le hasard a voulu qu'ils meurent la même année. De l'autre côté de la route, j'aperçois la statue de Nabokov, qui contemple à jamais le lac et ses incessants jeux de lumière. Je repense à Chaplin, statufié un peu plus loin, au bord de ce même lac. Nabokov n'est pas debout, appuyé sur une canne, mais assis sur une chaise. Michael ne se sera pas raconté à l'ombre de son père, mais près de l'autre grand homme de la région, l'écrivain Nabokov. Je lui souhaite de mener à bien l'écriture de son livre.

Les 400 coups : Patrick Auffay, l'enfant que je voulais trouver

Pourquoi ai-je jeté mon dévolu sur lui ? Il n'a que le second rôle. Il figure pourtant là, très souvent, dans notre champ de vision, presque autant que l'autre. Mais il est le garçon d'à côté, qu'on ne remarque pas, que le regard escamote. La postérité l'a oublié. On ne se souvient que de l'autre. Exclusivement. Injustement. Antoine Doinel est entré dans l'histoire. Ou plutôt, Jean-Pierre Léaud a volé la vedette, bouffé la pellicule. L'anonyme est son copain, son ombre, son Sancho Pança, son Sganarelle. Tout le monde a vu *Les 400 coups*, mais qui a retenu le nom de son personnage ? Alors, le nom de l'acteur… Mais sans lui, pas de Doinel. Simple faire-valoir ? Plutôt l'ami discret, un peu moins aimable, mal aimé par la caméra. C'est pourtant lui que j'ai retenu. Il y a évidemment de la malchance à débuter aux côtés d'un phénomène nommé Léaud. Comment ne pas éprouver de la tendresse pour ce malchanceux ? Sur l'écran, Patrick Auffay perd déjà la partie. Dans la vie, il va continuer à la perdre, s'éclipsant sur la pointe des pieds loin du cinéma.

René. Dans *Les 400 coups*, ce gamin s'appelle René. Son nom commence par un « R », car René, c'est Robert. Robert Lachenay, le meilleur copain de Truffaut. Autant dire son double, inséparable compagnon d'écoles buissonnières, d'emballements littéraires et de virées fétichistes dans les salles obscures. « On s'était mis ensemble contre les adultes », dira Truffaut plus tard, qui admirait Lachenay, son assurance, sa maturité, ses origines plus bourgeoises. Quand il fait revivre son enfance, Robert Lachenay devient René Bigey, nom emprunté à la grand-mère de Lachenay. Ils se sont rencontrés en 1943, le jour de la rentrée, à l'école de la rue Milton. « Allez vous asseoir à côté de Truffaut, tous les deux, vous ferez la paire », avait commandé le nouveau prof. Scène digne des *400 coups*. Ils s'écrivent dès l'âge de treize ans, fondent à seize un ciné-club, le Cercle cinémane, se prêtent de l'argent, se refilent des tuyaux, des livres, des adresses, se réfugiant dans le grand appartement de Lachenay, rue de Douai, déserté par une mère alcoolique et un père absent et passionné de courses de chevaux. L'appartement que l'on voit dans *Les 400 coups*. L'amitié va parfois jusqu'à la confusion lorsque Truffaut, jeune critique de cinéma, signe certains de ses articles sous le pseudonyme de Robert Lachenay.

En tournant son premier film, Truffaut reconstitue le tandem. Pas d'Antoine Doinel sans René, plus entreprenant, plus débrouillard, plus libre que son copain dont il moque l'asservissement et les angoisses. René n'a pas de comptes à rendre à ses parents, il peut tout oser. Dans une note préparatoire au film,

Truffaut écrit : « Je vois Antoine plus fragile, plus farouche, moins agressif. » C'était avant le casting.

Truffaut hésite sur le rôle à donner à Léaud. Il perçoit vite sa santé, sa gouaille de titi, sa spontanéité, sa joie de vivre, il pourrait faire un excellent René. Finalement, il sera Doinel. René, du coup, est sacrifié, supprimé de plusieurs scènes où il accompagnait Doinel – chez lui, pour faire les courses – car Truffaut a décidé de resserrer son film autour de son personnage principal. Pour le rendre plus attachant, il le montre seul à la maison, vaquant à ses activités maladroites. Il va même jusqu'à intervertir les deux garçons dans la scène fameuse du Rotor. Initialement, ce devait être René qui tournait, Antoine se contentant de regarder dans la galerie réservée aux accompagnateurs. Au tournage, René est réduit au rôle de spectateur[1].

L'histoire est cruelle pour Patrick Auffay. Elle a enregistré sous forme de rushes un dialogue improvisé entre les deux garçons sous l'œil attentif de Truffaut, qui hors champ pose des questions. Très à l'aise, Léaud exprime son désir de réussir dans le « ciné » : il gesticule, plaisante, siffle, tape dans ses mains, raconte les « petites soirées » entre copains, tandis qu'Auffay, les bras croisés, l'écoute faire son numéro, ayant déjà renoncé à s'imposer : plus indécis, il avoue qu'il ne sait pas s'il va continuer à faire des films.

Il refera quand même un petit tour de piste, au début de l'année 1962. Sollicité pour un sketch de

1. Précision apportée par Carole Le Berre dans *François Truffaut au travail*, éditions Cahiers du Cinéma.

commande, Truffaut a l'idée de faire revenir Doinel à l'âge de dix-huit ans : c'est *Antoine et Colette*, un moyen-métrage, qui réutilise une scène des *400 coups*. René, qui a fait une école de commerce, retrouve Antoine dans un café, puis l'accompagne lors du concert final des Jeunesses Musicales avec Marie-France Pisier. Deux brèves apparitions, anecdotiques, et puis c'est tout.

Dans la vraie vie, Robert Lachenay, désireux aussi de passer derrière la caméra, devait être financé par Truffaut, qui venait de triompher avec *Les 400 coups* : on était en pleine politique des copains. Mais *Tirez sur le pianiste*, le second film de Truffaut, est un gouffre financier et il coupe les vivres à Lachenay, qui s'exile, brouillé, au Canada. Schéma classique du frère qui échoue, du second rôle qui largue les amarres, las de jouer les utilités. Tandis que René, comme par hasard, disparaît des « Doinel » tournés par la suite, *Baisers volés* et *Domicile conjugal.* D'autres explications sont possibles : Truffaut, qui tenait à l'emploi des mêmes acteurs, n'était peut-être pas convaincu par Auffay devenu adulte. Doinel, bien occupé désormais sentimentalement, n'avait plus besoin d'amitié masculine. Hasard troublant tout de même : comme si Truffaut avait décidé d'effacer de la fiction l'ami sorti de sa vie. Il ne lui accordera qu'un simple clin d'œil nostalgique en baptisant son protagoniste de *La Peau douce* du nom de Pierre Lachenay. Mais l'ami d'enfance reviendra dans les années 70 et après l'attaque cérébrale du cinéaste, en 1983, les deux hommes se revoient. A l'approche de la mort, Truffaut fait dans le symbolique : il retourne chez sa première femme, Madeleine Morgenstern, et renoue avec son ami d'enfance.

Lorsque j'entame ma recherche sur Patrick Auffay, son modèle, Robert Lachenay, est mort depuis deux ans. Fatigué par ses participations aux hommages à l'ami Truffaut, dont on venait de célébrer les vingt ans de la disparition, il a disparu en 2005. L'homme, effacé, venait parfois aux Puces, passionné par les lettres autographes d'auteurs du XIXe siècle – Balzac surtout, si présent dans l'œuvre de Truffaut – qu'il troquait contre des missives signées de son illustre ami[1]. Un rapide coup de téléphone au fils Lachenay, qui vit dans l'Oise, m'assure que son père n'avait aucune nouvelle du garçon qui l'avait immortalisé, ou disons plutôt, représenté à l'écran.

Par où commencer ? Le dépouillement des archives Truffaut n'a rien donné. Je suis tombé sur quelques brèves lettres échangées, lors de la préparation des *400 coups*, par le cinéaste et le père de Jean-Pierre Léaud inquiet pour sa progéniture. Mais rien d'équivalent avec les parents d'Auffay, qui semble avoir traversé le film comme une ombre. Rien non plus dans les Archives des Films du Carrosse remises depuis 2003 à Marin Karmitz. Chez MK2, on n'a retrouvé aucun contrat d'acteur. Mauvaise nouvelle. Ce bout de papier m'aurait permis d'obtenir une date, un lieu de naissance. Des informations sûres, dont toute enquête a besoin.

Je suppose qu'Auffay est né la même année que Léaud, en 1945. Ou peut-être était-il légèrement

1. Comme nous l'apprend Antoine de Baecque dans sa remarquable nécrologie de Robert Lachenay, précieuse en informations.

plus âgé. Cette approximation n'est guère rassurante. Nous sommes fin 2007. A cette époque, je noue le contact avec le clan Truffaut pour mettre la main sur « l'enfant sauvage » (voir chapitre p. 208). Josiane Couëdel, la dernière secrétaire de Truffaut, se souvient vaguement qu'Auffay était passé sur le tournage de *La Chambre verte*. C'était en 1978, en Normandie. Elle évoque de possibles démêlés avec la justice mais elle n'est sûre de rien et me conseille de solliciter la mémoire de Madeleine Morgenstern, la veuve de François Truffaut. Celle-ci se rappelle une rencontre, il y a dix ou quinze ans, à Evreux, lors d'une rétrospective. Justement, ajoute-t-elle, il habitait la région, peut-être même cette ville. Elle a oublié le lieu précis des projections, mais j'arrive à la conclusion qu'il devait s'agir de la Scène nationale d'Evreux. Là-bas, un certain François Bureau corrige mon tir et m'oriente vers le théâtre des Chalands au Val-de-Reuil, où il y a bien eu une rétrospective, organisée par le réseau Ecole et Cinéma de Rouen que je contacte. Personne ne se souvient de Patrick Auffay. On me conseille de m'adresser au moulin d'Andé, tout proche, où la partie finale des *400 coups* avait été tournée. Truffaut y situait en effet son centre pour jeunes délinquants où Léaud se retrouvait bouclé. Par un raccord magique qui n'appartient qu'au cinéma, il s'en échappait par une course folle qui le menait directement à une plage. Or, le moulin d'Andé, je le vérifie sur une carte, est situé à près de cent kilomètres de la Manche. J'ai toujours voulu me rendre dans cette résidence pour écrivains, hantée par le fantôme de Perec et qui s'était ouverte très tôt sur le cinéma. Truffaut y a tourné des séquences de *Jules et Jim*, Jean-Paul Rappeneau et Louis Malle y ont écrit *Zazie dans le métro*, Alain Cavalier y a trouvé sur la Seine la petite île dont il avait besoin pour la scène finale du *Combat dans l'île*. L'endroit est bucolique, apaisé, éparpillé. Il faut un peu d'imagination pour retrouver le lieu de l'enfermement qui clôt *Les 400 coups*. J'arrive jusqu'à un théâtre en forme de rotonde où s'active une femme aux longs cheveux blancs : Suzanne Lipinska. Elle était déjà dans les murs lors du tournage, et sur la façade de la rotonde, j'aperçois son profil de jeune fille, gravé jadis en médaillon. Elle se souvient en effet d'Auffay, qui dans la séquence finale du film, vient rendre visite à Léaud enfermé. Elle m'énumère les noms des visiteurs adultes, qui ce jour-là firent de la figuration – on aperçoit Madeleine Morgenstern enceinte d'Eva, le premier enfant du couple Truffaut –, mais elle s'avoue incapable de m'aider, sinon en me donnant le nom et le téléphone d'un autre gamin présent dans ces séquences du moulin, François Nocher. Elle m'indique aussi un bosquet dont elle m'engage à écarter les branches. J'y découvre une cage haute, toute rouillée, dont la porte, ouverte, vacille sur ses gonds. Chez Truffaut, elle se refermait sur des enfants punis.

Suzanne Lipinska m'incite à pousser jusqu'au moulin. La vaste propriété descend en pente douce jusqu'à la Seine. Un sentier zigzague avec paresse, jusqu'à de grandes cabanes disséminées dans la verdure, où des écrivains sont en train de chercher l'inspiration. Je longe un vieux court de tennis en bitume envahi par les herbes. Le filet a disparu et quelques arbres ont franchi le grillage, comme s'ils avaient l'intention de remplacer les joueurs désormais absents. Je me souviens d'un autre court de tennis, tout aussi délabré, sur lequel j'ai marché récemment, à Vevey, en contrebas de l'ancien manoir, désert, de Charlie Chaplin.

Arrivé au moulin, je trouve un homme âgé en train de déjeuner. Maurice Pons. C'est à lui qu'on doit la venue de Truffaut. L'année précédant *Les 400 coups*, le jeune cinéaste s'était fait les dents en adaptant sa nouvelle, *Les Mistons*, pour un premier court-métrage avec Bernadette Lafont. Des liens avaient été noués. Pons, qui n'a pratiquement pas bougé depuis un demi-siècle, est le gardien du temple. La mémoire du lieu. Mais il ne se souvient pas d'Auffay. De retour à Paris, j'appelle François Nocher, qui n'a de souvenir que de Léaud. Courses-poursuites, parties de pêche... Ils semblent s'être bien amusés. Sans le savoir, je suis tombé sur un autre enfant acteur. A l'époque, Nocher avait en effet aussi tourné avec Autant-Lara dans *La Jument verte* et *Les Régates de San-Francisco*. Mais ce dernier film sulfureux avait été interdit, suite à une violente campagne des communistes, qui l'avait pris pour cible, lui, le fils de Jean Nocher, célèbre polémiste du RPF, le parti gaulliste. Toute l'affaire s'était terminée chez le juge d'instruction. Nocher, qui vit des droits de sa pièce *Tchekhov-Tchekhova* jouée dans le monde entier, pourrait entrer par effraction dans ce livre. Mais c'est Auffay que je cherche.

Dans le même temps, je laisse plusieurs messages sur le répondeur de la compagne de Jean-Pierre Léaud. La secrétaire historique des Films du Carrosse, Monique Holveck, m'a en effet appris, juste avant de partir à la retraite, que Léaud avait bu un verre avec Auffay, il y a une dizaine d'années, dans le quartier de Montparnasse. Comment a-t-elle obtenu cette information ? Elle ne me le dit pas. D'ailleurs, elle n'en sait pas plus. Mes différents messages téléphoniques n'ont aucun succès. Léaud fait le mort. J'espère qu'on lui a transmis ma demande.

En désespoir de cause, je me tourne vers un collègue du journal spécialisé dans l'investigation. Je lui fournis tous les éléments, assez maigres j'en conviens, dont je dispose. Il a ses entrées auprès des services de police et pourrait remonter jusqu'au détenteur d'une carte grise. Mais Patrick Auffay ne semble pas avoir le permis. Ma déception est relative : cela m'aurait embêté de devoir la solution à un autre.

Entre-temps, je repense à Evreux. L'indication donnée par Madeleine Morgenstern semblait avoir esquissé une zone géographique. Auffay s'était-il rendu sur le tournage normand de Truffaut en raison de cette proximité ? Je me résous à accomplir la démarche par laquelle tout bon limier aurait dû commencer : les renseignements téléphoniques. Je trouve justement la mention d'un Patrick Auffay à Evreux. Personne ne décroche. Je ne laisse aucun message. Je devine un homme qui n'a pas voulu laisser de traces, or, je veux avoir le temps de lui parler, de le convaincre de mes bonnes intentions. Régulièrement, je réessaie. Au bout de quelques semaines, je fais appel au service d'enquête de la mairie d'Evreux, à qui je m'ouvre de la raison de ma démarche. Là-bas, on est apparemment cinéphile, car un agent se rend aimablement à l'adresse dite. Il trouve porte close. Le hasard veut que je me rende fréquemment dans une maison de campagne, située seulement à une vingtaine de kilomètres d'Evreux. Un samedi, je me décide à rallier la résidence du Clos Joséphine. Joli nom pour un quartier sinistre. Je reste en faction. Il pleut des cordes. Je songe à Truffaut dissimulé dans l'encoignure d'une porte, après qu'une agence de détectives eut retrouvé son vrai père, qui se révéla être un médecin juif nommé Dreyfus. Il l'avait aperçu sortant de chez lui, mais l'avait laissé s'éloigner sans faire un geste. Auffay n'est pas mon père, je vais sonner. La porte s'ouvre sur un homme d'une cinquantaine d'années. Trop jeune. Cela ne colle pas. Il se déclare désolé de ne pas être celui que je cherche. Je ne suis pas le premier. Il y a cinq ou six ans, quelqu'un s'est déjà présenté. Cette visite l'avait d'ailleurs incité à se procurer *Les 400 coups*, qu'il n'avait jamais vu. Dans son regard, je devine une vague perplexité : pourquoi cet acharnement à retrouver son homonyme ? Il me souhaite bonne chance, mais lorsque je regagne ma voiture sous la pluie battante, je sens que le découragement est en train de l'emporter.

Le mois suivant, alors que je suis de passage à la BIFI (Bibliothèque du Film), où j'avais déjà consulté le fonds Truffaut, un archiviste me conseille de contacter la Caisse des dépôts et consignations, qui centralise les versements aux enfants acteurs. Là-bas,

Jean-Luc Delerin m'enlève tout espoir. Le film est antérieur à 1964, année où la législation met en place le compte bloqué pour les enfants et la tutelle de la DDASS, qui surveille leurs conditions de travail : il ne dispose donc d'aucun dossier. Il passe lui-même son temps à rechercher ces enfants à qui, la majorité venue, la Caisse doit verser leur pécule qui atteint parfois de jolies sommes. *Les 400 coups* appartiennent à cette préhistoire du cinéma, où les enfants, administrativement, ne laissaient aucune trace. Il évoque aussi la possibilité qu'Auffay portait un autre nom, pratique courante à l'époque. Hypothèse que j'ai envisagée dès le début tout en l'écartant. Tant que je n'aurai pas connaissance de cet autre patronyme, je me refuse à y penser. Il me donne également le nom d'une agence de détectives, Détecnet, basée à Tours, à laquelle il fait parfois appel. Je nage en plein Truffaut. Mais comme l'écrivait le cinéaste, « les films sont plus harmonieux que la vie », il n'y a pas d'embouteillage et les agences réclament un peu moins de renseignements pour entamer leur enquête : chez Détecnet, on me demande le dernier domicile connu de Patrick Auffay. Et pourquoi pas son numéro de téléphone aussi ?

Je fais un nouveau tour d'horizon des personnes qui auraient pu, à l'époque, approcher Patrick Auffay. Je me souviens que Serge Moati faisait partie des enfants de la classe et j'en appelle à sa mémoire. Il me répond immédiatement. « Hélas, je ne sais rien de ce garçon que je percevais comme un peu fade, une ombre aux côtés de Jean-Pierre dont j'étais si jaloux parce que Truffaut l'avait choisi. Patrick sur le tournage était effacé, un bourgeois (petit) et très blond. Pour l'orphelin tunisien de onze ans que j'étais, c'était un riche, un Parisien avec des parents et tout. Sans l'étrangeté apparente de Jean-Pierre ou la drôlerie de Kanayan, qui joue le cancre. On ne s'est jamais revus. » Mais c'est un début de description. Pourquoi s'acharner à retrouver un garçon un peu fade ?

La récolte est plus maigre du côté de Bertrand Tavernier. Dans le fonds Truffaut, j'ai découvert une brève lettre que Tavernier, alors simple lycéen âgé de dix-sept ans, avait adressée au jeune cinéaste dont il avait appris le projet en venant à la présentation d'un film par Truffaut à la Cinémathèque. Avec un flair stupéfiant, il lui demandait l'autorisation de passer sur le tournage juste avant Noël 1958. Autorisation accordée, mais qui ne lui avait pas permis de croiser la route de Patrick Auffay, qu'il appelle aujourd'hui Auffray. Par confusion sans doute avec le chanteur Hugues Aufray.

En revisionnant le générique du film, je m'aperçois que presque tout le monde est mort, hormis Claire Maurier, qui jouait la mère de Doinel. Oui, la mère de Doinel est toujours vivante. Elle est d'ailleurs encore actrice, ce qui m'aide à la recontacter. Mais elle ne partageait aucune scène avec René. Elle garde cependant le souvenir d'un enfant effacé qu'elle avait entraperçu. Si je m'intéressais à Léaud, elle serait une mine. Garçon vif, lumineux, attachant, espiègle… Les épithètes lui viennent spontanément. « Ah, ça t'intéresse », lui avait-il lancé, hors caméra, lors de la scène du bain où elle veut le laver. Il y était entré nu.

Quelques années plus tard, alors qu'elle prenait un café en terrasse, il était venu s'asseoir en lui affirmant qu'il était poursuivi par les flics. J'ai un flingue sur moi, avait-il précisé. Et il lui avait en effet montré le revolver qu'il portait sur lui. Malgré une carrière bien remplie, Claire Maurier est restée à jamais madame Doinel. Truffaut, raconte-t-elle, l'avait choisie parce qu'elle ne ressemblait pas du tout à sa mère. Pour accentuer cette différence, il l'avait fait teindre en blonde. Tendus sur le tournage, en raison du rôle qu'elle avait à jouer, ses rapports avec le cinéaste avaient été très cordiaux par la suite. Ils avaient correspondu régulièrement. Mais un jour, en 1978, elle avait reçu un étrange courrier où Truffaut lui demandait des photos récentes d'elle. Il préparait *L'Amour en fuite*, le dernier opus de la saga Doinel, et voulait que Léaud se rende sur la tombe de sa mère désormais décédée. Le cinéaste souhaitait pouvoir mettre une photo de Claire Maurier sur cette tombe. En guise de réponse, l'actrice lui avait expédié des images de pin-up où elle posait en maillot de bain. Facétieuse madame Doinel !

Sur le générique, je relève aussi le nom d'un futur écrivain encore vivant : Robert Bober. Il a raconté depuis, dans son dernier livre, comment il avait été amené à travailler pour Truffaut. Fort de son expérience de moniteur dans les colonies communistes juives (Commission centrale de l'enfance), il avait repéré l'annonce du film dans *France-Soir* et proposé ses services d'animateur à Truffaut, qui avait décliné l'offre. Mais débordé sur le tournage par des gosses trop bruyants, le jeune cinéaste avait rappelé en urgence Bober, qui avait proposé des jeux de... mime. Il a donc travaillé avec l'ensemble des enfants et se rappelle très vaguement Auffay, un garçon réservé. Même verdict que Moati. On se souvient mal des enfants sages et discrets.

Je raconte mes déboires à un spécialiste en disparitions, un expert en fantômes du passé traqués au bout de la plume : Patrick Modiano. Il a déjà lu avec bienveillance plusieurs chapitres de ce livre qui s'écrivent plus facilement. L'auteur de *Dora Bruder* me suggère d'insérer un avis de recherche dans les journaux : comme pour renouer avec l'annonce primitive du film parue dans *France-Soir*, qui avait fait surgir une première fois Patrick Auffay. Idée magnifique d'un retour possible, d'une répétition de l'histoire. Mais à notre époque, les gens lisent-ils encore les avis ? J'ai trouvé sur Internet quelqu'un qui se posait la même question que moi : qu'est devenu Patrick Auffay ? Nous pourrions créer un forum, constituer une communauté de membres en quête d'Auffay. *Recherche désespérément Auffay.* Touché par sa sollicitude, je remercie l'écrivain, sans mettre à exécution sa séduisante suggestion.

Je passe régulièrement à la BIFI pour tenir au courant Régis Robert, qui s'occupe du fonds Truffaut. Un jour, il me glisse le nom de Claude de Givray, un des amis proches du cinéaste, et dont l'épouse, Lucette, fut aussi la première secrétaire des Films du Carrosse, aux temps des *400 coups*. C'est elle que j'entends parler en arrière-fond, alors que j'expose la situation à son mari dont j'ai trouvé le téléphone dans l'annuaire. Auffay s'appelait autrement, elle en est certaine, car elle était chargée de toute la paperasserie. J'étais donc parti sur une fausse piste. Malheureusement, le vrai nom ne lui revient pas, il s'agissait d'un nom compliqué, aristocratique. Ils me promettent très gentiment de solliciter leurs mémoires.

En discutant avec un ami, qui a l'habitude des longs chantiers biographiques, j'apprends que pour accéder à Jean-Pierre Léaud, il vaut mieux passer par la voie épistolaire. Car je n'ai pas oublié ce fameux rendez-vous près de Montparnasse avec son vieux copain René. Je me fends donc d'une longue lettre où je fais part de mon désespoir à l'ex-détective de l'agence Dubly dans *Baisers volés*. Huit jours plus tard, vers neuf heures du soir, je reçois un appel masqué auquel je réponds sans prendre garde : une voix solennelle et sépulcrale me demande si je suis bien la personne qui lui a écrit cette lettre sur Patrick Auffay. C'est Jean-Pierre Léaud. Je crois tenir la solution, mais c'est sans compter sur d'évidents problèmes d'élocution qui me font rater un mot sur deux. Je comprends toutefois qu'il a bien pris ce verre dans un café – il me donne le nom, comme s'il s'agissait d'un lieu très célèbre, mais n'osant pas avouer mon inculture parisienne, je l'oublie instantanément – où Auffay l'avait reconnu. Mais il ne s'appelle pas du tout Auffay. Léaud m'engueule presque, comme si j'étais le dernier à ignorer qu'il a pour nom… Un patronyme à rallonge sort de sa bouche. Je lui fais répéter. Il a vraiment du mal à articuler. Lui redemander une troisième fois serait frôler l'impolitesse. J'argue de la mauvaise qualité de mon portable pour proposer qu'on se rappelle sur un fixe. Il refuse. Je devine sa méfiance : il peut raccrocher à tout moment. J'ouvre donc grand mes oreilles, comme si j'écoutais un message d'une importance extrême mais délivré dans une langue étrangère dont je ne maîtrise que les rudiments. J'attrape finalement quelque chose qui ressemble à ceci : Benneteau de Bridenne. A l'époque, précise Léaud, ce Benneteau travaillait pour le patronat. Car il sortait de son bureau et l'avait croisé dans ce café tout proche. Pour Léaud, tout ceci semble très logique, mais comme j'ignore l'emplacement du café, je suis perdu. Et d'abord de quel patronat s'agit-il ? Du patronat, me répond Léaud, qui enchaîne sans transition sur mon projet de livre : le cinéma, dit-il, massacre les jeunes gens et il me donne l'exemple de cette comédienne dans le *Journal d'un curé de campagne* de Robert Bresson, qui en était morte. Il cherche le nom. J'ai beau essayer de le relancer sur Benneteau, il ne pense plus qu'à ce nom qui lui échappe. Il s'énerve : elle s'était jetée sous le métro, quelques années plus tard… Il ne le retrouvera pas et je n'en saurai pas plus sur Auffay, car Léaud, sur ce double échec, me laisse, épuisé.

Dix minutes plus tard, le voici qui rappelle. « Nicole Ladmiral, il faut que vous écriviez sur Nicole Ladmiral. » Mais elle n'était plus tout à fait une enfant. « C'est l'exemple même du mal que peut faire le cinéma », il hausse le ton, « le cinéma tue, vous comprenez, il faut le dire. » Parle-t-il pour lui ? Je m'interroge. Etait-ce la faute de Bresson ? Long silence. J'essaie de réfléchir vite. Léaud a été très proche de Godard au moment où celui-ci tomba amoureux d'Anne Wiazemsky, qui tournait *Au hasard Balthazar* de Bresson. Je sens qu'Auffay, ou quel que soit son nom, s'éloigne. Léaud insiste : c'est dans les yeux de Nicole Ladmiral que le curé lit la tentation du suicide, il lui subtilise une lettre d'adieu au père, mais elle déclare : je vais pécher pour l'amour du péché. Des bribes du film lui reviennent par flashes. Elle veut se suicider dans le film et se suicide quelques années après, répète-t-il. Je lui demande comment il écrit Benneteau de Bridenne, mais il ne m'écoute plus, il parle maintenant de Brooke Shields, « la Petite » de Louis Malle, qu'il avait croisée dans les coulisses des Césars, le soir de l'hommage rendu à François Truffaut. Je me souviens d'avoir vu cette cérémonie à la télévision en 1985. Léaud, livide, était apparu, sosie fantomatique de Truffaut, qui semblait survivre en lui… « Elle m'avait regardé avec un sourire plein de compassion, nous étions deux enfants du cinéma, on s'était reconnus. » J'essaie d'obtenir un rendez-vous, mais il esquive, « non, le téléphone, c'est très bien, il faut en rester là, on peut s'appeler quand vous voulez ». Parlez-moi de Patrick… « Une autre fois… » Il est fatigué. Je comprends de moins en moins ce qu'il me dit, comme s'il était loin d'avoir toutes ses dents. Nicole Ladmiral… Il prononce à nouveau ce nom, qui l'obsède depuis qu'il l'a retrouvé. Puis il raccroche.

Peut-être a-t-il raison. C'est sur Nicole Ladmiral qu'il faudrait écrire. Je me repasse l'admirable scène de la confession dans le film de Bresson : « Vous êtes le diable », lâche-t-elle au curé, qui a deviné sa pulsion suicidaire et la détourne. Elle a vingt ans, peut-être vingt et un. Pensait-elle à cette phrase lorsqu'elle se jeta, sept ans plus tard, le 11 avril 1958, sous une rame de métro ? Je découvre que sa mort bouleversa une autre actrice, Isabelle Pia, qui, choquée, abandonna sa carrière. D'autres victimes du cinéma. Nicole Ladmiral fut l'épouse de Roland Dubillard, toujours vivant, qui évoque son souvenir dans son journal, *Carnets en marge* : « On t'a eue. On m'a employé à t'avoir. » Demi-aveu d'une culpabilité retorse ? Aujourd'hui, leur fille, Ariane, chante des textes composés par le père pour la jeune femme, morte à vingt-huit ans sans avoir jamais retourné dans un film. Il y a là en effet comme le début d'une histoire, fascinante, à laquelle Jean-Luc Godard, dans ses *Histoire(s) du cinéma*, au chapitre *Fatale beauté*, fait allusion, finissant ainsi de me détourner de Patrick Auffay – je préférais son ancien nom – pour un temps. Un temps seulement.

Patrick Benneteau de Bridenne. Orthographe phonétique incertaine. Muni de ce nouveau patronyme, je rappelle les Givray, qui me confirment que je suis sur la bonne voie : c'est cela, plutôt Britten, précise Lucette, qui se souvient d'une grande dame du 16e arrondissement, venue confier son fils à condition que l'on modifiât son nom. Mais pourquoi avoir voulu que leur enfant fasse du cinéma ? Qui en avait exprimé le désir ? La gêne, l'embarras de Patrick Auffay venaient-ils d'une volonté parentale, qui l'avait poussé devant les caméras, prélude à un désintérêt pour le cinéma, une fois le souhait de ses parents exaucé ?

Je tape tous azimuts ce nouveau nom, mais sans résultat.

Il me reste encore la piste du patronat. Vague, je le reconnais. Mes ressources ne sont toutefois pas négligeables. Le responsable des pages économie de mon magazine me conseille un vice-président du Medef, qui pourrait s'intéresser à mon cas. Jean-Luc Placet se charge en effet très gracieusement de faire interroger ses fichiers. Mais ils n'ont gardé trace d'aucun nom correspondant. Benneteau de Britten n'a pas été au Medef. Mon contact suggère qu'il aurait pu travailler pour l'AFAR, qui regroupait jadis des unions patronales. Mais les archives de cette association sont difficilement accessibles. Me voilà donc de nouveau dans une impasse.

Il s'écoule plusieurs mois avant que je ne trouve un message sur le répondeur à mon bureau. Claude de Givray m'y faisait part d'un hasard étonnant survenu lors d'un dîner. Pour meubler la conversation, il avait évoqué ma recherche auffaysienne. Un homme assis autour de cette même table était alors intervenu : « Je le connais, j'ai été en classe avec lui. » Et il avait surtout gardé un contact, car les anciens de leur lycée se retrouvaient de temps à autre. L'homme a pour nom Gérard L. et Givray me donne son contact. Mais ce Gérard ne veut pas me communiquer les coordonnées de Benneteau de Bridenne – il ne me confirme d'ailleurs pas l'orthographe de son nom. Cependant, il me promet de lui faire part de mon envie de le rencontrer. Plusieurs semaines passent. Aucune nouvelle. En attendant, je tente ma chance auprès des abonnés du téléphone qui répondent à des patronymes avoisinants. Je concentre mes attaques sur les Patrick Bennetot. Il y en a quelques-uns en France. Aucun résultat, même si la mauvaise humeur de l'un d'eux, son ton agressif suscitent ma méfiance. Comment vérifier ? Ai-je l'air d'un fou ? N'aurais-je pas également les mêmes réactions ?

Après quelques mois, je reviens vers Gérard L. Il me dit n'avoir obtenu aucune réponse de son ex-copain. J'insiste. Nous avons une conversation quelque peu houleuse où il me brandit l'argument du respect de la vie privée. Si cet homme ne répond pas, c'est qu'il veut qu'on le laisse tranquille. Il a tourné la page et ne souhaite pas qu'on l'oblige à exhumer un passé peut-être désagréable. J'entends cet argument et promets que la rencontre aura lieu à ses conditions. Si Benneteau, ex-Auffay, veut garder l'anonymat, si même il ne veut pas que je communique le résultat de mes recherches, je l'accepterai. Tout, sauf cette frustration. Gérard L. ne cède pas. Il refuse de me transmettre le moindre renseignement qui pourrait me permettre d'avancer. S'il obtient l'accord d'Auffay, bien entendu, il jouera les intermédiaires. Je suis dans une impasse. Et je repense à ce contrat d'acteur que je n'ai pu me procurer auprès de MK2. Si au moins je pouvais obtenir son véritable nom, sa date et son lieu de naissance… Chaque recherche a ses carrefours où il ne faut pas rater le bon embranchement. J'ai l'impression d'avoir loupé le coche. Un jour peut-être, Patrick Auffay se manifestera auprès de Gérard L. Mais je n'y crois guère. Il me semble que cet homme a brûlé ses vaisseaux, effaçant derrière lui toute trace qui pourrait permettre de remonter jusqu'à lui.

Quelques jours plus tard, je décide de relancer MK2 en joignant ce chapitre déjà écrit. Ces archives doivent bien être consultables. La réponse, grâce à l'attachée de presse Monica Donati, qui se charge personnellement du dossier, est cette fois presque immédiate. Mais négative. Aucun contrat d'acteur ne se trouve plus dans le dossier des *400 coups*. Envolés. Evaporés. C'est une malédiction. Ou Auffay est protégé par un bon génie…

L'épilogue de cette vaine recherche a eu lieu quelques semaines après la parution de la première édition de ce livre. Comme le veut l'usage, j'en avais fait le service de presse. Un des exemplaires arriva chez un journaliste dont l'épouse le trouva sur la table basse de leur salon. Elle le feuilleta, par curiosité, puis lut ce chapitre intitulé « L'enfant que je voulais trouver ». Le lendemain de sa lecture, elle m'envoya un mail où elle m'avouait être une amie proche d'une personne qui connaissait Patrick Auffay. Elle en savait assez long pour me préciser que, dans mes pérégrinations, j'avais échoué assez près du but.

Quelques jours plus tard, je prenais un verre avec la propre fille de Patrick Auffay, qui exerçait le même métier que moi, journaliste de cinéma. Pendant plusieurs années, nous nous étions donc frôlés dans les mêmes salles de projection de presse, sans nous adresser la parole, sans deviner non plus, bien entendu, le lien invisible qui nous unissait. Elle avait lu entretemps le chapitre consacré à son père et m'annonça que, pour son nom, une moitié était exacte. L'autre moitié n'était pas entièrement fausse, car elle correspondait au patronyme de la mère de son père, qui avait accouché à Berlin, alors qu'elle travaillait pour les forces d'occupation françaises. J'appris que le futur Patrick Auffay était né en 1947, qu'il avait donc, au moment du tournage, deux ans de moins que Jean-Pierre Léaud, dont la mémoire, par une curieuse association d'idées, avait retenu ce nom qui n'était pas tout à fait le sien. Par la même occasion, je découvrais une bien étrange coïncidence : Patrick Auffay avait au fond vécu une situation analogue à celle que François Truffaut révélait justement dans *Les 400 coups*. Sa mère, pour légitimer une naissance hors mariage, s'était en effet remariée avec un monsieur qui avait donné son nom au rejeton.

Mais d'où venait le nom d'Auffay ? Sa fille fut incapable de me donner une réponse, son père lui ayant presque systématiquement opposé une fin de non-recevoir dès qu'elle abordait le sujet du film. Elle avait eu beau lui offrir des photos, des affiches, relatives aux *400 coups*, ses cadeaux n'avaient pas plu à un homme qui avait violemment tourné la page de cette époque. Sur le reste, mes intuitions nées de mes recherches erratiques, elle m'apporta des précisions qui me prouvaient qu'elles n'étaient pas tout à fait infondées. J'eus dès lors la certitude que cet homme ne voulait pas être retrouvé et avait coupé les ponts avec son passé. Mais j'avais désormais un moyen de remonter jusqu'à lui. Notre rencontre avait eu lieu à la fin de l'année 2011. A ce jour, au mois de mars 2013, je ne l'ai toujours pas contacté.

Zazie dans le métro
Catherine Demongeot : Ne m'appelez pas Zazie !

« Plus tard, je ferai institutrice. » Voilà ce que Zazie répond à Philippe Noiret qui lui demande ce qu'elle voudra faire quand elle sera grande. Devenir institutrice, aller à l'école jusqu'à soixante-cinq ans. « Et pourquoi ? » insiste Noiret. Avec son langage un peu vert, elle réplique aussi sec : « Pour faire chier les mômes. Pour leur faire lécher le parquet. Leur enfoncer des compas dans le derrière. Leur botter les fesses avec des bottes à éperon »…

Catherine Demongeot, alias Zazie, n'est pas devenue institutrice. Mais elle va toujours bien à l'école où elle enseigne à des élèves, qui sont simplement un peu plus âgés. A priori, elle ne fait pas chier les mômes. Ne leur fait pas lécher le parquet. « Je serais plutôt pas assez sévère. Un peu trop cool. » Mais la prophétie de « Zazie » s'est accomplie. Au détour d'une réplique empruntée à Queneau, la petite Catherine a, sans le savoir, énoncé son destin. Tous les enfants parlent de ce qu'ils voudront faire quand ils seront grands. Catherine, elle, a prononcé tout haut au cinéma ces mots, qui l'ont suivie toute sa vie comme un joli clin d'œil. Il serait facile d'y voir l'influence du film de Louis Malle. Ce n'est bien sûr pas si simple. Les voies qui l'ont menée au professorat sont un peu plus impénétrables. D'ailleurs, à l'époque, elle n'envisageait que mollement de devenir institutrice. « Ma mère l'avait été, je devais donc y penser un peu, mais j'étais beaucoup plus intéressée par l'astronomie. » Elle n'a en tout cas jamais rêvé de devenir actrice.

Catherine Demongeot a changé de nom. Elle s'est mariée. A eu trois enfants. A même un petit-fils de mère lettonne. A notre rencontre, elle a posé un seul préalable : conserver son anonymat. Je lui ai promis de le préserver. C'est par le producteur d'Arte, Thomas Baumgartner, que j'ai pris contact avec elle. En 2005, la chaîne préparait l'édition DVD du film et Baumgartner est parti à sa recherche. Sur le DVD, Catherine se prête au jeu de la nostalgie. Quarante-cinq ans ont passé et elle rejoue quelques scènes avec deux des comédiens. Mais c'est un enregistrement radio : elle reste invisible derrière un micro.

C'est dans son paisible pavillon qu'elle me reçoit par une froide journée de novembre. Elle m'accueille en pantoufles, sans manières. Durant l'entretien, je verrai passer furtivement la silhouette de son mari. Un chat se faufilera aussi ; sa maîtresse est occupée, il en profite pour anticiper le repas du soir. Pour la bonne cause, un calendrier à vendre, les pompiers viendront interrompre la conversation. Catherine Demongeot se relèvera aussi pour allumer la lumière : on papote, on papote et la pénombre a envahi le salon.

A mon arrivée, la revue de presse du film était déjà posée sur la table basse du salon. Cela démarre fort : couverture de *L'Express*, le 8 mars 1960. A l'époque, un grand hebdomadaire pouvait faire sa « cover » sur une enfant inconnue. L'album est l'œuvre de sa mère et pourrait s'intituler : la gloire de ma fille. Elle n'en a rien manqué. Certaines coupures sont postérieures au film, car la célébrité joua les prolongations jusqu'en 1963. Tout est conservé dans un ordre parfait, de même que les feuilles de service du film. Ces plannings témoignent que du 7 mars au 30 juin 1960, elle a travaillé comme une véritable adulte. Elle me montre également sa version du scénario de *Zazie*, un exemplaire qui porte le numéro 41. Le papier a jauni, mais il est encore en excellent état. Elle en feuillette les pages, ce qui me laisse tout le loisir d'observer ses cheveux coupés au bol, cette coiffure qui avait tant plu à Louis Malle et tant marqué les esprits. Elle ne les a pas toujours eus aussi courts. Une de ses anciennes élèves, que j'ai retrouvée, m'a parlé de ses « longs cheveux épais ondulés avec une raie au milieu, très classique ». Mais à cinquante-huit ans, elle est revenue à sa coiffure d'enfant, encadrant un visage de titi parisien qui a pris à peine quelques rides. On devine une femme en pleine forme, une vie sage et saine. Bien sûr, elle n'a plus la pétulance de la petite fille. Mais elle s'anime facilement et laisse voir, quand elle sourit, ses dents du bonheur. Ce bonheur insolent qui éclate sur l'affiche de *Zazie*.

Zazie est avant tout une image. Un visage rieur. Des yeux malicieux. Des dents éclatantes. Une gaieté effrontée qui vous dit « Napoléon, mon cul » et

« vous n'êtes que des vieux cons ». Tout le monde n'a pas vu le film de Louis Malle. Ni lu le livre de Queneau. Mais tout le monde, ou presque, a entendu ce nom de Zazie. Avant d'être le nom d'une chanteuse à la mode, Zazie fut une icône de l'enfance qui ne s'en laisse pas conter, démasquant les adultes et leurs mensonges.

De Catherine Demongeot adulte, on ne trouve sur Internet qu'une seule photo floue prise à la Cinémathèque en 2007 lors de l'inauguration du fonds Louis Malle : avec l'épisode Arte, ce fut la seule fois où elle aura accepté de remettre le nez dans *Zazie*. On la devine devant l'affiche du film ; elle est en profil perdu et discute avec une des filles du cinéaste. Cette soirée fut placée sous le signe des retrouvailles. Pour la première fois, elle y revoit les deux assistants de Louis Malle, Philippe Collin et Olivier Gérard, qu'elle avait croisés à l'enterrement du cinéaste, en décembre 1995, dans l'église Saint-Sulpice. Mais ce n'était ni l'endroit ni le moment. « J'avais signé le livre d'or, puis je m'étais esquivée. » Quelques jours après la Cinémathèque, elle déjeune avec Collin et Gérard. Le comédien Antoine Roblot s'est joint au petit groupe : il jouait le chauffeur de taxi avec qui elle descend les escaliers de la tour Eiffel en lui demandant le sens du mot « homosessuel ».

Sur le tournage, c'est surtout Olivier Gérard, alors deuxième assistant, qui s'est occupé d'elle. L'homme, qui me reçoit devant un feu de cheminée, dans un délicieux appartement sous les toits, rue du Verbois, a fait plus de cent films. Il a été l'assistant de Renoir, de De Broca, de Rappeneau, de Welles… mais il n'a rien oublié de *Zazie* : « Avec Louis et Philippe, on l'avait adoptée. Elle est entrée dans notre équipe comme si tout allait de soi, sans aucune réticence. Pour elle, on faisait partie d'une grande machine, d'une histoire fantastique. Elle était un peu notre petite sœur. »

Pourtant, la bande ne l'a pas chouchoutée. Aucun traitement de faveur, même si les adultes n'oublient jamais qu'il s'agit d'une enfant : « Mais c'était un peu nous aussi, les gosses. Louis se comportait avec elle comme un enfant. » Gérard n'aura besoin de la rappeler à l'ordre qu'une seule fois, au début du tournage. « On l'avait fait attendre. Au cinéma, on attend beaucoup. Alors, elle s'est mise à gémir, à réclamer, à pleurer. Je suis allé la voir et je l'ai grondée : "Écoute, on t'a prise pour un film, tu vas travailler avec nous, alors, tu ne vas pas pleurer tous les jours, sinon, ce sera très embêtant pour toi." Et cela a été fini pour le reste du tournage. » Une scène symbolise leur entente. Dans la dernière partie du film, Zazie déambule la nuit sur les grands boulevards. Pour Louis Malle, c'est un clin d'œil – le film en est truffé – à une scène culte de son *Ascenseur pour l'échafaud*, où Jeanne Moreau, sur la musique de Miles Davis, erre dans le Paris nocturne. La petite Zazie tombe de sommeil et finit par poser sa tête sur le capot d'une voiture. Des plans filmés à l'arraché. « Catherine, en revoyant le film, m'a aperçu dans le champ. Elle était seule dans la rue, la nuit. J'étais là, en tant que second assistant, pour la protéger. » Catherine Demongeot confirme.

Elle me fait confiance. Pourtant, les journalistes, elle ne les aime pas beaucoup. Elle me montre l'article de *Paris-Presse*, qui annonce que « 499 (!) petits monstres fardés se sont présentés au casting du théâtre des Champs-Elysées. Incapable de supporter ce vacarme, Louis Malle s'est enfui par un escalier… ». Commentaire de Catherine : « N'importe quoi. »

Loin de moi l'idée de défendre ma corporation, mais à l'époque, le film est un événement. Quel enfant, dont ce serait le premier rôle, ferait aujourd'hui la couverture de *L'Express* ? Le livre de Queneau, l'année précédente, a été un énorme succès : 150 000 exemplaires vendus. Et Louis Malle, depuis *Les Amants*, tourné en 1958, traîne une réputation bêtement sulfureuse. Très vite, la presse pousse les hauts cris et pilonne à tout-va : une petite fille va dire des gros mots à l'écran. Même l'excellent Pierre Dumayet, de « Cinq colonnes à la une », se mêle au troupeau. Sur les neuf minutes d'émission avec Catherine, il en consacre la moitié à ces fameux gros mots. Pour que le bon peuple puisse en juger par lui-même, on lui fait répéter d'abord quelques bribes du film, dont le fameux « Napoléon, mon cul » : « Il m'intéresse pas du tout cet enflé avec son vieux chapeau à la con. » Mais le dernier mot a été bipé. La télé, jalouse du cinéma et de sa liberté, préfère la lui reprocher. Dumayet n'a qu'une idée en tête : savoir si dans la vie de tous les jours, la petite Catherine parle aussi mal que Zazie. Ce gros ours moralisateur la bombarde de questions et tente de lui faire cracher le morceau.

« Alors, c'est toi, Zazie ? » « Est-ce que tu l'aimes, Zazie ? » « Est-ce que tu comprends ce qu'elle dit ? » On sent, et c'est insupportable, que Dumayet veut lui faire dire que Zazie est une petite fille impolie et donc un exemple à ne pas suivre. Elle vient de jouer son premier rôle et on veut déjà le lui faire renier. Mais vautrée sur la table de la cuisine familiale, Catherine le dévisage avec un œil malicieux et fait la moue. Dumayet finit par lui demander ce qu'elle a préféré dans le film. « Zazie », persévère Catherine qui ne s'en laisse pas conter. Dumayet s'agace. « Et à part elle ? » « Le perroquet la Verdure. » « Tu te souviens de ce qu'il dit ? » « Tu causes, tu causes, c'est tout ce que tu sais faire », répond la petite fille, qui après une légère hésitation, ajoute, à l'intention de l'homme de télé : « Un peu comme toi. » Dumayet n'en revient pas et contre-attaque : « Tu crois que tu m'aurais dit cela, il y a trois mois ? » Le message est clair : le cinéma, c'est le mal, qui vient corrompre vos enfants. On est en 1960. On devine le monde adulte sur ses gardes, agacé par la déferlante de cette jeunesse qui n'a pas fini de le surprendre : la repartie insolente de Zazie en est le prélude gai, l'ouverture joyeuse.

L'échange a marqué Catherine Demongeot : « Pour que l'équipe s'installe chez nous, il avait fallu pousser tous les meubles. Mais j'avais dit "foutre les meubles" au lieu de "mettre". » Elle s'en souvient encore : à l'époque, elle fait attention aux mots qu'elle prononce. « Je ne voulais pas qu'on me confonde avec Zazie. » Dumayet avait cuisiné ses parents sur le même sujet : « Mon père, qui avait de l'humour, lui a balancé : “Au moins, comme ça, elle aura appris du vocabulaire.” »

Catherine ne cultive donc pas un grand amour des journalistes. « Sur le tournage, tout allait bien. Personne ne venait nous casser les pieds. » Une seule personne, Mme Houdot, la chaperonne et lui tient lieu d'institutrice : « Regardez, sur cette photo, à la tour Eiffel, j'ai un cartable dans les mains. » L'a-t-elle ouvert ? Elle ne s'en souvient pas. Son frère aîné passe parfois sur le tournage pour prendre des photos. La voilà dans les bras d'un géant américain : « Un figurant dans l'ascenseur de la tour Eiffel. Il m'avait offert un Monopoly, on n'arrêtait pas de jouer. » La petite fille découvre ce jeu. Elle découvre aussi un univers où l'on n'arrête pas de se tutoyer et de s'embrasser. De son côté, elle dresse la liste des personnes présentes sur le tournage, qu'elle classe par ordre de préférence. Numéro un incontesté : Louis Malle. Il est si beau et si gentil. Une maquilleuse qu'elle n'aime pas arrive en dernier. « Elle n'avait pas apprécié. »

Puis le film sort. Elle en est, par la force des choses, la vedette. Ce n'est que le second film de Noiret, encore méconnu. Les journaleux défilent. Avec cette question, sempiternellement la même. « Est-ce que toi aussi, tu dis des gros mots ? » Mais elle fait bien la différence avec son personnage. Louis Malle y a veillé en lui en parlant toujours à la troisième personne. La presse s'inquiète ? Voilà ce qu'il lui réplique avec ironie : « Elle a vraiment interprété son rôle avec une parfaite distanciation brechtienne. » Mais pour la première fois, sans doute, on s'interroge : le cinéma a-t-il souillé la pureté d'un enfant ? Louis Malle est obligé de mettre les barbelés : « Que les bonnes âmes se rassurent, elle n'aura pas été pervertie. Elle est retournée à l'école et elle est le contraire d'un monstre. » Dans cette médiocrité ambiante, un seul journaliste fera exception : il a été envoyé par *France-Observateur* et emmène la petite fille en balade à Fontainebleau. « J'avais senti la différence. »

A l'époque, Catherine a dix ans. Elle a reçu une éducation assez libre : « On avait un appartement minuscule, je jouais souvent dans la rue. » Elle a surtout une scolarité peu banale. Depuis trois ans, elle fréquente l'Ecole du Spectacle, au 62, rue du Cardinal-Lemoine. C'est à deux pas de chez elle, elle habite au n° 24 de la même rue, derrière le lycée Henri IV et les vestiges du mur de Philippe Auguste. Comme je le constate en me rendant sur place, deux cents mètres séparent ces deux endroits. Je pénètre dans la cour de son ancien immeuble et je me perds dans les dédales d'une exposition iranienne, qui a élu domicile au sous-sol d'une cave pavée de somptueuses mosaïques. Aux murs, de la calligraphie persane, des lettres qui bondissent sur le papier et ressemblent à des figures abstraites. Je remonte à l'air libre : j'imagine des jeux d'enfants, des cris qui résonnent dans la cour. Scène à la Doisneau d'un 5e arrondissement, qui dans les années 50, était encore un quartier populaire. Le père de Catherine était peintre en bâtiment, il avait monté sa petite entreprise. Mais il avait son bac, précise Catherine.

Comment Catherine s'est-elle retrouvée dans cette Ecole du Spectacle ? Elle se souvient qu'à la maternelle, elle ne trouvait pas les enfants assez sages ni la maîtresse assez sévère. Une âme de professeur sommeillait déjà en elle. Pour la peine, sa mère, institutrice dans le privé, l'envoie à la fondation Sainte-Geneviève, chez les sœurs qui ont élu domicile juste en face de chez eux. Puis elle entend parler de cette Ecole du Spectacle en bas de la rue, où l'on enseigne la danse, le piano et la comédie. « Une école où l'on dormait le matin, pour permettre aux enfants de jouer le soir. On avait cours seulement entre 13 et 17 heures », se souvient Catherine, nostalgique. C'est là qu'Olivier Gérard débarque au début de l'année 1960.

Le casting pour *Zazie* ressemble à une vaste toile d'araignée. Philippe Collin est d'abord allé à Pigalle au théâtre des Trois Baudets : le livre de Queneau y a été adapté pour le théâtre. Mais la comédienne qui interprète Zazie a déjà plus de quinze ans. Trop vieille, pas question de la reprendre. Une annonce est passée dans *France-Soir* : aucun âge n'ayant été précisé, Philippe Collin et Olivier Gérard voient surgir de tout : « Des petites filles de sept ans à qui leurs mères avaient fait remplacer les dents de lait. Des putes de Pigalle qui s'étaient rajeunies », se rappelle Collin. Même Queneau s'en mêle, car il lui expédie une enveloppe avec cette mention : « des Zazie à la pelle ». Des mères, pleines d'espoir pour leur progéniture, ont adressé directement les photos de leurs filles à l'auteur, pensant augmenter leurs chances. Parmi les candidates, Collin se souvient d'avoir auditionné Elisabeth Wiener, treize ans, qui, quelques années plus tard, sera *La Prisonnière* de Clouzot. Gérard, lui, est certain d'avoir vu passer une des sœurs Dorléac : âge oblige, ce ne peut être ni Françoise ni la future Catherine Deneuve, mais Claire, la cadette, aujourd'hui assistante de sa sœur actrice. Et puis bien sûr, l'Ecole du Spectacle est sollicitée. Adresse incontournable dès lors qu'il s'agit de trouver une petite actrice. « J'avais formulé deux exigences : autour de douze ans et un peu délurée », raconte Olivier Gérard. « La directrice m'a dit qu'elle n'avait rien de tel en magasin. Par contre, elle avait une petite de dix ans… » Gérard demande à la voir. « "Tu sais jouer la comédie ?" je lui ai fait. "Je peux vous réciter la tirade de Cyrano", m'a-t-elle répondu. » Catherine, aujourd'hui, ne garde aucun souvenir de cette rencontre sans toutefois l'exclure, car son frère était fan en effet de la pièce de Rostand : « On utilisait des animaux en peluche pour jouer *Cyrano* ». Joli clin d'œil du destin : le coscénariste de *Zazie* n'est autre que Jean-Paul Rappeneau, le futur réalisateur de *Cyrano*.

Gérard se rappelle une petite fille sûre d'elle et qui a du caractère. « C'est vrai, admet Catherine, j'étais même un peu péremptoire. On me le reproche encore parfois. » Olivier Gérard a là-dessus une anecdote, qui date du tournage, où ses parents viennent lui rendre visite : « Mon père, qui était un peu vieille France, a salué Catherine : "Alors, comment ça va, ma bonne chatte ?" "Ma bonne chatte, ma bonne chatte, vous en avez de drôles d'expressions", lui a répliqué Catherine. » Elle n'est pas Zazie, qu'elle trouve assez mal élevée, mais elle a quelque chose de Zazie. Grand bien lui fasse. C'est ce ton péremptoire qui lui permet de s'emparer du texte avec une facilité déconcertante. Après l'écrémage final, elles ne sont plus que trois en lice. On leur fait lire une scène. Sans aucune indication, Catherine trouve tout de suite le ton juste. « Louis Malle n'avait pas envie d'une petite fille pure, fraîche, innocente », explique Gérard. Les trois petites filles sont emmenées sur les Champs-Elysées pour une séance de photo en voiture, qui a marqué Catherine : « Je me rappelle la cellule photoélectrique qu'on approchait de mon visage. » Pour la première fois, on la regarde, on l'enregistre. Baptême de l'image inoubliable, sur la plus belle avenue du monde…

Le 1er mars 1960, elle se demande si les messieurs du cinéma vont la prendre. Pourquoi une telle précision ? « J'étais dans le métro et à la une des journaux, on ne parlait que du tremblement de terre d'Agadir (29 février). La concomitance m'a frappée. Là-bas, c'était la catastrophe et moi, je ne pensais qu'à une chose : est-ce que c'était moi qu'on allait choisir ? » Durant tout le film, Zazie réclame, hurle, pleure : elle veut descendre dans le métro. Manque de chance : il est en grève. Catherine, elle, a déjà pris le métro. Elle en est même une usagère régulière, depuis l'âge de sept ans : « Je le prenais pour aller à la danse. Place Clichy. » Puis elle précise : « J'avais deux changements. » Avant d'ajouter : « Aujourd'hui, je ne laisserais pas une petite fille de mon âge prendre seule le métro. »

Catherine Demongeot a dix ans. Dans le livre, son personnage en a douze. Mais Louis Malle ne veut pas d'une Lolita. No sex pour Zazie. Pas d'ambiguïté. Zazie est juste une petite Martienne qui débarque dans la capitale, où tout n'est qu'incohérence et hypocrisie. Elle découvre que les adultes racontent n'importe quoi, que les apparences sont trompeuses. Sous la vertu, le vice. Dans l'esprit de Queneau, Zazie est une justicière, d'où cette lancinante musique de western qui ouvrira le film. Elle est aussi un ange exterminateur, qui déboule dans Paris devenue la nouvelle Babylone prête à sombrer dans le chaos.

A cet égard, le fonds Louis Malle abrite une étonnante correspondance entre le cinéaste et Michel Herveau, un jeune abbé de la région d'Angoulême. L'abbé y souligne cette simplicité de l'âme enfantine chère à Bernanos, qui en remontre à un monde adulte désaxé, orphelin du paradis perdu de l'enfance. Mais il met aussi le doigt sur les raisons de l'échec public du film : « C'est l'agressivité de Zazie et le fait qu'elle fasse la leçon aux adultes qui empêche cette leçon de passer. » *Zazie* a en effet choqué. Ce monde se déglingue ? Malle a voulu que la forme soit en accord avec le fond. Pour bien faire, il a cassé le jouet du septième art : ralentis, répliques accélérées, faux raccords, incohérences des personnages, gags burlesques à répétition… Malle viole le cinéma, ce qui bien sûr fait des dégâts. Les spectateurs ne demandaient qu'à voir une petite fille qui dit « Mon cul » : ils découvrent leur monde mis en pièces avec une énergie destructrice délirante, inquiétante. Sous des dehors drôles, burlesques, *Zazie* est un film sérieux, tragique.

Soutenu par un énorme battage, le film fait le gros de ses entrées la première semaine à Paris, puis c'est le bide : 850 000 spectateurs. En dehors de Paris, *Zazie* fait un flop. Catherine se souvient encore de la tournée province : « Saint-Etienne. Le Mans. C'était glauque. Même à mon âge, je sentais bien que le film ne passait pas, qu'il était violent, en avance sur son temps. » Mais Louis Malle y a découvert le fil rouge de son œuvre : les enfants dénaturés, vieillis prématurément par le monde. On les retrouvera plus tard dans *Le Souffle au cœur*, *Lacombe Lucien*, *La Petite*, *Au revoir les enfants*. « Un enfant commence avec un capital de pureté et de vérité qu'il effrite peu à peu et qu'il a presque entièrement perdu quand il atteint l'âge d'homme », écrit-il à l'abbé Herveau. Plus tard, en 1987, après avoir tourné *Au revoir les enfants*, il comprendra enfin pourquoi *Zazie* l'avait attiré. Ce n'était pas juste un « exercice de style » et de cinéma, pour trouver les acrobaties visuelles et sonores, qui répondent à la dislocation du langage par Queneau. Ce vieillissement accéléré, Malle l'a connu en 1944 avec l'épisode qu'il a mis au cœur d'*Au revoir les enfants* : l'arrestation des enfants juifs sous ses yeux, dans son collège Sainte-Thérèse de l'Enfant Jésus d'Avon. A la fin de *Zazie*, sa mère, venue la récupérer à la gare, lui demande si elle s'est bien amusée durant son bref séjour parisien : « J'ai vieilli », répond simplement l'enfant. Une phrase que le cinéaste aurait pu prononcer à la fin de la guerre. « C'est la seule fois où Louis Malle m'a demandé d'être naturelle », se souvient Catherine Demongeot. « On a filmé ce plan plus tard, séparément. » Elle le joue avec d'autant plus de naturel que ces quelques mois de tournage l'ont effectivement vieillie : « J'avais manqué trois mois de CM2. Mais en découvrant le cinéma, j'avais gagné quelques années. »

Le film sort à la fin du mois d'octobre 1960. Un spectateur pas comme les autres, Vladimir Nabokov, l'auteur de *Lolita*, a vu le film. Il en parle dans le *Los Angeles Times*, alors que Kubrick travaille déjà à l'adaptation de son livre. « Pour Lolita, il faudrait une fille comme Catherine Demongeot », déclare Nabokov[1]. Kubrick ne suit pas le conseil et choisira une actrice plus âgée, plus troublante sexuellement. Catherine ignorait ce détail : « Vous savez, à l'époque, je ne connaissais rien. Même Queneau, je ne savais pas qui c'était. » Olivier Gérard se souvient pourtant d'une conversation entre Queneau et Catherine. « Ils étaient accoudés à un bar et ils riaient comme des bossus. L'auteur s'amusait avec sa Zazie. »

Mais « Zazie » ne va pas s'amuser longtemps. A la sortie du film, les ennuis commencent. Catherine est entrée en sixième au lycée Montaigne. Même s'il n'est pas vraiment mixte, il y a des classes de garçons et un jour, c'est la curée. Une meute se met à hurler après

1. On a souvent dit que *Zazie dans le métro* de Queneau était la réponse française à *Lolita*, publié en France, mais en anglais, en 1955. Impossible, car Queneau rédige les premiers brouillons de *Zazie* en 1949. Par contre, c'est bien lui qui persuade Gaston Gallimard de traduire *Lolita*. Traduction qui paraît en 1959, à quelques mois d'intervalle avec *Zazie*.

elle. « Je n'avais rien vu venir. Heureusement, j'avais les cheveux courts, ils ne pouvaient pas me les tirer. » Les garçons sont les seuls à lui en vouloir. Pas une seule fille. Pourquoi ? Elle n'a jamais compris. Peut-être parce que les gros mots sont réservés aux garçons. Elle leur a volé ce privilège. Elle a quitté sa place de petite fille. En tout cas, elle retient la leçon. « C'est là que j'ai commencé à me dire que ce n'était pas marrant. Qu'il fallait me planquer. » Surtout que la surveillante l'accuse de l'avoir fait exprès, de les avoir provoqués. Rengaine connue : la fille est toujours fautive.

Toutefois, on s'arrache Zazie. La télé, qui a dû finalement la juger assez sage pour elle, lui demande de présenter les programmes pour le premier de l'an 1961. La nouvelle petite star est flanquée de Joël Flateau qui vient de triompher dans *Sans famille*. Nouvelles coupures de journaux aux titres consternants, qui sentent le bidonnage à plein nez : « Zazie impressionnée par Joël ». Ou encore : « Sur les traces de Minou Drouet », en référence à l'enfant écrivain lancée en 1956 à l'âge de huit ans par l'éditeur René Julliard, qui, après une longue polémique – a-t-elle vraiment écrit ses textes ? –, vient de se retirer de la « littérature ». Il faut bien lui trouver une remplaçante, quitte à choisir celle qu'on accusait, peu avant, de dire des gros mots. Catherine est aussi sollicitée pour faire de la réclame. On la voit faire de la pub pour des protège-cahiers, histoire de montrer que même Zazie prend soin de ses affaires de classe. Elle vante aussi les mérites des crèmes glacées, conséquence d'une scène de film où elle réclamait une glace à cor et à cri. « Mais dans le film, elles étaient fausses. Il n'y avait que la choucroute qui était vraie. A cause de la bataille finale, où tout le monde se balance dessus de la choucroute, je n'ai pas pu en manger pendant des années. » Mais va pour la crème glacée. Surtout que les pubs sont largement plus rémunératrices que *Zazie.* « Avec mon cachet pour le film, 3 500 francs, on avait juste pu s'acheter une télé. » On l'invite aussi à défiler. Là encore, les journalistes brodent sur Zazie enfant terrible : « Après une robe écossaise, il y a eu un blouson noir (c'était fatal). » Puis vient la chanson. Pour l'occasion, on a fait appel à sa professeur de piano qui s'est fendue de quelques mélodies. Catherine se souvient d'un titre : *Sécurité routière.* Un titre qui tombe sous le sens pour la petite fille qui vient de jouer *Zazie dans le métro.*

Catherine engrange donc les dividendes de la gloire. Rien de plus normal. Même si elle doit prendre des chemins de traverse. A la fin de la sixième, on lui propose de passer quatre mois aux Etats-Unis. A Springfield, dans le Massachusetts. But de l'opération ? Apprendre le français aux petits Américains grâce à des sketches rédigés dans notre langue. Jolie promotion pour la petite fille qui parlait comme un charretier. La voilà intronisée ambassadrice de la langue de Molière. Pour des raisons pratiques, elle part avec sa mère et son frère aîné, âgé de quatorze ans, qui lui donne la réplique dans les sketches. Plus intéressé qu'elle par le cinéma, qu'il a découvert en venant sur le tournage, ce frère achète une caméra. Il la filmera là-bas, puis lui demandera de lui servir de scripte pour de petits films qu'il réalise sur la danse.

Il y a donc une petite suite à *Zazie*. Ce n'est pas immédiatement le trou noir et Catherine tourne de nouveaux épisodes du « Parlons français », cette fois à Paris. Mais le cinéma ne fait plus vraiment appel à elle. En 1963, elle accompagne à Pau son second frère qui a décroché un petit rôle dans un film américain avec Gregory Peck : *Et vint le jour de la vengeance*. Elle n'y fait plus que de la figuration. J'ai visionné ce film en ne regardant que les figurants : je ne l'y ai pas aperçue. La même année, la chance semble lui sourire à nouveau, quand Yvonne Clech, qui tenait un des rôles principaux dans *Zazie*, parle d'elle à Jean Girault, qui prépare *Faites sauter la banque*. Elle y sera la fille de De Funès. Du comique, elle garde le souvenir d'un bonhomme taciturne, assez triste. Et puis Jean Girault n'est pas Louis Malle. « J'ai très nettement senti la différence de qualité. » Si Girault l'engage, c'est dans l'espoir d'avoir une jeune fille espiègle, autrement dit, une Zazie avec trois ans de plus. « Mais j'étais devenue renfermée, un peu godiche. » Elle a grandi. Elle est presque aussi grande que de Funès qui bouffe l'espace et ne laisse que des miettes à ses partenaires. Catherine joue la jeune fille qui sait tout, qui a tout lu. Pas très gratifiant. Le tournage ne se passe pas bien. On lui fait savoir qu'on est déçu. Catherine l'est également. Elle n'est pas faite pour le cinéma, elle s'en rend compte. Mais sa mère la pousse à continuer. En 1962, Catherine est retournée à l'Ecole du Spectacle, qui a ouvert des classes de collège. « Puisque j'avais un pied dans la place, ma mère voulait que je persévère. » La divergence tourne au désaccord, puis à la dispute. L'année suivante, Catherine a quatorze ans et elle se présente encore à des castings pour des téléfilms : « J'ai vu ces filles qui faisaient le pied de grue dans les couloirs avec leur pressbook. Comme si on les avait mises sur le trottoir. Qu'est-ce que je fais ici, je me suis dit ? »

Elle n'y fera plus rien. Elle a d'autres intérêts. Elle a désormais un amoureux, très engagé politiquement. Ce garçon, qui a deux ans de plus qu'elle, l'a remarquée en sixième, à cause de *Zazie*. C'est là, indirectement, par une sorte de billard à trois bandes, que le film va vraiment peser sur sa vie. Car ce garçon l'initie à la politique. « Du coup, je me suis intéressée à l'économie. » Elle ne veut pas aller à Fénelon, le lycée littéraire qui attend les jeunes filles de la Montagne Sainte-Geneviève. « J'ai insisté pour aller à Duruy où était la sœur de mon copain. » Mais à Duruy, il n'y a pas de section B. « Finalement, j'ai atterri dans un lycée technique du 15e. » L'année de la terminale, elle fait un dernier détour par le cinéma. Alain Cavalier, l'ancien assistant de Louis Malle, fait appel à elle pour *Mise à sac*. « Pour faire rire Louis », se souvient le réalisateur. Elle y joue brièvement dans un lit, assez dénudée. Scène qui échappera à peu près à tout le monde sauf à un proviseur du lycée de Clamart. Quelques années plus tard, quand Catherine y enseignera, cet homme lui rappellera ce petit rôle en plein conseil de classe…

Ce dernier crochet par le cinéma sera sans lendemain. Les études l'intéressent bien davantage et en terminale, elle se rend compte qu'elle a du potentiel. Sa professeur de philo lui conseille de faire Sciences Po, mais il faut décrocher son bac avec mention très bien. On est en mai 1968. Catherine se promène dans les rues de Paris, suit les événements. Elle est partie prenante, mais garde ses distances. Elle ne distribue pas de tracts, n'est inscrite dans aucun parti et ne se rebelle pas contre ses parents. La seule pomme de discorde a été le cinéma, où elle a obtenu gain de cause.

Mai 68 oblige, les écrits du bac sont reportés. Elle passe les oraux et obtient son diplôme avec mention très bien. Elle part pour Sciences Po tout en suivant un cursus de gestion à la faculté de Dauphine, qui vient d'ouvrir. Le cinéma, c'est fini, elle plonge la tête la première dans les études. De toute manière, la star dans la famille, ce n'est plus elle, mais son petit frère, Roland, né en 1956. Elève comme sa sœur de l'Ecole du Spectacle, il vient d'être choisi pour incarner à la télé Tom Sawyer, de Mark Twain. Un héros turbulent et fugueur, cousin lointain de Zazie. La série télé est diffusée à partir de février 1969. C'est la série-phare de l'année, Roland fait la couverture de *Télé 7 jours*. En Allemagne, la série remporte un véritable triomphe. Coproduction franco-germano-roumaine, *Tom Sawyer* est réalisé par un Allemand, Wolfgang Liebeneiner, un ancien sympathisant du régime nazi, qui a dirigé les studios de Potsdam entre 1942 et 1944. Quoi qu'il en soit, son frère est une star outre-Rhin : les lettres rédigées en allemand arrivent en masse au petit domicile de la rue du Cardinal-Lemoine. Pendant ce temps, sa grande sœur découvre les joies de la gestion.

Avec ses diplômes (Sciences Po, une maîtrise), elle aurait pu partir dans le privé. « J'ai refusé. Un choix idéologique. » Elle passe le CAPES de Sciences sociales en 1972. Enceinte de son fils aîné, elle décrochera l'agrégation en 1978, juste après sa création par Raymond Barre. Entre-temps, elle obtient son premier poste d'enseignante à Lille, au lycée commercial Gaston Berger. « Elle était très timide et rougissait pour un rien. Elle en était à ses débuts, cela se voyait. Elle était très sérieuse, connaissait bien son domaine. Exigeante, mais très gentille. » Tel est le portrait de Catherine Demongeot en jeune professeur que dresse une ancienne élève de Gaston Berger, Anne-Marie Chochoy, retrouvée via Internet. A l'époque, la jeune fille fait partie du ciné-club du lycée et elle tombe un jour sur la fiche de *Zazie dans le métro*. En découvrant dans la distribution le nom de la petite actrice, elle fait le rapprochement, même si la jeune professeur, lors de son premier cours, avait seulement écrit « C. Demongeot ». En précisant : « A ne pas confondre avec Mylène. » Catherine fait une allusion au cinéma, mais en se dissimulant derrière une autre, homonyme. Manière de dire, l'actrice, ce n'est pas moi. Catherine commence à effacer les traces de Zazie. Mais dans son coin, sa jeune élève mène l'enquête, visionne le film et reconnaît avec certitude sa prof. Quelques jours après, elle lui pose cette question que Catherine entendra toute sa vie : « Zazie, c'est bien vous ? » Elle rougit. Hésite à répondre, comme gênée, honteuse d'avoir joué. Mais ce n'est pas de la honte, juste le besoin d'avoir la paix, de ne plus se mettre en avant. Elle finit par admettre, mais demande à l'élève de ne pas l'ébruiter. Vaine précaution, tout le monde l'apprend. On prépare même une soirée ciné-club en son honneur, avec la projection du film. Surprise : Catherine répond présente et prend son billet comme toutes les autres : « Bien sûr que cela m'a étonnée de la voir arriver », se souvient Anne-Marie Chochoy. Même si l'ex-actrice n'y fera plus jamais allusion, le surnom de Zazie lui collera aux basques toute l'année. Cet épisode ne dit rien d'ailleurs à Catherine Demongeot qui se souvient par contre, vaguement, d'une projection de *Zazie* dans un ciné-club. Le public avait commencé à discuter des personnages sans savoir qu'elle était là. L'effacement, toujours.

Mais Zazie ne s'efface pas d'un trait de plume. Elle se rappelle à son souvenir, parfois, de manière détournée. Au bac français, elle tombe sur un texte de Gide. « L'examinateur m'a lâché : "Vous comprenez, l'éducation de Gide, c'est l'inverse de celle de Zazie. Je n'ai jamais su si c'était du lard ou du cochon." » Récemment, après un accident de voiture, elle est allée chercher sa carte grise à la préfecture. Son permis porte encore son nom de jeune fille : « Catherine Demongeot, vous êtes bien la Catherine Demongeot ? » lui a demandé l'employé cinéphile. Avant d'ajouter : « Cela me fera un rayon de soleil dans ma journée. » Au lycée de Clamart, où elle était arrivée célibataire en 1975, un journaliste, parti sur ses traces, révèle le passé de la jeune professeur. Désormais, chaque fois qu'on étudiera Queneau, les professeurs annonceront à leurs élèves qu'ils ont Zazie dans le lycée. Et pendant des années, on va défiler à son bureau : « C'est vrai que vous avez joué Zazie ? » Elle n'aura de cesse de botter en touche, de dire non aux invitations des ciné-clubs, qui ont retrouvé sa trace. Mais elle va se faire piéger par la télévision. C'est à la mort de Louis Malle, qu'elle apprend, bouleversée, à la radio. Elle se rend aux obsèques, en l'église Saint-Sulpice, où elle a « l'inconscience » de laisser un mot, avec son adresse, dans le livre d'or. Quelques semaines plus tard, elle est contactée pour une des émissions-phares de Canal +, diffusée en clair : « La Grande Famille ». Thème du jour : « J'ai fait quelque chose quand j'étais petite ». A l'époque, elle n'a pas la télévision et les organisateurs lui assurent que l'émission est surtout regardée par les ménagères de plus de cinquante ans. Elle a l'imprudence de les croire, mais le lendemain, elle constate que la moitié de ses élèves est au courant. « Je dois m'en tenir à une ligne de conduite. Chaque fois que je fais une entorse, je suis punie. »

Pourtant, Catherine Demongeot n'a pas honte de *Zazie*. Elle en garde d'excellents souvenirs. Elle en a même la nostalgie : « Quand j'ai vu *La Nuit américaine* de Truffaut, qui raconte un tournage, je me suis rendu compte que *Zazie* me manquait. Je dis bien *Zazie*, pas le cinéma. » Il lui est arrivé de retourner passage du Grand-Cerf ou impasse Bonne-Nouvelle, sur les lieux du tournage. Il lui arrive aussi de penser à Louis Malle, mais ces pensées ne regardent personne. Rien à voir avec ce poème à Louis Malle, écrit le 25 août 1960, pour la Saint-Louis, que j'ai retrouvé dans les archives. « J'avais 9 ans, tu m'as choisie pour être ta Zazie. Tu m'as amenée, ravie, vers un curieux paradis. Tu m'as conduite, par la main, vers un merveilleux destin. Je te remercie, de tout mon cœur, et jamais je n'oublierai Louis mon enchanteur, toujours patient, et calme, et si rieur ! Mon bon copain, mon ami pour toujours. » Je lui tends le poème, elle sursaute : « Mais c'est un faux ! » C'est bien son écriture, mais c'est sa mère qui l'avait rédigé, l'obligeant à le recopier. « J'étais outrée. »

Toute sa vie, Catherine a détesté qu'on la confonde avec son personnage. Si vous voulez la mettre en colère, appelez-la Zazie. « Je suis longtemps partie en vacances avec les mêmes amis, mais certains n'étaient pas au courant. Car j'avais pris l'habitude de ne pas en parler. Un jour, une vieille amie, qui, elle, était au courant, m'a présenté son copain : “Bonjour Zazie”, m'a-t-il dit. Cela a fichu un froid. » Ce qui la gêne, c'est que les gens ne retiennent que cela, comme s'ils croyaient savoir quelque chose d'elle.

Alors, elle brouille les pistes. Il y a quelques années, elle a changé de lycée. Elle a aussi troqué l'économie pour l'informatique. A Sciences Po et à Dauphine, elle avait déjà passé quelques petits certificats, puis elle s'était intéressée aux ordinateurs, quand ils avaient débarqué dans les lycées au début des années 80. « L'informatique, c'est clair, carré. » Elle fait travailler ses élèves sur une informatique de gestion : fichier de commande, interrogation des données. Un jour, pour un TP d'initiation au logiciel Excel, elle les a fait travailler sur une base de données constituée uniquement de titres de films. *Au revoir les enfants* de Louis Malle y figurait, pas *Zazie dans le métro.*

Mais son passé la poursuit. Une ancienne professeur de Clamart a débarqué dans son établissement et peu après, une collègue lui a sorti, de but en blanc : « Zazie dans le métro, ça te dit quelque chose ? » Puis c'est une promenade avec sa nièce, où une collègue amie les accompagne : la jeune fille veut devenir actrice et bombarde sa tante de questions. Catherine esquive, lui répond que ce n'est pas le moment, mais elle éveille la méfiance de sa collègue : « Pour ne pas qu'elle croie que je lui faisais des cachotteries, je lui ai tout dit. »

Catherine Demongeot a revu une seule fois Philippe Noiret. C'était au théâtre, où l'acteur, quelques années avant sa mort, lisait Hugo. « Je suis allée le voir dans sa loge. Au bout de cinq minutes, on s'est rendu compte qu'on n'avait rien à se dire. Mais c'est normal. Après *Zazie*, il avait fait une centaine de films et moi, j'étais sortie de ce milieu depuis belle lurette. »

Aujourd'hui, elle passe la plupart de ses étés à marcher en Asie centrale. Le Pamir. Le Kirghizstan. Elle a même appris le russe. Dans sa bibliothèque, j'aperçois quelques volumes rouges, reconnaissables entre tous. Ils sont édités par Guérin, la maison chamoniarde spécialisée dans la montagne. Les murs sont décorés d'immenses paysages de montagne himalayenne. De là-haut, Zazie doit lui sembler loin. Pour autant, Catherine ne nie pas l'influence du film. « Si je ne fais pas *Zazie*, je ne suis pas remarquée par ce copain qui m'initie à la politique et à l'économie. » Ce film a donc indirectement décidé de sa vie. « Mais *Zazie* n'a eu aucune influence sur moi. Je n'y pense guère, sinon pour me protéger. » De grâce, ne l'appelez pas Zazie.

Juste avant de partir, Catherine Demongeot me confie encore une anecdote. Sur son dernier tournage, *Mise à sac* d'Alain Cavalier, elle a donné la réplique à Xavier Gélin, le fils de Danièle Delorme et Daniel Gélin. « Son surnom était Zazi. J'étais soulagée, j'avais l'impression de passer le relais. Zazie, enfin, ce n'était plus moi. »

La Guerre des boutons

Petit Gibus et Grand Gibus, Lebrac, l'Aztec, La Crique, Bacaillé, Marie-Tintin... Avant de retrouver la joyeuse bande, revenons sur ce film mythique dont personne ou presque, en 1962, n'avait voulu. Aucun distributeur. Aucun exploitant de salle. « Les enfants au cinéma, ça n'intéresse pas. » Tel fut le leitmotiv seriné aux oreilles d'Yves Robert et de sa femme, Danièle Delorme, lorsqu'ils firent le tour des décideurs. Le film terminé ne persuada pas davantage. Les messieurs s'en allaient après dix minutes. Que pouvaient-ils comprendre aux couilles molles, aux luttes à la fronde dans les sablières et à la République des enfants ? Ou avaient-ils deviné que ce film cachait une autre guerre, déclarée aux adultes ? Dans la dernière scène, Lebrac et l'Aztec, les chefs ennemis bouclés ensemble en pension, s'accordent sur une chose : « Quand on sera grands, on sera aussi bêtes qu'eux. » Rétrospectivement, *La Guerre des boutons* fleure bon Mai 68. Yves Robert y fait un joli bras d'honneur aux grands cons oublieux de leur enfance et qui interdisent à ces gosses pourtant inoffensifs de s'amuser. La critique de ces adultes épais, bornés, explique sans doute le triomphe du film. Car finalement, le couple Robert-Delorme est parvenu à décrocher quatre salles à Paris et à l'arrivée le film récolte près de douze millions d'entrées, faisant la nique à tous les films d'adultes. Quelques distributeurs durent s'écrier : si j'aurais su, j'aurais venu.

Yves Robert avait eu une enfance éblouissante de bonheur. Il le déclare en préambule des quatre heures d'un entretien passionnant réalisé, au crépuscule de sa vie, avec Olivier Barrot. D'emblée, il aborde le sujet de cette époque frondeuse, vécue en pleine nature, à Pouancé, près de Saumur. Mais les vicissitudes parentales mettent fin à ce petit paradis. Il a treize ans. Aux jeux du Val-de-Loire succède l'exil à Paris, un apprentissage de la gêne et de la vie, où il fait ses débuts comme ouvrier imprimeur, rue Dauphine. *La Guerre des boutons* est un film-mémoire, un hommage nostalgique aux verts paradis des jeux enfantins. C'est à son arrivée à Paris qu'il découvre le livre écrit en 1912 par Louis Pergaud. Les bagarres entre bandes, le fossé avec les adultes, le joug mal accepté de leur loi dictatoriale : plein de cette enfance décrite par l'instituteur du Doubs, le gamin de Pouancé en est ébloui. « Je connaissais bien des mômes, comme Grand Gibus et petit Gibus », écrit-il dans ses Mémoires, *Un homme de joie*, « j'entends encore le bruit de leurs godasses cloutées qui résonnaient sur le chemin gelé ». Il a bien profité de son enfance et il entend en faire profiter les autres.

Adapter *La Guerre des boutons* ne fut pas pour lui un choix anodin. C'est le film de la liberté, de l'indépendance. Yves Robert a déjà quelques œuvres au compteur, mais réalisées pour le compte de la Gaumont. Les recettes miraculeuses d'une pièce de Marcel Achard qu'il a mise en scène, *La Bagatelle*, lui permettent, avec son épouse Danièle Delorme, de créer sa maison de production qu'il baptise la Guéville, du nom du moulin près de Rambouillet qu'ils viennent d'acheter. Merci Achard, merci *La Bagatelle*. Réfugié là-bas, Yves Robert y vit sa crise de la quarantaine. Il s'interroge, relit ses classiques, hésite entre plusieurs livres qui lui tiennent à cœur. *La Jument verte, Les Vieux de la vieille* et *La Guerre des boutons* de Louis Pergaud. Les droits des deux premiers lui filant sous le nez, il se rabat sur le troisième. Il en existe déjà une adaptation qui date de 1936 : *La Guerre des gosses*. Au générique, Mouloudji et un certain Charles Aznavourian, qui fréquentait l'école des Enfants du Spectacle. Le film avait été un échec, mais l'ouvrage continuait à faire les beaux jours des clubs de livres et des éditions illustrées.

Cette « Guerre » sera donc placée sous le signe de l'émancipation. C'est un film fait maison, tourné dans le jardin et aux alentours de la Guéville, où l'on organise des jeux pour les apprentis acteurs. On se croirait à la colo. On en est à la préhistoire des enfants au cinéma : la DASS n'a pas encore imposé de suivi, tout dépend donc du cinéaste, de sa personnalité. Mais Yves Robert en sait long sur les jeunes. Il a été de la grande aventure des Auberges de Jeunesse. Il en était même devenu un des responsables nationaux à la fin des années 30, y inventant, bien avant le Club Med', le concept de meneur de jeu. Chorales, pantomimes, jeux de rôles : il connaît la musique et il en rejoue la partition. Le futur réalisateur des *Copains* croit dur comme fer à l'idée d'une bande laïque, républicaine, sociale, solidaire. C'est cette fameuse « République des Enfants » que Lebrac essaie de mettre en place et que les enfants, sur le tournage, vont pleinement vivre.

Pour sélectionner les gosses, il explore plusieurs pistes. Une agence spécialisée ? Elles n'existent pas, m'explique Danièle Delorme que je suis allé trouver aux films de la Guéville. La demande étant quasi nulle, il n'y a pratiquement pas de vivier. Par commodité, Yves Robert s'adresse à ses proches et trouve ainsi Petit Gibus et Grand Gibus : Martin, qui a déjà tourné dans *La Famille Fenouillard*, le précédent film d'Yves Robert, et François Lartigue sont les neveux de Danièle Delorme. Pour le tout-petit, qui lâche innocemment le fameux « Couilles molles », il fait appel à son meilleur ami, le metteur en scène Antoine Bourseiller, qui lui expédie son beau-fils. Dans une page hilarante de son autobiographie, *L'Aventure moderne*, Christophe Bourseiller, devenu un spécialiste des mouvements anarchistes et situationnistes, raconte son baptême du feu : il a quatre ans, ne comprend rien et voit fondre sur lui le cinéma : « Soudain, Yves Robert en personne se jette sur moi en poussant des cris effrayants. Je cours à perdre haleine, avec à mes trousses le monstre écumant qui ne me lâche pas d'une semelle. Ainsi le veut le script. J'incarne sans le savoir un enfant peu obéissant qu'il importe de sermonner. »

Pour le gros de la troupe, Yves Robert active un réseau qu'il a connu grâce au professeur Zazzo, qui s'occupe de son fils, Jean-Denis, un enfant un peu difficile. Ce pédiatre le dirige vers Pierre Barnley, qui travaille avec les Francs Camarades, une association d'instituteurs en charge des Centres aérés. Il envoie sur place des photographes qui reviennent avec des centaines de clichés. Après une première sélection, Yves Robert organise des réunions au Studio des Champs-Elysées, lance des improvisations, teste l'aptitude à jouer des gamins. André Treton (Lebrac) et Daniel Janneau (La Crique) sortent du lot.

Il frappe enfin à la porte des Enfants du Spectacle. L'école de la rue du Cardinal-Lemoine est la seule institution qui a pignon sur rue. Elle a le vent en poupe. A l'époque, on ne parle que de la petite Zazie (Catherine Demongeot) issue de ses rangs. Yves Robert y déniche Marie-Catherine Faburel (Marie-Tintin) et Jean-Paul Maîtrot (le traître Bacaillé). Le casting sera complété par des gosses qui habitent près de Saint-Hilarion, le village où se trouve le moulin de la Guéville. La plupart continueront à fréquenter Yves Robert qui y vivra jusqu'à sa mort en 2002, les croisant au hasard des marchés : l'un d'eux deviendra même son maçon.

Encore faut-il écrire un scénario. Yves Robert s'y emploie d'abord en solo, mais il est mécontent de la première version où il a supprimé les adultes. Un ami producteur, Paul Claudon, lui conseille de contacter François Boyer, l'auteur du livre *Jeux interdits*, adapté dix ans auparavant avec le succès que l'on sait : les adultes y étaient déjà éreintés. Boyer est un expert, il a aussi travaillé sur le scénario de *Chiens perdus sans collier*, l'autre succès enfant des années 50. Leur rencontre a lieu dans des circonstances étonnantes.

Boyer a écrit un documentaire dont Yves Robert doit lire le texte, lors d'une projection au Kinopanorama de Moscou. C'est dans la capitale soviétique qu'ils se mettent à parler de Pergaud et de son chef-d'œuvre franc-comtois.

Financièrement, les recettes de *La Bagatelle* assurent les deux tiers du budget. Le dernier tiers arrivera en cours de route, grâce au Bottin mondain que Danièle Delorme épluche, lettre par lettre. Elle tombe assez vite sur Jacqueline Beytout. L'épouse de Pierre Beytout, patron des laboratoires Roussel, qui n'a pas encore repris le journal *Les Echos*, s'intéresse de près au cinéma. Elle passe sur le tournage et touchée par l'atmosphère, organise avec Yves Robert et son mari un repas qu'elle règle avec un gros chèque qui boucle le budget de 78 millions d'anciens francs. Le film n'est pas cher. Pour les rôles d'adultes, Yves Robert pratique la politique des copains : Galabru, Tchernia, Jean Richard, Pierre Trabaud.

Après un tournage idyllique, la suite se complique. Aucun distributeur ne veut du film. Danièle Delorme, copie sous le bras, fait en vain le tour des maisons. Leur ami Alain Poiré, le grand patron de la Gaumont, sort au bout de dix minutes. Il s'en mordra les doigts. Yves Robert n'avait pas oublié son déjeuner avec deux frères distributeurs qui lui tiennent à peu près ce discours : « Vous avez une maison de production ? Bon, dans cette maison, vous avez bien un couloir ? Dans ce couloir, un placard très haut ? » Yves Robert hoche la tête. « Eh bien, vous allez enfermer vos bobines tout en haut, fermer à clé et jeter la clé dans la Seine. » C'est une guerre de tranchées.

La solution viendra encore de l'ami Paul Claudon, qui persuade Jean Redon, chef de la publicité à la Warner, de venir voir le film. Emballé, Redon fait signer la Warner. Le film a un distributeur, mais encore faut-il trouver des écrans, car la major américaine ne dispose d'aucun réseau chez les exploitants. Un seul accepte, le père Moulinet. Il possède quatre salles à Paris, le Balzac, le Helder, le Vivienne, le Scala. Avant la sortie du dernier Renoir, *Le Caporal épinglé*, Moulinet a un trou de quinze jours. *La Guerre des boutons* jouera donc les bouche-trous, mais à une condition : qu'elle réalise 38 000 entrées la première semaine. La barre a été mise très haut. Yves Robert se retrousse les manches et envoie des milliers de lettres aux instituteurs, organise des navettes d'autobus le jeudi, offre des places aux enfants des écoles. Le chiffre est quasiment atteint. La seconde semaine, il s'envole. A l'arrivée, le film sera vu par plus de dix millions de spectateurs et vendu dans trente-trois pays. Une exception : les Etats-Unis, où la scène de nu – la grande bataille des gosses, zizi à l'air – ne passe pas auprès des ligues de vertu. Mais il triomphe au Japon où pendant plus de deux ans, il reste à l'affiche d'une immense salle de Tokyo sous le titre *La Guerre des boxons*. Car le « t », explique-t-on à Yves Robert, est difficile à tracer pour les Japonais. Mais Petit Gibus devient si célèbre qu'il a sa marque de chocolats et de sous-vêtements.

Depuis 1962, le succès de *La Guerre des boutons* ne s'est pas démenti : les adultes emmènent leur progéniture succomber au charme des querelles de clocher. L'enfance est un bien transmissible. Aujourd'hui, dans le bureau de la Guéville, rue Marignan, un tableau suit encore le tour de France des dix bobines de *La Guerre* qui jouent les prolongations. Une longévité sans égale. Fidèle aux ombres et lumières de ses gamins et de ses sous-bois, Yves Robert, dans les années 90, a envoyé paître les demandeurs qui voulaient coloriser sa *Guerre*. Mais en 1994, après les échecs de ses films, *Le Bal des casse-pieds* et *Montparnasse-Pondichéry*, il a cédé les droits de remake. C'est l'Anglais David Puttnam, producteur de *Midnight Express* et des *Chariots de feu*, qui a récupéré la mise. Le Clochemerle enfantin a viré à la lutte des classes à l'irlandaise où les pauvres des Ballys affrontent les riches des Carricks. Le résultat n'était pas très convaincant. Danièle Delorme a décidé qu'aucun remake ne verrait plus le jour et a dit non à Thomas Langmann, lorsque celui-ci l'a approchée en 2010.

Car une donnée fondamentale a changé. A l'automne 2010, l'œuvre de Louis Pergaud, mort pour la France en avril 1915, est tombée dans le domaine public. Et voilà soudain que le milieu du cinéma, qui n'a pas oublié le carton d'Yves Robert, s'est découvert un amour fou pour les boutons. Du jour au lendemain, au moins deux nouvelles adaptations libres du livre de Pergaud sont annoncées. D'un côté, Christophe Barratier, qui dit avoir découvert le plaisir de la lecture avec cet ouvrage. Le réalisateur des *Choristes*, qui a fait sauter la banque avec le cocktail enfants + époque rétro, a décidé de situer l'action en 1944 dans un village qui se déchire entre résistants et collabos. A la guéguerre initiale des enfants s'est ajoutée l'autre guerre avec un grand G. Un nouveau personnage entre en scène : une jeune fille juive réfugiée chez une pseudo-tante. Produit par Thomas Langmann, le film marche ouvertement sur les traces des *Choristes* pour le casting adulte : Kad Merad, Gérard Jugnot sont à nouveau de la partie. Mais une nouvelle guéguerre est en cours : un second projet d'adaptation avait été annoncé peu auparavant par la société One World Films. L'action est située cette fois au début des années 60, en pleine guerre d'Algérie, et revendique une tonalité moins sombre que l'autre projet et un créneau plus féminin. « On a songé à moderniser l'histoire, mais de nos jours, il n'existe plus de bande de gamins en liberté, sinon dans les cités, le propos serait alors très différent », déclare un de ses producteurs, Marc du Pontavice. On le devine, la nostalgie sera au rendez-vous. Mais *La Guerre des boutons* ne sera plus seulement une histoire de garçons. La mère de Lebrac fait son apparition, une mère Courage, pauvre, célibataire, interprétée par Mathilde Seigner. Une autre petite fille entre aussi dans la danse, Lanterne, garçon manqué, qui aimerait bien intégrer la bande. Le projet a été lancé par deux producteurs associés, Marc du Pontavice et Didier Lupfer, dont les intentions sont aussi très pures : leurs enfants ont lu simultanément à l'école le livre de Pergaud. Juste au moment où l'auteur franc-comtois[1] tombait dans le domaine

1. A l'occasion de cette déferlante, il serait bon de soulever un point litigieux, la mort de Louis Pergaud dont on n'a jamais retrouvé le corps. Parti à l'assaut le 8 avril 1915 à la tête de ses hommes, il

public : il y a de heureux hasards, qui laissent perplexes les acteurs de la *Guerre* originale. Ces anciens combattants voient tous d'un assez mauvais œil cet amour tardif qui fleure bon la récupération commerciale.

Question calendrier, la bataille a été cocasse. Au festival de Cannes 2011, les dates prévues étaient le 9 novembre (pour Barratier) et le 23 novembre (pour Samuell). Le 9 juin 2011, Mars Distribution a annoncé que le Barratier passait au 28 septembre. UGC a aussitôt répliqué en donnant la date du 14 septembre : des films de Noël se retrouvaient soudain films de rentrée. Au dernier moment, le film de Barratier rebaptisé *La Nouvelle Guerre des boutons* a été avancé au 21 septembre, alors que TF1, comble de l'ironie, avait financé les deux films. Résultat des courses : les films se sont neutralisés autour de 1,5 million chacun, ce qui est une déception pour les deux camps. Cette guéguerre s'est appliquée aussi au casting des enfants, dont certains se sont présentés à l'un et à l'autre des tournages. L'esprit de Pergaud s'est donc déplacée hors-champ, loin de l'écran, la *Guerre des boutons* devenant un décor, un prétexte à regretter, comme pour *Le Petit Nicolas* et ses 5 millions de spectateurs, que les enfants ne s'amusent

---

se serait empêtré dans les barbelés et aurait été récupéré, grièvement blessé, par les Allemands qui l'auraient emmené dans un hôpital militaire de fortune. Le lendemain, les Français lancent une nouvelle offensive et détruisent avec leur artillerie cet hôpital. Louis Pergaud aurait donc été tué près de Woëvre (Meuse) par ses compatriotes. Un point qui mérite d'être souligné concernant un écrivain « mort pour la France ».

plus comme au bon vieux temps jadis ? Une chose est sûre : aucun des deux projets ne réutilisera une des phrases les plus célèbres du cinéma français : « Si j'aurais su, j'aurais pas venu. » Elle n'appartient en effet qu'au film d'Yves Robert, qui l'avait empruntée à un numéro des clowns Fratellini. Petit Gibus peut dormir tranquille : personne ne viendra lui voler son exploit grammatical.

Hommage au chef (Lebrac, alias André Treton)

Je ne pensais pas un jour aller à Rugles. Deux mille habitants, à l'extrémité de l'Eure, là où le département touche l'Orne et l'Eure-et-Loire, au fin fond de la Normandie. Il faut avoir une bonne raison pour s'aventurer là-bas. Si l'on vient de Verneuil-sur-Avre, cité qui vit naître Pascal Quignard et Louise Colet, la bonne amie de Flaubert, on entre à Rugles par son stade de football. C'est là qu'André Treton, alias Lebrac, le chef des Longevernes, a brillé de longues années au poste d'ailier droit. Sa maison se dresse sur un plateau venteux, unique habitation d'une rue qui tient davantage de l'allée de dégagement. « Cette maison, quand je l'ai vue, je l'ai voulue et je l'ai eue », m'expliquera Lebrac sur un ton résolu. Lebrac est entré dans l'histoire du cinéma comme le chef, il entend bien le rester, jusqu'à la fin de ses jours. Sa maison ressemble à toutes les autres, mais elle trône seule dans sa rue.

Sans le vouloir, Petit Gibus a kidnappé *La Guerre des boutons*, éclipsant Lebrac, le vrai héros de ce film.

Le meneur à tignasse, l'enfant battu comme plâtre par son père et qui, pour éviter la pension, se réfugie dans la forêt en criant « Mort aux vaches, vous ne m'aurez pas ! ». Mais les enfants fugueurs sont toujours rattrapés. Parce qu'on ne se souvient que du touchant et drolatique « Si j'aurais su, j'aurais pas venu », ritournelle bourrée de fautes qui a ancré le film dans la mémoire collective, on oublie ce « Mort aux vaches ». Et cette fin triste comme la mort où Lebrac achève sa trajectoire, bouclé entre les quatre murs d'une pension. On songe à Jean-Pierre Léaud enfermé à la fin des *400 coups* dans une maison de redressement. Mais il prenait la clé des champs, sprintant jusqu'à la mer. Trois ans plus tard, Lebrac voit se refermer sur lui la porte de la prison, avec pour seul compagnon l'Aztec, le chef rival des peigne-culs de Valrans. Façon pour Yves Robert de suggérer qu'en République, les chefs, qui « insultent les pauvres », finissent mal en général.

Il n'empêche. Lebrac est le héros. A lui les bonnes idées. Couper les boutons. Se battre nu. Construire une cabane. Il est le *bad boy*, poursuivi par les chiens, fuyant sur un cheval. Il est l'enfant rebelle aux adultes, qui sèche aux questions de l'instituteur compréhensif, auprès de qui ce môme perdu, rageur, cherche sans le savoir un père de substitution. Pourtant, Lebrac n'a pas eu la postérité de P'tit Gibus. L'histoire retient les comiques. Les bonnes bouilles. Injuste. Car il crève l'écran. « Tu tiens un Burt Lancaster », avait dit Claude Sautet à Yves Robert en visionnant les rushes. Il me ferait plutôt penser à Patrick Dewaere, autre faux dur, doux et violent à la fois, véhément et écorché, qu'il annonce, étrangement ressemblant. Il y avait chez Treton sinon un acteur, du moins une présence, une nature, qui aurait dû lui permettre de s'imposer. Mais il n'avait que treize ans et demi. L'âge où le cinéma est un jeu, pas encore un métier. L'âge des *400 coups*. Du « on verra bien plus tard ».

En 1962, il avait été choisi pour son autorité naturelle. Mais hors du cocon du moulin de la Guéville, ce qui fut sa force est devenu une faiblesse. Treton se définit lui-même comme une tête de nœud. Le diamant brut déniché par Yves Robert n'a pas réussi à se polir.

A soixante ans, André Treton, trahi par ses jambes, n'est plus le garçon tempétueux qui semait les chiens dans les bois. Il ne tient pas tellement à revoir ses camarades de jeu. Sans doute parce qu'il veut laisser le souvenir glorieux du chef, qu'il ne pourrait plus être s'ils se retrouvaient. Il a pourtant gardé un ton impérieux, comme s'il avait encore sous ses ordres la bande de Longeverne. Mais les « couilles molles » se sont volatilisées, éparpillées dans la nature. Il reste un général en exil, qui, dans la chaleur d'un petit pavillon de Rugles, entre ses coupes de football et trois photos souvenirs, refait parfois leurs combats. Et qui, sous l'âpreté du ton, laisse affleurer les regrets.

« Ils sont venus faire une visite au Centre aéré. Ils avaient cherché dans le coin, à Houilles, Maisons-Laffitte, Carrières-sur-Seine. Moi, j'étais de Sartrouville. On jouait au foot. Ils ont pris des photos. A l'époque, j'étais déjà bon. Sur le terrain, si ça n'allait pas, je déménageais. Puis je suis venu au théâtre des Champs-Elysées. On était plus d'un cent. Je rentre, Yves Robert me regarde et il me dit : c'est toi. Il y a un problème, je fais. Vous me dites, c'est moi, mais faudrait peut-être me demander mon autorisation. Il m'a repris : c'est bien toi ! Le soir même, il m'a emmené chez lui, il m'a pas laissé rentrer chez mes parents. Il m'a expliqué, voilà ce que je voudrais faire avec toi. Au début, je lui ai dit : vous me ferez jamais faire ça. Je croyais qu'ils me prendraient comme figurant, c'est tout. Ouh, j'ai dit, attends, un film, c'est des responsabilités. Mais on se met dedans sans s'en apercevoir.

S'il m'a pris, c'était que j'étais comme ça. Dans l'école, on était cinq cents. Mais dans la cour, il n'y en avait qu'un. Et quand cela ne marchait pas, cela venait à fumer et personne n'y revenait. Ou alors, on m'appelait au secours. Est-ce qu'on se charriait sur le tournage ? Jamais. Car le temps que l'autre ait commencé, je lui en avais balancé une. J'en ai donné. Il y en a qui allaient voir Jean Richard pour se plaindre : Lebrac m'a filé une claque. Et pourquoi ? demandait Richard. Je lui ai dit… Ben tu vois, fallait pas lui dire… Même Galabru, Dufilho, Jean Richard, ou Tchernia, ils ne m'impressionnaient pas.

J'ai piqué aussi des cerises, manque de chance, c'était chez le commissaire de police. Faudrait voir à descendre, m'a-t-il dit. Je me plaisais avec tout ce qu'il ne fallait pas faire. Quand on me disait d'aller chez le coiffeur, je passais la main dans les cheveux et c'était bon. Et qu'on ne vienne pas me chercher.

Dans le film, ils voulaient me faire mettre des galoches. Je n'ai pas voulu. Puisque tous les gosses en ont, moi, je n'en aurai pas. J'ai donc mis des baskets.

Je refusais parfois de tourner. Le matin, je me levais et je disais à Yves Robert, aujourd'hui, je n'y vais pas. Il me disait : quand tu seras décidé, tu reviendras. Le lendemain, je revenais et il me disait : tiens, te revoilà. C'était un psychologue. Il vous racontait des histoires, tu te demandais, pourquoi il me raconte tout ça, et puis, en cherchant bien, on comprenait. S'il voyait mon visage fermé, il abrégeait : on verra ça demain. On s'asseyait autour de la table. Il vous causait de tout, il vous amenait où il voulait et il vous avait. Comme pour la scène où l'on est tout nu. J'avais exigé qu'aucune femme ne soit sur le plateau. S'il y a la scripte ou la maquilleuse, ou qui que ce soit, c'est même pas la peine d'y compter. Il a enlevé les femmes, sauf celles qui étaient cachées. Il m'a bien eu.

Yves Robert, il marque, il laisse des traces, longtemps. Le film m'a formé. Il est mort, mais je le vois encore dans ma tête. Quand je l'ai retrouvé à Alençon, pour un festival du film, je l'ai aperçu à dix mètres, il m'a souri. Mon cœur a fait boum, ça a redémarré. Je retournais le voir parfois. Saint-Hilarion, près de Rambouillet, où il habitait, n'était pas loin. Il m'avait dit : André, si tu passes devant la maison, tu sais qu'il y aura toujours une assiette pour toi. Il me donnait des nouvelles des autres : l'un était devenu plombier, un autre couvreur. A son décès en 2002, j'ai eu de la peine. Puis Pierre Trabaud, qui joue l'instituteur, est mort en 2005. Je me suis dit, ils ne vont quand même pas tous partir en même temps.

On parlait souvent politique. A douze ans, je montais déjà la garde dans la mairie de Sartrouville avec un fusil. C'était l'époque de l'OAS et j'étais aux Jeunesses communistes. Mon père, qui était au PC, m'avait demandé : tu es sûr que tu n'as pas peur ? Je l'avais rassuré. Yves était un homme de gauche. On partageait les mêmes idées.

Après le film, les journalistes ont sorti les gros titres : le nouveau Gabin est né. Il ne fallait pas faire ça. Je n'avais plus de chapeau pour mettre autour de la tête. Le nouveau Gabin ? Je n'y pensais pas. L'important, c'était d'être le chef et de le rester. Quand je donnais un ordre, il fallait qu'il soit exécuté, même dans la famille. Avec le cinéma, je rapportais chaque jour une enveloppe, avec à l'intérieur, ce que mon père, maçon, mettait deux mois à gagner. Ma mère comptait les billets. On me laissait faire ce que je voulais. Je ne suis pas allé jusqu'aux grosses bêtises, mais c'est moi qui commandais. A mon père, j'ai dit parfois : quand tu gagneras aussi cher que moi, tu pourras l'ouvrir. Je l'ai regretté. Mais je l'avais dit, je n'allais pas lui demander pardon.

J'ai été lâché dans la nature. Quand le film a eu du succès, je ne pouvais plus prendre le train. Des gens couchaient devant chez moi, sur les marches. Ils m'attendaient le matin. J'ouvrais la porte : qu'est-ce que vous faites ? On vient pour des autographes. Des gens de tous âges.

Avec le cachet du film, mes parents m'ont offert un vélo. Trois jours après, je l'ai cassé. Je me regardais pédaler et j'ai percuté une ambulance. J'ai eu de la chance, j'étais juste à côté de la Croix-Rouge.

Je suis rentré en classe pour le Certif' que j'ai eu grâce à *La Guerre*. Les examinateurs m'ont surtout interrogé sur le film. Ils m'ont demandé : vous savez une récitation ? – Oui. – C'est bon. Alors, au fait, *La Guerre des boutons*, racontez-nous. J'ai été reçu 5e. Ce n'était pas normal.

Question cinéma, j'ai été moins brillant. Du jour au lendemain. Du rôle principal, on redescend à un petit rôle. Dans *Du mouron pour les petits oiseaux*, je joue le télégraphiste. Un jour, Dany Saval m'a demandé : Vous descendez mes bagages ? Je l'ai regardée : Pour qui tu te prends ? Puis j'ai tourné pour la télé avec Reggiani dans *Aurélien* : on était à l'hôpital Sainte-Anne, chez les fous, je servais la soupe, littéralement.

Cela s'est terminé avec un certain Marcel Carné. Il m'avait fait lire : Ce n'est pas terrible. J'ai protesté : C'est dans l'action qu'on voit l'acteur. Il n'a pas été d'accord. J'ai répondu que je savais ce que j'avais à faire. Moi aussi, m'a-t-il fait. Au suivant ! Je m'étais attaqué à gros. On tombe de haut. Après Carné, personne ne m'a rappelé. J'ai enregistré quelques sketches de « Parlons français » sur un bateau-mouche, mais je sentais bien que c'était la fin. Si j'avais eu un imprésario ? Je ne l'aurais pas écouté.

Après le Certif', j'ai arrêté mes études et je suis devenu charpentier naval : je construisais des bateaux. Puis à seize ans, je suis parti avec mes parents dans le Nord, à Saint-Amand-les-Eaux. J'ai fait menuisier. J'ai rencontré ma femme. A dix-huit ans, j'avais déjà un fils. Mon beau-père était chef de canton principal à la SNCF dans l'Eure. Fin 1969, il m'a fait venir à Rugles. Il avait un ami, chef du personnel à l'usine d'aluminium, qui était très football. A Saint-Amand-les-Eaux, j'avais failli faire un essai pour le club de Valenciennes. J'étais ailier droit. A dix-sept ans, je faisais onze secondes au cent. Souvenez-vous dans le film, la façon dont je file déjà, quand ils me poursuivent dans la forêt. A mon arrivée à l'usine, on m'a fait signer ma licence. Tout de suite. J'ai voulu savoir ce que j'allais faire dans cette usine, ne t'inquiète pas, on m'a dit, tu vas commencer par jouer. J'étais là pour le foot. C'est après qu'on m'a parlé du cinéma… Alors, il paraît… Dans l'usine, ça se savait. Il y avait des jalousies que je provoquais aussi : "Je ne suis pas là pour bosser, mais pour gagner de l'argent." Sur la fin, j'ai été responsable du recuit final. Dans le papier alu, il ne faut pas de gras, pas d'huile, alors, on recuit. A l'époque, on était mille à l'usine, aujourd'hui, elle s'appelle Novelis, on appartient aux Indiens, et on est moitié moins.

Quand le film ressort, je vais en parler dans les écoles de la région. Les gosses me demandent combien j'ai gagné. Monsieur, ça rapporte beaucoup le cinéma ? On n'est pas là pour parler de cela, je leur réponds. Ils insistent. Vous êtes riche ? Je n'ai rien, que des souvenirs.

Le problème, c'est que sur un site Internet, quelqu'un a mis mon adresse et mon téléphone. Pendant un temps, on m'a téléphoné dix fois par jour. Je devenais impoli. Ce n'est pas que j'ai peur, mais il faut arrêter les conneries. Je suis contre Internet, l'ordinateur, le téléphone portable. Quand ils verront que je ne réponds jamais, ils se décourageront peut-être. Mais si on me le demande gentiment, c'est autre chose. Il y a quinze jours, deux Belges m'ont appelé, je leur ai envoyé une photo dédicacée.

Et puis je joue à la pétanque, c'est tout ce que je peux faire encore. Mais si un type sort son portable pendant la partie, je lui rappelle qu'on est là pour jouer. J'ai besoin d'une prothèse du genou. A haut niveau, le sport laisse des traces. Je donne des conseils à des petits jeunes qui font du cross. Eh Dédé, comment tu faisais ?

Parfois, je repense à la scène avec Trabaud, l'instituteur, quand il me demande ce qu'il faut pour être électeur. Faut être de la France, je lui réponds. J'avais un peu changé le texte. Je me disais, si cela ne va pas, Yves Robert va me faire recommencer. On apprenait le script, mais parfois, on bouffait tout. Quand on ne savait plus, on racontait n'importe quoi, mais il gardait la prise. A l'époque, je ne savais pas trop ce qu'il fallait pour être électeur. Aujourd'hui, quand mon petit-fils me demande ce qu'il faut pour voter, je lui réponds : Faut être de la France.

Je suis aussi retourné à Gallardon, près de Saint-Hilarion, là où on avait tourné avec l'instituteur, dans la classe, et avec Jean Richard, qui faisait mon père. Je voulais revoir l'école, la maison. Mais ils ont tout démoli, c'est devenu un rond-point. J'aurais bien aimé revoir cette école. Je suis aussi retourné à la Mer de Sable. Jean Richard avait déjà acheté l'endroit, mais en 1961, il n'y avait rien. Pas de chevaux, pas de cascades, pas de western. Quand je suis revenu avec mes petits-enfants pour les attractions, je n'ai rien reconnu[1].

On regrette toujours. J'aurais pu devenir acteur. Pas sûr. J'aurais pu aussi faire carrière dans le foot. Pas évident. Quand on est jeune, on veut être bon partout. T'es bon là, là et là, mais t'es super nulle part. Parfois, je me dis : tu te rends compte, si t'avais été moins con. Quand je suis dans cette expectative, j'aime être seul, je me fais mon cinéma, à un bout de table, cela démarre sans prévenir, ma femme sait qu'il ne faut pas me déranger. Je vois un film de Gabin, je me dis que j'aurais pu y être. Puis ça s'en va. Je ne suis quand même pas SDF. A cet âge, on se prend un poil pour un caïd. Les autres sont du menu fretin, on ne se met pas avec eux. C'était couillon, on aurait pu devenir des copains.

Une fois, avec Marie-Tintin, on s'est revus. A Paris, dans une compagnie d'assurances, où je m'occupais du courrier. C'est elle qui m'a reconnu : Je vous ai déjà vu quelque part. Cela doit être au cinéma, je lui ai répondu. Parce qu'on a dû en faire tous les deux. Là, ça se gâte, je me suis dit. Je n'ai tourné qu'une fois avec une fille et c'était la Marie-Tintin. Ben, c'est moi, qu'elle m'a fait. On est allés déjeuner, on a reparlé du film. Elle avait été ma copine. On m'avait dit, les filles, c'est chiant, mais elle était gentille. Après, il ne fallait pas toucher à la Marie-Tintin, Lebrac était derrière.

1. André Treton fait une confusion. La Sablière, utilisée dans *La Guerre des boutons*, se trouvait près de Rambouillet. Il est donc normal qu'il ne reconnaisse rien à la Mer de Sable, située dans l'Oise, près de Chantilly.

On a évoqué la *Guerre*, puis chacun est reparti de son côté. Plus tard, elle voulait tous nous réunir et m'avait invité chez elle, dans l'Aveyron : tu n'as pas l'impression que pour casser la croûte, ça fait un peu loin, je lui ai dit ?

J'aurais bien aimé revoir l'Aztec. Dans le film, il jouait le chef de l'autre bande. On était quand même copains. On bouffait ensemble. Avoir son numéro ? Cela ne me dit rien. Je préfère le hasard, quelqu'un dans la rue qui vous dévisage, tu me dis quelque chose, tu te rappelles ? Je n'aime pas les rendez-vous. Il n'y a plus de surprise. Je préfère en rester là. »

« Si j'aurais su, j'aurais quand même venu » (Petit Gibus, alias Martin Lartigue)

P'tit Gibus n'a guère changé. A cinquante-six ans, il n'a pas beaucoup grandi. 1,65 m au mieux. Il a gardé ce doux air d'enfance rêveuse qui se promène sur un visage barbu de gentil Popeye. Il achoppe encore sur les mots. Et ses yeux bleus immenses, un peu naïfs, s'arrondissent toujours comme des soucoupes. Des yeux clairs reproduits sur l'affiche de Savignac, qui lui avaient valu de devenir un petit dieu vivant au Japon : ils n'avaient jamais vu ça, des billes aussi rondes. Du pays du Soleil-Levant, Martin Lartigue se souvient d'avoir reçu des plaquettes en japonais ainsi que des lettres écrites en bon français.

C'est au montage du film que P'tit Gibus est devenu la vedette de *La Guerre des boutons*. A l'origine, il ne fait que traverser le film, dont il est la ponctuation comique, innocente, enfantine. Le grincheux gentiment rouspéteur, toujours en retard sur l'action. Au montage, Yves Robert s'aperçoit qu'il crève l'écran. Le cinéaste le connaît bien. Il est le fils d'une de ses amies, la comédienne Jeanne Pico, camarade de théâtre à la fin des années 40, à la compagnie Grenier. Il est aussi l'enfant de son beau-frère, le peintre Dany Lartigue, qui avait épousé en premières noces, Evy, la sœur aînée de Danièle Delorme, l'épouse du cinéaste. Dans la vraie vie, Yves Robert est également le parrain de P'tit Gibus, qu'il décide de placer au centre de l'affiche.

Il a vu juste. La presse s'empare de sa bonne bouille plaquée au-dessus de tous les articles sur le film dont il devient l'emblème, l'icône. Sa figure rassure. Il est aussitôt rebaptisé P'tit Gibus et *Paris-Presse*, toujours nuancé, en parle comme d'un nouveau Raimu (!). Les paparazzi le traquent. Pour *Le Figaro*, Philippe Bouvard se fend d'une visite au domicile familial, sur la butte Montmartre. Il est 9 heures du soir : Martin, neuf ans, est déjà couché et lorsque le journaliste pénètre dans la chambre d'enfants plongée dans la pénombre, la nouvelle vedette baragouine quelques mots puis lui tourne le dos. Les parents veillent. A la question : « Et si demain un producteur débarquait avec un cigare et un contrat gros comme ça, que répondriez-vous ? », le père réplique : « Repassez dans vingt-cinq ans. » On y apprend qu'Yves Robert a fait annuler une tournée de promotion de la Warner : traîner P'tit Gibus aux quatre coins de la France, pas question. Bouvard referme la porte, rassuré, et s'en va titrer son article : « La famille de P'tit Gibus réclame l'armistice ». Instantané d'une gloire qui durera quelques années.

Aujourd'hui, Martin Lartigue est peintre. Comme son père. Une fois refermée la longue parenthèse du cinéma, il s'est tourné vers les pinceaux à l'âge de vingt-quatre ans. Il peint désormais dans sa campagne des Landes, au nord de Mont-de-Marsan. Mais je le retrouve à la gare Saint-Jean de Bordeaux où il est venu visiter un éventuel lieu d'exposition : une association qui travaille avec les hôpitaux psychiatriques. Sa peinture, qu'il a déjà montrée dans un hôpital à Mannheim, relève de l'art-thérapie, qu'il résume sobrement : « En peignant, je me défoule. »

« J'étais le petit dernier. J'avais neuf ans et j'étais celui qu'on faisait marcher. De leur côté, ils jouaient aux grands, aux délurés. Attention, le petit est là, fais gaffe à ce que tu dis. Je laissais toujours traîner une oreille, ce n'étaient pas des anges. Dans le bus, quand on tournait à l'extérieur de la Guéville, ils chantaient des chansons paillardes, c'étaient aussi les débuts du rock. J'essayais de faire tout comme eux, s'ils demandaient de la bière ou des cigarettes aux techniciens, je les imitais. J'ai été malade plusieurs fois, car j'avais voulu faire mon grand.

Mon frère s'occupait de moi, je l'embêtais à le suivre partout. Il allait voir la scripte, j'allais voir la scripte. Elle prenait des Polaroid pour son travail, les photos circulaient. On la questionnait, le tournage nous intéressait. D'ailleurs, entre les prises, on jouait à un faux tournage, avec une caméra en carton, le preneur de son et le cameraman. Mais parfois, j'étais largué, comme dans le film. J'avais pourtant déjà fait un garnement dans *La Famille Fenouillard* d'Yves Robert, mais là, c'était autre chose. Une scène m'a marqué : je reste en arrière du groupe, tout seul, tout nu, à pleurer. Yves Robert aussi s'occupait de moi, j'étais souvent dans ses pattes. Mon frère était un poil jaloux, mais il n'y avait pas de favoritisme.

Quand on est enfant, on est innocent : j'étais dans l'histoire, j'y croyais. Dans la scierie, lorsque Bacaillé se met à pleurer parce qu'on va le punir, je trouvais cela tragique. Quand on a détruit la cabane, j'ai pleuré. Quand on dispute Lebrac, parce qu'il insulte les pauvres, j'étais en colère. Lebrac était un sacré meneur, un gosse un peu chaud, intéressé par les voitures, il tournait autour. Je croyais aussi beaucoup à l'instituteur, à son personnage. C'était comme un bon maître, que j'aurais aimé avoir dans la vraie vie.

Le principe était qu'on jouait à jouer. Yves Robert nous le répétait sans cesse. Il nous passait dans la grange de vieux films de Charlot qui nous donnaient cette envie de jouer. Je n'en avais pas vraiment besoin, j'étais un peu cabotin. La scène où j'ai le hoquet, j'ai continué à l'avoir lorsqu'elle a été finie. Et quand Dufilho me verse la goutte, je n'ai pas eu à me forcer pour faire les yeux ronds ou pour avoir l'air saoul.

Si j'aurais su, j'aurais pas venu : que la phrase soit un peu fautive, je n'en avais pas conscience. Elle me paraissait normale. Au début, je ne devais la dire qu'une ou deux fois, Yves Robert en a rajouté. Je ne connaissais pas non plus les expressions "couilles molles" ou "peigne-culs". Après les scènes, on continuait à s'en lancer. Ça y allait, comme pour les combats, on s'en donnait à cœur joie.

A la sortie du film, j'ai été montré comme un singe savant. Le premier jour, à la rentrée, a été infernal. On me demandait de faire l'imbécile, je faisais l'imbécile. Le piège. Un enfant a du mal à savoir quand il faut s'arrêter. Dans la cour de l'école, les grands m'attrapaient, j'étais obligé de me défendre. Mon autre grand frère, Olivier, qui avait seize ans, venait me chercher à la sortie pour me protéger. Parfois, on nous suivait jusqu'à la maison. Des photographes. Je me sentais prisonnier du personnage, j'étais entré dedans et je le subissais. Je me suis peut-être pris au sérieux ou plutôt, je n'ai plus rien pris au sérieux, je me suis cru différent, j'ai cru avoir plus de chance. Je faisais rire les autres, alors, j'y allais. Puis j'ai fini par m'isoler, fatigué par tout ce cirque.

Lorsque la Warner, qui avait produit *La Guerre des boutons*, a voulu faire de moi une vedette, mes parents ont freiné. C'étaient des artistes un peu bohèmes, qui n'étaient pas dans le milieu du cinéma, ils étaient même brouillés avec. Ils ont dit non aux propositions venues d'Hollywood. Moi non plus, je ne voulais pas, j'avais envie d'une enfance normale. Déjà que la vie à Paris ne me plaisait pas. On venait de la campagne. Je n'ai pas arrêté de me faire virer jusqu'à me retrouver dans un cours privé, près de Solferino, où il n'y avait que des gamins turbulents. J'ai arrêté en 68, à seize ans : depuis "si j'aurais su, j'aurais pas venu", j'avais sans doute appris des choses, mais j'étais encore en quatrième et j'avais redoublé trois fois.

Si mes parents ont accepté que je tourne un autre film, *Bébert et l'omnibus*, c'est parce qu'Yves Robert le réalisait. La Warner poussait à la roue. Et puis, pour *La Guerre des boutons*, on n'avait pas gagné beaucoup d'argent. Yves Robert m'avait offert un habit de cow-boy avec un Stetson et des santiags : j'adorais les westerns. J'avais aussi gardé mon béret, que j'ai toujours. Avec le pactole de *La Guerre*, Yves Robert et Danièle Delorme ont eu mauvaise conscience et pour *Bébert*, ils ont repris la même équipe technique, en la payant vraiment. Avec mon cachet, mes parents ont pu acheter une maison en Auvergne. Sur *Bébert*, je suis un peu vieux pour le rôle. C'est P'tit Gibus avec deux ans de plus. Je suis moins spontané, plus conscient de ce que je fais.

Il y a eu encore *Huckleberry Finn*, le téléfilm de Claude Santelli, en 1965. J'avais le rôle principal, mais le tournage était compliqué, il fallait aller vite, c'était du boulot. Après 68, je me suis intéressé à la BD. Puis ma mère, sur les conseils d'Yves Robert, m'a poussé à m'inscrire à l'école de mime de Jacques Lecoq. Une école internationale, d'avant-garde : une fois encore, j'étais à la traîne. Mais je continuais à passer des essais. Pendant deux ans, j'ai joué la pièce de Robert Dhéry, *Vos gueules les mouettes*. Avec lui, j'ai fait aussi un Feydeau, *Monsieur Chasse*, au théâtre de l'Atelier. J'avais dix-huit ans, mais je jouais un enfant de chœur : j'avais gardé ma bouille, le côté Pierrot lunaire. En 1971, j'ai eu un petit rôle de conscrit avec Patrick Dewaere dans *Les Mariés de l'an II* de Jean-Paul Rappeneau. Lors des essais, je suis tombé sur Depardieu qui venait d'être refusé. Avec mon père, on l'a raccompagné, il n'avait plus d'argent, on lui en a prêté pour qu'il s'achète des pâtes. La fin est venue avec *Les Valseuses*. Je passais encore des essais. Pendant quinze jours, j'ai été en balance avec Dewaere. Depardieu, en souvenir peut-être des pâtes, voulait que j'obtienne le rôle. Je ne l'ai pas eu. J'ai compris que je n'étais pas fait pour cela. Il y a un proverbe qui dit : “plus on grimpe haut, plus on descend bas et c'est le cours des planètes”. Et puis je voulais vivre à la campagne, retrouver l'air de mon enfance.

« Enfant, j'avais toujours eu le nez fourré dans les livres de peinture de mon père, qui m'a appris à peindre. Il aimait surtout les impressionnistes. Van Gogh, Gauguin. Mais j'ai vite préféré Jérôme Bosch, Brueghel, des peintres narratifs qui racontaient une histoire. J'ai commencé par des paysages, puis j'ai découvert la peinture mexicaine, les fresques primitives de Diego Rivera, de Frida Kahlo. Je suis parti au Mexique, puis je me suis installé en Auvergne et en Provence, avant d'aller dans les Landes, où j'ai suivi mon épouse, une hôtesse de l'air, qui est de cette région. A dix-huit ans, j'avais pris des cours de céramique, je m'y suis mis aussi et aujourd'hui, je donne des cours à des enfants.

Même si j'ai la nostalgie de cette époque, même si c'est là en moi, je n'y pense pas souvent. Mais on se charge de me rappeler le film. Les plus jeunes, quand je vais au café, me mettent parfois en boîte. Il y a différentes façons de dire “Petit Gibus”. Je suis resté petit, c’est assez facile. On m’appelle aussi “si j’aurais su, j’aurais pas venu”. Je me demande si ce nom ne me convient pas en effet. Dans mon village, j’ignore comment, tout le monde est au courant. Un jour, dans un café du Larzac, j’ai entendu un homme de passage qui disait : “Je n’ai pas fait l’armée, mais *La Guerre des boutons*.” Le côté soixante-huitard du film ressurgissait, la fausse guerre, non violente, contre la vraie guerre.

Peu avant la mort d’Yves Robert, je suis passé à la Guéville. Il ne s’y attendait pas. Il a eu un choc. On n’a pas parlé du film. Je me suis aperçu qu’il me suivait, qu’il savait que j’avais fait des affiches pour le musicien Bernard Lubat, grâce à qui j’ai refait un bout de cinéma en 2004, dans *A ce soir*, le film de Laure Duthilleul, qui a été présenté à Cannes. Laure avait été la compagne de Bernard et le film se tournait dans la région. Même si je jouais un type qui peint, je n’étais pas très à l’aise. Les techniciens m’ont demandé comment c’était à l’époque. Je leur ai expliqué les caméras très lourdes, ils n’en revenaient pas. Cela m’a fait bizarre. »

Quelques mois après notre rencontre, Martin Lartigue m’adressa une longue lettre, rédigée d’une écriture enfantine. Une terrible tempête venait de ravager la forêt des Landes où il habitait. Dans son village, l’électricité avait été coupée et la vision apocalyptique des arbres couchés par terre avait réveillé en lui le souvenir du grand chêne en haut duquel s’était réfugié Lebrac poursuivi par les adultes : « Et maintenant, je me demande si ce n'était pas voulu de la part d'Yves Robert de nous faire assister à l'abattage de cet arbre, du début à la fin, alors que nous n'avions rien à jouer. Cela a duré longtemps, au début, ce fut à la cognée, puis à la tronçonneuse, pour nous, c'était la première fois. J'y vois maintenant un message écologique d'Yves Robert contre la destruction de la nature, cette nature tant aimée par Louis Pergaud. » Dans cette lettre, il évoquait aussi la libération par Lebrac d'un pinson blessé et d'un lapin : « Le moment le plus symbolique et que je ressens comme le plus triste lorsque je revois le film. »

SI LA PHOTO EST BONNE (GRAND GIBUS, ALIAS FRANÇOIS LARTIGUE)

François Lartigue est l'homme le plus facile à contacter. Il suffit de taper son nom sur Internet et l'on tombe sur son téléphone, son adresse, son blog. Paradoxalement, François Lartigue habite dans un des endroits les plus méconnus de Paris. Derrière la porte de Bagnolet, dans l'entrelacs de maisonnettes qui s'accrochent au versant sud-est de Ménilmontant. Je me perds au fond d'une « villa », une bicoque pleine d'un charme désuet, avec un jardinet où est garée une moto. Aucun numéro. La porte s'ouvre sur un homme au visage épanoui, tête forte, léonine. La version élargie de son frère, P'tit Gibus, que je viens de voir le même jour à la gare de Bordeaux. Aux murs du salon, des tableaux de son père, Dany Lartigue, et de son frère Martin, où les paysages classiques se mêlent à sa peinture dernière manière, plus primitive.

Je dois à François Lartigue la photo de fin de tournage. Elle révèle les affinités, les liens tissés sur le tournage. P'tit Gibus se tient à côté d'Yves Robert, François se blottit contre la masse imposante d'André Bac, le directeur de la photo, qui va décider de sa future carrière. Si le tournage ne fera pas de lui une vedette, il marquera un tournant, infléchira son existence. François me désigne un des techniciens, l'assistant-opérateur : « Il passait son temps à la pêche et emmenait toujours un garçon avec lui. Il y avait beaucoup de tandems, entre un gosse et un adulte de référence. »

« On faisait partie de la famille. Peu de temps avant le tournage, Yves a dit à mes parents : ces deux-là, ils feront les frères Gibus. On était très fiers, mais au début, je n'ai pas supporté le côté colonie de vacances. J'ai été très malheureux, puis je me suis habitué. J'aimais la campagne au moulin de la Guéville. On venait de quitter la Seine-et-Marne, pour s'installer à Paris : un vrai traumatisme. Avec le tournage, nous retrouvions ce que nous venions de perdre. Comme nos personnages, on avait été élevés loin des villes. Notre seule différence avec les enfants recrutés dans les centres aérés, c'est qu'on savait à quoi ressemblait un acteur. Ma mère, Jeanne Pico, avait joué chez Charles Dullin, et Daniel Gélin, Roger Vadim venaient souvent chez nous. Mais il n'y avait pas de fils de riche, Yves Robert avait dû faire attention. A la fin du tournage, je ne voulais plus partir

Au début, on était encore une centaine de gosses et Yves avait fait construire deux villages de tentes. D'un côté, les Longevernes, de l'autre, les Velrans. Il ne nous avait pas mélangés pour cultiver l'opposition. On était un peu bordéliques, très indépendants, dans l'esprit du film. Mais au tournage, la discipline était là, avec les horaires, le texte, très écrit, qu'on apprenait. Notre coach s'appelait Sandrine, une très jolie fille.

On croyait à fond à nos personnages. Lebrac, comme dans le film, se tenait à part, inaccessible. La destruction de la cabane a provoqué chez nous une grande tristesse. Sur mes tournages adultes, je n'ai plus jamais vécu la même chose. Comme dans le film aussi, je défendais Martin, que les autres faisaient marcher. Toute ma vie, je l'ai protégé. A l'époque, il bégayait, ce qui se voit à peine, on devine seulement qu'il a du mal à faire sortir les mots. J'avais tellement peur qu'il n'y arrive pas que je disais son texte tout bas, à côté de lui. Yves Robert me demandait d'arrêter, mais je ne pouvais pas m'en empêcher, ce qui a posé des problèmes au montage. Mais son handicap plaisait à Yves, il avait un côté comique, comme s'il s'énervait. Martin était très doué. Dès qu'il entendait “Moteur”, il commençait à rouler les yeux.

« André Bac, le directeur de la photo, était un pépère tranquille, un bon vivant, avec un accent parigot du tonnerre. Un sacré bonhomme du cinéma aussi. Il avait été sur les grands films d'Autant-Lara et de Marcel Carné (*Le jour se lève*). Il me faisait regarder dans l'œilleton de la caméra, c'était notre rituel. La scripte, Colette Crochot, m'avait également pris sous son aile. La discipline du tournage, le placement de la caméra m'ont tout de suite intéressé. Je faisais attention aussi aux travellings, à la machinerie, que Bac m'expliquait. J'assistais même aux scènes où je ne jouais pas. Lorsque Lebrac se fait engueuler par Jean Richard, son père, j'ai été très impressionné par les coups qu'il donne et le gros plan sur les ronds dans l'assiette de soupe qui se met à trembler. Je découvrais comment la violence se fabriquait au cinéma. J'observais aussi Dufilho, Galabru, Jean Richard. On rigolait, on découvrait des adultes qui s'amusaient comme des enfants.

A la sortie du film, je n'ai pas été embêté par les journalistes. Je n'étais que le frère de P'tit Gibus qui est devenu la vedette : au début, j'étais un peu jaloux, et puis avec le temps… Sur le tournage, tous les gosses étaient à égalité, sauf Lebrac et l'Aztec, qui jouaient les deux chefs. On oublie trop souvent que *La Guerre des boutons* est l'histoire de Lebrac. J'ai un faible pour la fin, lorsqu'il fuit dans la forêt pour aller vivre avec les animaux. Mais tout le monde a été emballé par Martin. Lebrac a dû en souffrir. C'était injuste, illogique.

J'ai eu du mal à retourner à l'école. Je fuyais la réalité, je voulais repartir à la campagne, là où on s'était si bien amusés. L'école était une prison, je n'avais pas de copains. Pendant un an, j'ai revu Daniel Janneau, qui faisait La Crique, le petit blond aussi, qui jouait le frère de Marie-Tintin, et puis un autre, qui voulait faire l'Ecole du Spectacle. Pour mon frère, cela a été pire : il s'est pris pour P'tit Gibus.

Je ne voulais pas être acteur. A l'époque, j'adorais la photo, j'en faisais dans la rue. Or, il s'est passé une chose étrange, qu'on a oubliée. En 1963, une exposition au Museum of Modern Art à New York a soudain rendu célèbre mon grand-père, Jacques Henri Lartigue. Mais au moment de *La Guerre des boutons*, en 1962, il n'était pas connu, on l'a même présenté au début comme le grand-père de P'tit Gibus. Nouvelle source de vexation pour moi. J'ai dû admettre que dans la famille, la photo, c'était mon grand-père et j'ai abandonné. J'y suis revenu aujourd'hui, j'ai même un blog[1] où j'ai mis en ligne des photos prises quand j'étais enfant.

Sur le tournage, comme j'étais toujours fourré avec André Bac, il avait fini par m'affirmer : “Toi, tu feras du cinéma, pas devant, mais derrière la caméra.” Le plus incroyable, c'est qu'il a tenu parole trois ans plus tard. J'avais quinze ans et envie d'arrêter l'école. André Bac m'a dit : “Je vais te faire entrer au labo.” Il m'a trouvé un poste à Saint-Cloud chez LTC, le plus gros labo cinéma de l'époque. J'y suis resté deux ans et demi.

Ensuite, je me suis débrouillé. J'ai fait connaissance avec un assistant opérateur, le fils du cinéaste Nikos Papatakis. Il était chyprio-éthiopien, il avait un problème de carte de séjour et il a dû s'en aller, je lui ai succédé comme assistant-opérateur sur le film qu'il devait faire. C'était *Les Choses de la vie*, de Claude

1. http://francoislartigue.canalblog.com

Sautet, qui voulait me faire jouer la comédie. J'étais très mal à l'aise, je me voyais faire. Sur *La Guerre des boutons*, je n'avais pas cette pudeur. Sautet n'a pas insisté.

Je suis devenu deuxième assistant-cameraman, je chargeais les bobines. Puis j'ai été pointeur, je faisais le point avec la caméra sur des films de Verneuil, de Labro, de De Broca, avant de passer cameraman pour Jacques Demy (*Lady Oscar*, *Une chambre en ville*), puis chef opérateur, comme André Bac, en 1988, sur *Savannah*, un film de mon oncle, Marco Pico, le frère de ma mère.

On m'appelle souvent Grand Gibus. Des gens que je rencontre, au boulot. Aujourd'hui, j'ai du recul, mais au début, je ne disais jamais que j'avais été Grand Gibus. Je n'en parlais pas. »

La panne a été réparée
(L'Aztec, alias Michel Ladoux)

L'Aztec est le chef des « peigne-culs ». Le meneur des gars de Velrans, qui vouent une haine éternelle aux « couilles molles » de Longeverne. Alter ego de Lebrac, il connaîtra lui aussi, lors de la lutte finale, l'humiliation des boutons coupés. Son surnom exotique lui réservait déjà un statut à part. Mais avec le traître Bacaillé, c'est l'autre méchant de cette « guerre ». Il ne recule devant rien, pas même écrabouiller la cabane des Longevernes avec tous ses trésors. Général impitoyable, partisan de la guerre totale, l'Aztec voit grand et moderne : pour mener à bien son œuvre de destruction, c'est un tracteur, pour tout dire un tank, qu'il emprunte à son père, le madré Jacques Dufilho. Le retour de bâton sera féroce : l'engin de mort ayant été le jouet d'une panne fatale, l'Aztec ira croupir en pension où il retrouve son ennemi juré, Lebrac. Un mal pour un bien : ils y fument le calumet de la paix. Entre-temps, il aura décoché un regard lourd de menaces à l'innocent P'tit Gibus venu « boire la goutte » sous son nez, dans l'antre du père Dufilho. Pas la meilleure façon de se faire aimer du public.

Mes retrouvailles avec l'Aztec, alias Michel Isella, sont miraculeuses. Lors de notre première conversation au téléphone, François Lartigue (Grand Gibus) m'a raconté avoir croisé l'Aztec, il y a près de vingt ans, dans le garage Mercedes du 16e arrondissement, rue de Longchamp. Il y était chef de produit. Dans la foulée, je téléphone à ce garage qui, par chance, existe toujours. Je tombe sur une aimable secrétaire qui, hélas, ne connaît aucun Michel Isella. Mais un employé qui a jadis tourné dans *La Guerre des boutons* a bien travaillé chez eux. Il s'appelle Michel Ladoux. Nous convenons qu'il doit s'agir de la même personne. J'apprends que Ladoux a pris sa retraite, mais qu'il vient, de temps à autre, saluer les copains. Une collègue a ses coordonnées, elle me promet de lui transmettre ma demande. Je raccroche et cinq minutes plus tard, j'ai l'Aztec au bout du fil. Il était justement là, dans le garage, au moment où j'appelais…

La semaine suivante, il me reçoit avec gentillesse au septième étage d'un HLM de Nanterre-Ville. La vue sur la forêt de Saint-Germain-en-Laye est superbe, mais le cadre est modeste. Il vit là avec sa fille, son petit-fils et un album de photos qui résume sa vie. La plupart ont été prises sur des tournages, jusqu'à l'âge de quinze ans. Ces clichés de cinéma sont les seules images qu'il a conservées de son enfance.

Michel Ladoux est un homme simple, réservé. Même s'il se rappelle les paroles de la chanson-culte, « Mon pantalon est décousu… » – « à la synchro, on l'avait chantée tous ensemble, les gars de Longeverne et de Velrans » –, il semble avoir moins de souvenirs que les autres. Et puis, une phrase, parfois, laisse affleurer l'émotion. A la fin de l'entretien, il me demandera subrepticement : « En entrant, vous m'avez reconnu ? » Comme s'il était important pour cet homme de soixante ans qu'on reconnaisse en lui le jeune chef de *La Guerre des boutons*.

« Mon père s'est tué accidentellement avec une tronçonneuse. J'avais cinq ans et peu après, j'ai perdu ma mère, qui avait la tuberculose. J'ai été élevé par mon oncle Isella, qui faisait le figurant et le cascadeur. Un grand gars à qui on proposait souvent des rôles de motard ou d'Allemand. Un jour, il m'a emmené. Sur cette photo, je suis avec Francis Blanche, dans *Tous peuvent me tuer*, d'Henri Decoin : je viens chercher une bouteille de lait, j'ai neuf ans, on est en 1957. Là, c'est *Madame et son auto* : mon oncle avait descendu la voiture du film à Chamonix. Mon oncle avait entendu parler du tournage de *La Guerre des boutons*. Il m'a présenté comme son fils, voilà pourquoi je m'appelais Isella, qui est devenu mon nom de cinéma. Mais à dix-huit ans, j'ai repris le nom de mon père, Ladoux.

Je me souviens qu'au casting, on était plusieurs. Si j'avais été plus grand, j'aurais sans doute décroché le rôle de Lebrac. Mais je n'étais pas un meneur comme lui. Sur le tournage, je ne me suis pas comporté comme le chef avec les gosses de Velrans. J'avais juste grandi dans la rue, d'abord au Bourget, puis à Nanterre, dans le quartier de la Folie : on avait emménagé dans les premiers HLM construits en 1958, près des bidonvilles. Vous voyez, je n'ai pas beaucoup bougé.

La Guerre n'était pas mon premier film, je connaissais déjà le régisseur, l'ingénieur du son, je n'étais pas dans la découverte. C'était comme une colonie de vacances, on dormait sous les tentes. J'étais habitué à cette ambiance. Quand les parents sont venus à la fin du tournage, un dimanche, on a fait une kermesse qu'on avait organisée nous-mêmes. On a joué au chamboule-tout, on a gagné des bonbons et des cannes à pêche.

Deux scènes m'ont marqué. Celle de la fin à la pension, qu'on a tournée à Vitry ou à Ivry-sur-Seine : je ne voulais pas la faire, j'avais toujours eu peur d'aller en pension. Et puis la scène du tracteur, qu'on m'avait montré comment conduire. J'avais beau être contre les gars de Longeverne, j'étais triste de détruire leur cabane. Elle était tellement chouette.

Sur le tournage, j'étais pote avec Grand Gibus et P'tit Gibus. Mais celui que je préférais, c'était celui qui se roule dans la boue. J'ai oublié son nom, un petit parigot très drôle.

A la sortie du film, je n'ai pas vu de journaliste. P'tit Gibus a tout raflé. Mais j'ai reçu une lettre d'un petit Portugais, qui m'avait été transmise par la maison de production. J'ignore pourquoi il m'avait choisi. On s'est écrit, il parlait français. Puis il m'a invité à Lisbonne, ses parents étaient des gens aisés. Grâce à *La Guerre des boutons*, j'ai pris l'avion pour la première fois.

Après la *Guerre*, j'ai obtenu un petit rôle dans un film franco-algérien sur la boxe. Puis j'ai joué un des frères de Martin Lartigue dans *Bébert et l'omnibus*. Jacques Higelin faisait l'aîné. J'avais gardé contact avec Yves Robert, qui m'a redemandé. Mais je n'ai jamais eu envie de devenir acteur, le cinéma était pour moi un milieu à part. Je voulais être footballeur. A sept ans, je jouais déjà pour un club de Nanterre, milieu de terrain. J'ai participé au concours du Jeune Footballeur, mais il y avait meilleur que moi. J'ai joué les championnats du dimanche matin, puis pour les anciens. Aujourd'hui, s'il y a besoin d'un onzième, j'entre sur le terrain.

Dans le film, le tracteur tombe en panne et je n'arrive pas à le faire redémarrer. Dufilho dit pourtant que “la mécanique, c'est mon fort”. Le plus amusant, c'est que je suis devenu mécanicien. Mais ce n'est pas à cause du film, en tout cas, je ne crois pas. En première, je suis parti comme apprenti dans un garage à Courbevoie. Puis j'ai fait mon service au Mont-Valérien, où j'ai été chauffeur pour un colonel. Je suis retourné dans un garage à Rueil. Un copain m'a dit qu'on recrutait chez Mercedes, rue de Longchamp. J'y suis rentré en 1977, comme P3 (pro-

GEORGES POUJOULY
(*Jeux interdits*, 1952)
Après une carrière bien remplie jusqu'à l'âge de 20 ans, le petit « Michel » de René Clément a doublé de nombreux acteurs dont Michael Douglas. Il est mort en 2000.

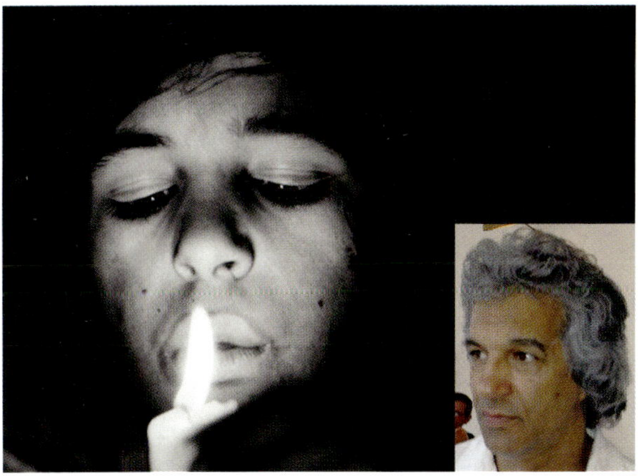

JEAN-PIERRE CARGOL
(*L'Enfant sauvage*, 1969)
L'acteur gitan de François Truffaut, neveu du grand guitariste Manitas de Plata, est retourné vers son univers d'origine : la musique. Il se fait appeler El Rey.

ANDRÉ TRETON

(*La Guerre des boutons*, 1962)

Il était le chef et le vrai héros du film d'Yves Robert. Cet ouvrier à la retraite, qui habite dans l'Eure, n'a rien perdu de son autorité.

MARTIN LARTIGUE
(*La Guerre des boutons*, 1962)
La casquette n'a presque pas changé.
Âgé de 56 ans, l'enfant-star pratique la céramique dans les Landes.

ALAIN COHEN
(*Le Vieil Homme et l'enfant*, 1967)
Le facétieux alter ego de Claude Berri dont c'était le premier film est un spécialiste reconnu des fruits et légumes rares (ici, une main de bouddha) qu'il fournit aux grands restaurants parisiens.

ELÉONORE KLARWEIN
(*Diabolo menthe*, 1977)
À la fin des années 70, elle fut l'idole des filles.
Elle s'occupe aujourd'hui d'une agence de mannequins dans le Marais, à Paris.

fessionnel 3) et j'y ai gravi les échelons. J'ai passé ma vie dans les voitures. C'est rue de Longchamp, en 1988, que j'ai vu débarquer François Lartigue, Grand Gibus, avec une belle Mercedes de collection. On avait quarante ans, mais on s'est tout de suite reconnus.

J'ai suivi la carrière d'Yves Robert. J'ai même lu son livre, *Un homme de joie*. Il m'avait dit que je pouvais passer chez lui quand je voulais, mais je n'osais pas. J'ai été un peu triste d'apprendre que Danièle Delorme avait vendu le moulin de la Guéville. A la mort d'Yves Robert, je suis allé à ses obsèques. Je m'étais garé vers le Luxembourg et j'ai cherché l'église, mais je ne l'ai pas trouvée. Je m'en suis voulu. »

Pitié pour Bacaillé !

Jean-Paul Maîtrot aura eu tous les malheurs. Il aura commencé par décrocher le mauvais rôle, celui du traître. Longeverne passant à l'ennemi, il révèle aux Velrans l'existence de la cabane d'Ali Baba, sanctuaire longevernien promis à la destruction. Il aura donc appris à des millions d'enfants que le monde est aussi constitué de Judas, de faux derches, de sournois, de malfaisants, de briseurs de rêve dûment punis. Son châtiment dans la scierie, comble de justice populaire et expéditive – un coup de baguette administré à la queue leu leu par chacun des Longervernes –, est aussi l'apogée sadique du film. Suite à cette expédition punitive, les adultes reprennent les affaires en main, corrigeant à leur tour les généraux en chef des deux bandes.

Jean-Paul Maîtrot aura aussi eu le malheur d'être rayé de la distribution. On ne trouve mention de son nom sur aucune base de données. A la Guéville, chez Danièle Delorme, on ignorait son patronyme. C'est Marie-Catherine Faburel, alias Marie-Tintin, qui a su mettre un nom sur le traître : il avait été son condisciple à l'Ecole du Spectacle. Elle m'apprit aussi sa mort, assez jeune, à environ quarante-cinq ans. Malheur ultime venu frapper prématurément cet ex-enfant à qui l'étiquette infamante avait dû probablement coller à la peau.

Il m'était donc impossible de lui faire raconter ce tournage qui avait peut-être marqué le début de ses infortunes. Car à écouter ses ex-camarades, je devinais que ce mois passé à la Guéville avait tenu plus du calvaire que de la partie de campagne. Comment pouvait-il en aller autrement dans un film où l'on était ce que l'on jouait ?

Qu'avait-il fait de sa vie ? Tous ceux que j'ai croisés l'ignoraient. Tous pourtant se souvenaient de lui. On n'oublie pas le traître. J'ai donc demandé à chacun d'évoquer sa figure, de ressusciter en creux le pauvre Bacaillé. Edifiant !

Martin Lartigue, alias P'tit Gibus : « Bacaillé était malheureux. On était dur avec lui. Il avait le mauvais rôle. Après tout ce qu'il endurait, il pouvait d'autant mieux jouer le persécuté. Quand il rentre au village, après la punition, tout sanglotant et sanguinolent, c'était pénible à voir. »

François Lartigue, alias Grand Gibus : « Bacaillé, c'était comme dans le film. On était tous contre lui. On l'humiliait un peu. Surtout Lebrac. Comme il ne se sentait pas intégré, il nous cherchait. Surtout qu'il était très cabot, il se prenait pour un acteur. On le remettait à sa place. »

André Treton, alias Lebrac : « Déjà, à cette époque, il faisait un peu… on le sentait que c'était un gars qui… Il est devenu… pédé. C'était pas mon truc. Dans le film, il me passait la main sur l'épaule, oh tu te calmes, je lui disais. »

Michel Ladoux, alias l'Aztec : « Il se prenait pour un ténor. Il voulait faire de l'opéra, ou de l'opérette, je ne sais plus. Moi, je ne l'emmerdais pas. Peut-être parce que dans le film, il trahit pour moi, j'ai besoin qu'il me dise où est la cabane. En tout cas, on était assez potes. »

Daniel Janneau, alias la Crique : « Je me suis dit après que cela avait dû être un rôle difficile à vivre. Il est terrible d'être assimilé au traître. »

L'affaire semblait entendue. Après celui du traître, Maîtrot avait endossé le rôle du martyr. Je tenais là l'exemple d'un film qui, pour son jeune acteur, avait été sa malédiction.

Puis Marie-Tintin me souffla un autre nom : Sylvie Feit, qui avait bien connu Maîtrot lors de leur scolarité aux Enfants du Spectacle. Elle-même devenue actrice et doubleuse, elle gardait un souvenir plus intime de son camarade qu'elle me décrivit comme un Jacques Chazot adolescent : un boute-en-train extraverti, dont l'exubérance masquait un mal-être profond. Elle évoqua aussi la figure tutélaire de leur directrice qui avait œuvré en coulisses pour assurer le quotidien des enfants du spectacle : grâce à son mari, huissier au Sénat, les parlementaires, convaincus par son lobbying, avaient voté en 1964 une loi encore en vigueur, qui protège les revenus et les conditions de travail des enfants. Sur Maîtrot, elle n'avait en fait pas grand-chose à m'apprendre sinon qu'elle l'avait croisé vingt ans plus tard, toujours aussi enjoué, mais très enrobé : Bacaillé était devenu pratiquement obèse. Mais il était resté acteur et elle mentionna un rapide passage par la Comédie-Française. Ma recherche aurait abouti à une impasse si elle n'avait précisé qu'à l'époque, il se faisait appeler Jean-Paul Quéret. Cette précision changeait tout.

Internet livrait en effet quelques informations sur un Jean-Paul Quéret. Très peu en réalité. Un acteur de théâtre, Patrick Mazet, avait indiqué sur son CV une mise en scène du *Malade imaginaire* avec lui en 1984 au théâtre Fontaine. Il me confirma l'embonpoint de Bacaillé, rajoutant un détail sonore : il ronflait très fort, à tel point qu'il avait fallu laisser libres les deux chambres voisines de la sienne lors de leur tournée. Le portrait devenait cocasse. Mazet m'aiguilla vers un homme qui l'avait bien connu dans les années 80, Christian Grau-Stef, ancien directeur de Connaissance des Classiques. Quéret avait fait en effet partie de cette troupe qui jouait ici et là en matinée les pièces du répertoire.

« Il était grand et gros dans tous ses sentiments » : Grau-Stef commença ainsi son évocation. « Le cœur sur la main. La bonté même. Très démonstratif. Drôle. Plein d'humour. S'arrêtant toujours avant la vulgarité. » Il décrivit une force de la nature, colosse débordant qui allait chercher le spectateur, avec un abattage, un sens de la repartie qui avaient fait merveille, surtout lorsqu'il était dirigé. « Il a été sous-employé. S'il avait rencontré un grand metteur en scène comme Chéreau, il aurait sans doute explosé. » Il avait été Aignelet dans *La Farce de Maître Pathelin*, Bartholo dans *Le Barbier de Séville* et bien sûr un formidable Bourgeois Gentilhomme. Mais il avait donné aussi dans le boulevard. « Il était homosexuel, mais vivait avec une maîtresse de cœur, Gaby Henry, qui l'avait soutenu financièrement. » Grau-Stef se souvenait de soirées « films d'horreur » où Quéret arrivait parfois avec Edouard Dermithe, dernier compagnon de Jean Cocteau : « C'était l'eau et le feu : Dermithe ne disait rien, restait dans un coin, Quéret était l'attraction. » L'ex-Bacaillé n'avait pas complètement tourné le dos à *La Guerre des boutons*, qu'il leur avait montrée sur cassette. « Il aimait bien le film, il en était fier, mais on devinait qu'il le renvoyait à une époque assez malheureuse, où il était encore un ado un peu hébété. » Dans les années 90, Grau-Stef avait pris un verre en sa compagnie et il lui avait trouvé des yeux très cernés : il se remettait d'une première crise cardiaque. Il situait son décès vers 1998, mais regrettait d'avoir appris sa mort après coup. « Le cœur avait lâché. Normal, il était énorme, mais il avait aussi un cœur énorme. »

En tapant à nouveau son nom sur Internet, deux autres acteurs ressurgissent, qui ont suivi son cours de théâtre entre 1996 et 1998. Le son de cloche est le même : homme drôle, talentueux, sensible, généreux en amitié. Un chorégraphe, Daniel Thuann, qui a travaillé avec lui dans les années 90, m'apporte cette précision : Maîtrot vouait un culte passionné à Jacques Charron dont il avait vu toutes les pièces lorsqu'il était jeune. Il est aussi le premier à me donner la date exacte de sa mort : 1999. Trois ans avant Yves Robert. Il est le seul mort de la bande. Le « traître » est mort le premier.

RECONNAISSANCE ÉTERNELLE (LA CRIQUE, ALIAS DANIEL JANNEAU)

« Citoyens, si vous pouvez crier aujourd'hui "Vive la cabane", c'est parce qu'elle a la surface d'un parallélépipède rectangle. La surface en est le grand côté multiplié par le petit côté... » Ainsi débute le long discours indigeste et un peu chahuté de La Crique. Son morceau de bravoure dont il avoue ne pas se rappeler un traître mot.

Daniel Janneau est pourtant resté dans le milieu. Il est un des réalisateurs en vue de la télévision française. Neuf épisodes de *Julie Lescaut* à son actif, toute une série d'unitaires aussi, qu'il a parfois lui-même écrits. Un vieux briscard. Lorsque je le rencontre à l'hôtel Montalembert, il met la dernière main à *Comme un jeu d'enfants*, une fiction où il a justement eu à diriger deux gamins. Il les a mis en garde sur l'après-tournage : attention à la sortie, au retour sur terre. Des conseils qui lui viennent de loin.

Daniel Janneau est un enfant de « la Guerre ». S'il n'est pas devenu acteur, il doit tout au couple Robert-Delorme, qui lui a mis le pied à l'étrier quand il avait dix-huit ans. Ses souvenirs de *La Guerre des boutons* ne sont pourtant pas des plus précis : son compagnonnage adulte avec Yves Robert a occulté la première expérience. Tout en rondeur nasillarde, chaleureux, spirituel, il a gardé un air de gamin espiègle : « L'enfance me poursuit », reconnaît cet homme de cinquante-neuf ans, qui a publié un conte pour enfants (*La Sensible*, une fantaisie sur la note *si*). Il aussi porté à l'écran ses premières années (*Quand j'étais p'tit*, 1997), avec Catherine Frot et Didier Bezace dans le rôle de ses parents. « Je suis resté en contact avec le garçon qui jouait mon rôle. J'ai pris avec lui la place qu'Yves Robert avait occupée avec moi. »

« Je me trouvais dans un centre aéré avec mon frère, à Sanois, au nord de Paris. Des gens sont venus en repérage, mon frère a franchi un seul tour, je suis allé jusqu'au bout. Yves Robert nous a fait passer des interviews sur la scène d'un théâtre, les questions étaient classiques. Il m'a demandé ce que j'aimais. J'allais au cinéma tous les dimanches, au Rex, sur la place du Marché à Sanois. C'était l'époque des péplums, *Maciste* et compagnie. Je garde un souvenir ému des décolletés de Sylva Koscina.

Lorsqu'on bâtit un groupe d'enfants, il faut un peu de tout. J'ai dit que j'étais l'intellectuel de la famille. Yves Robert avait besoin de quelqu'un pour son discours, j'ai donc fait l'affaire. A l'époque, je voulais devenir interprète-diplomate, car j'avais des facilités en anglais. Comme tout bon fainéant, je rêvais d'un métier qui me permettrait de voyager.

La longue tirade à réciter, je n'ai pas eu de mal à l'apprendre. Il y en avait pourtant une tartine. En plus, il fallait donner l'impression qu'on avait picolé. Certains ont bu de la bière en douce, il faisait très chaud, il y avait des bacs avec du Perrier et je me suis dit que le cinéma, c'était tout de même fastoche : on a soif, on se sert à boire. Bien moins compliqué que la vraie vie.

Lebrac est devenu une sorte de grand frère. Sur un tournage, on a tendance à reproduire le modèle familial. Il avait deux ans de plus que nous et à cet âge-là, c'est une différence qui compte. J'ignorais qu'il avait refusé de jouer pendant deux jours. Rébellion sur *La Guerre des boutons* ? Des choses nous échappaient. Ainsi ignorait-on que François et Martin étaient de la famille d'Yves Robert et de Danièle Delorme. On savait juste qu'ils se connaissaient.

Aujourd'hui, avec l'expérience, je me rends compte qu'Yves Robert a incarné le cinéaste, l'autorité. P'tit Gibus devait pleurer sur une scène et Yves lui avait dit des mots pas très gentils pour lui tirer des larmes. Il pleurait, pleurait, c'était dur à voir et Yves était un peu embêté. Mais il a été assez habile pour ne jamais devenir un père, ce qui nous a évité des réveils douloureux. J'observais avec un œil extérieur et je me suis dit que j'aimerais bien faire des films. Pas être réalisateur. Je ne connaissais pas ce mot. Juste faire des films, comme Yves Robert. Mais je ne me doutais pas que cette expérience allait changer ma vie.

On avait tourné en septembre et je suis arrivé à l'école avec un mois de retard. Un ou deux profs m'ont bien emmerdé, surtout le prof de maths qui m'avait dans le nez, à cause du discours de la cabane sur le parallélépipède. J'avais souvent droit à des remarques du genre : "Alors, Janneau, on ne peut pas apprendre ses leçons et faire du cinéma ?" J'étais un fomenteur de troubles, mais je ne la ramenais pas. Les copains n'étaient pas jaloux, ils voulaient juste savoir, pour le tournage. Il y a deux ans, j'ai pris un verre avec un ancien copain, devenu comédien : "J'étais impressionné, tu nous disais qu'il y avait des jolies nanas." Je ne sais pas où je les avais vues, j'avais dû enjoliver.

Après *La Guerre*, on m'a redemandé. L'été suivant, j'ai fait l'émission "Parlons français", où j'ai croisé Zazie (Catherine Demongeot) et son frère. Puis j'ai joué pour Santelli dans *Le Magasin d'antiquités* de Dickens, dont je garde un très mauvais souvenir. J'avais sans doute été nul – un môme n'a pas la prétention de jouer – mais j'étais livré à moi-même, perdu parmi les acteurs de la Comédie-Française. Sur *La Guerre des boutons*, on s'occupait de nous, on formait une grande famille. Là, on me demandait juste de dire mon texte. J'ai donné aussi la réplique à Burt Lancaster dans *Le Train*, j'en suis très fier. Puis j'ai rencontré Gabin sur *Mélodie en sous-sol*. Avant de tourner, il voulait qu'on lui présente le môme : je l'ai trouvé sur son fauteuil, maquillé, très rouge, les cheveux tout blancs, impressionnant. Il n'a pas desserré les dents, il fallait juste qu'on lui montre le chiard. Sur le tournage, j'ai balancé mes répliques, sans qu'on échange un seul mot. Je faisais son fils. Dommage que j'aie été coupé au montage ! J'ai aussi fait le casting de *Du mouron pour les petits oiseaux*. Comme Lebrac ? A l'époque, peu de gosses faisaient du cinéma et *La Guerre des boutons* a été un vrai vivier. Mais à quatorze ans, le robinet s'est tari, je n'ai plus reçu de proposition. Je l'ai pris avec philosophie. Ce n'était déjà pas normal que le cinéma soit là, alors imaginez s'il était resté !

A dix-huit ans, je me suis inscrit en fac d'anglais ! Car, n'oublions pas, je voulais devenir interprète-diplomate. Mais à la même époque, je suis allé revoir Yves Robert. En deux jours, il m'a trouvé un stage. On était en septembre 1968, le film s'intitulait *Des Christs par milliers* de Philippe Arthuys, il était produit par l'Atelier 68, mais soutenu aussi par Yves Robert et Danièle Delorme. Je leur dois tout. J'ai même épousé la fille du directeur de production de *La Guerre des boutons*, Léon Carré. Puis je suis parti sur *Le Distrait*, le premier film de Pierre Richard, toujours produit par Yves et Danièle. Je suis vraiment l'enfant de la Guéville. Dès qu'il y avait besoin, on appelait le petit Daniel.

J'ai été le deuxième assistant d'Yves Robert sur *Salut l'artiste*. Il m'aimait bien, mais je le lui rendais. On partait ensemble en repérage. Je lui trouvais des décors à son goût. J'étais jeune, je conduisais sa voiture, une Audi, pendant qu'il me racontait sa vie. Par la suite, il m'a recommandé à d'autres réalisateurs. Grâce à lui, j'ai rencontré Paul Claudon, producteur du show de Francis Perrin. Je suis devenu l'assistant de Perrin avec qui j'ai réalisé mon premier film, *Le Débutant*, qui raconte ses débuts d'acteur. Yves est venu dire deux phrases sur ce film, par amitié. La dernière fois que je l'ai vu, c'était un an avant sa mort. Il m'a dit : "Je t'emmène dans un restaurant que tu ne connais pas." En marchant jusqu'à la voiture, il s'est appuyé sur moi. J'étais ému. Le plus drôle, c'est qu'il m'a emmené dans un restaurant situé à vingt mètres de chez moi. Je n'ai rien dit. Il avait encore des projets. Il racontait divinement bien.

La Guerre a débouché sur de jolis hasards. J'ai dirigé plusieurs téléfilms où le directeur de la photo ne fut autre qu'un certain François Lartigue. Grand Gibus et La Crique étaient réunis, cette fois derrière la caméra. Il y eut aussi cette lettre reçue de mon prof de français de quatrième. Il avait quatre-vingt-cinq ans et voulait me dire combien j'avais compté pour lui et sa femme, que j'avais eue aussi comme professeur. J'étais bouleversé. Je l'aimais comme une figure paternelle. J'ai voulu savoir pourquoi j'avais eu tant d'importance pour eux. "Vous faisiez du cinéma. Vous alliez sur des tournages." Des personnes à qui je devais le respect m'avaient donc admiré. J'étais sidéré. Mais le cinéma, c'était encore cela : quelque chose de prestigieux, de mystérieux. »

Marie-Tintin, la seule fille

De tous les enfants, Marie-Catherine Michonska, ex-Faburel, est celle qui pense le plus souvent à ce film. Il y a quatre ans, elle a même tenté de réunir les anciens combattants de la *Guerre* dans sa maison de Gages-Montrozier, près de Rodez. Elle avait déjà appelé Lebrac, Petit et Grand Gibus, lorsqu'un infarctus l'a obligée à repousser *sine die* les retrouvailles. Pour retrouver d'autres comparses de *La Guerre des boutons*, elle s'est aussi inscrite sur un forum de discussions autour du film d'Yves Robert. Voilà comment j'ai retrouvé sa trace. Son attachement à ce film est si grand qu'elle vient exprès à Paris pour évoquer une enfance trépidante passée au milieu de grands noms du théâtre et du cinéma.

« Tout commence avec une de mes sœurs aînées, très douée pour la danse, que ma mère est venue inscrire à l'Ecole du Spectacle. C'est en 1955, j'ai six ans et je viens avec elles. La directrice raccompagne un monsieur, qui me remarque en sortant du bureau : “Je n'irai pas plus loin, c'est exactement elle que je cherche.” Il faisait un roman-photo, *L'Allumeur de réverbères*, de Miss Cummins, et il avait besoin d'une petite fille blonde. Me voilà embarquée et inscrite du même coup à l'Ecole avec ma sœur et mes deux plus jeunes frères, car la directrice avait expliqué à ma mère qu'on avait besoin aussi de garçons. J'étais la benjamine de onze enfants et nous vivions tous dans un trois-pièces dans le 13ᵉ. Mon père travaillait aux usines Panhard, mais il avait été licencié. Nous étions assez pauvres, cela se voyait à ma mine, qui a plu au directeur du roman-photo. Voilà comment on est devenu les Faburel, une petite famille du spectacle, un peu comme la famille Maurin d'où venait Patrick Dewaere, qui, à l'Ecole du Spectacle, était d'ailleurs très copain avec mon frère Jacky.

« Je faisais de la danse et j'ai été retenue pour un spectacle de Roland Petit. Je suis ensuite passée au mime. On avait un imprésario, qui m'a demandé d'aller à une audition organisée par Jean-Louis Barrault. Il reprenait son spectacle, *Baptiste*, sur le mime Debureau, le personnage qu'il avait créé dans *Les Enfants du Paradis*. J'ai été prise et, pendant trois mois, j'ai suivi les cours du mime Marceau, qui était aussi le professeur de Barrault. J'ai dû être à leur goût, car ils m'ont gardée dans leur compagnie où j'étais la benjamine. Je me souviens de l'interminable *Soulier de Satin*, où je jouais la fille de Barrault et d'Emmanuelle Riva. J'ai été aussi dans *Rhinocéros*, dans *Le Dialogue des Carmélites*, où je faisais une jeune nonne. Ma mère était la petite main de la compagnie, elle raccommodait les habits. J'ai également fait un détour par la Comédie-Française, dans le rôle de Louison du *Malade imaginaire*. Au cinéma, je tenais de tout petits rôles : j'ai été la fille de Romy Schneider dans *Monpti* en 1957, la nièce d'Emmanuelle Riva dans *Léon Morin, prêtre*.

« Pour *La Guerre des boutons*, c'est mon imprésario qui m'a parlé de l'audition : il leur fallait une petite fille blonde. J'avais douze ans. On était une trentaine à passer, il n'en est resté que cinq, dont Sylviane Margollé qui venait de faire *Un singe en hiver* avec Gabin et Belmondo. Il a fallu jouer la scène où je masse le genou de Bacaillé, j'ai obtenu le rôle. Tous les matins, je me rendais au café des Trois Obus, à la porte de Saint-Cloud, où un chauffeur venait me chercher. Le soir, je ne restais pas sur le site du moulin de la Guéville, il y avait trop de garçons. Je n'ai d'ailleurs pas eu le droit d'assister à la scène où ils sont tout nus.

J'ai tout de même eu le temps d'échanger un bisou avec le garçon qui joue mon frère, dans la scène du lavoir. C'est lui qui me l'a demandé, il était vraiment gentil, j'aimerais le retrouver. Personne ne m'enquiquinait, ils étaient tous comme des frères et sœurs, on m'apportait à manger sous la tente, comme si je mourais de faim. Le seul coquin, c'est Jean-Paul Maîtrot, qui jouait Bacaillé le traître : lorsque je lui massais le genou, il me murmurait à l'oreille : tu ne veux pas masser un peu plus haut. Celui que je trouvais vraiment très beau, c'était Lebrac. Je l'avais répété à mon père, qui m'a mise en garde. Nous étions amoureux, mais notre amour est resté platonique. Dans la scène où je suis sur le cheval avec lui, nous avons tourné avec une 2 CV, qu'on secouait tandis que nous étions assis sur une planche.

Nous nous sommes revus une fois : j'avais dix-sept ans et lui dix-neuf. Je venais d'entrer à Paternelle Minerve, une compagnie d'assurances près du métro

Trinité. Il y a deux ans, j'ai retrouvé sa trace grâce à une interview dans *Le Chasseur français* : on l'interrogeait sur les frondes…

Pour l'avant-première au palais de Chaillot, on a reçu un stylo. Mais le salaire a été assez correct pour permettre à mes parents de meubler notre appartement. Je trouvais normal de donner l'argent à mes parents.

Ma carrière s'est brutalement arrêtée lors d'une tournée théâtrale que je faisais avec mon frère Dominique. On était allés au Maroc, au Liban, en Grèce, avec une pièce qui s'appelait *Douce Annabelle*. Mais l'adulte, qui tenait le rôle principal – je tairai son nom –, a soumis mon frère à un chantage : si tu veux continuer dans ce métier, il va falloir être gentil avec moi. Mon frère l'a raconté à ma mère, qui nous a fait abandonner le cinéma et le théâtre. J'avais seize ans. Au début, cela ne m'a pas gênée, j'ai vite trouvé un travail, j'avais quitté l'école.

Après la compagnie d'assurances où j'avais revu Lebrac, j'ai travaillé chez IBM et Honeywell-Bull. Je n'avais pas des tâches passionnantes et je voulais monter à l'étage des machines qui permettaient de classer des fiches. J'ai décidé d'écrire au directeur général en faisant preuve d'humour. Le ton de la lettre lui avait plu, il m'a convoquée et je lui ai raconté mon parcours, *La Guerre des boutons*, ce qui m'a permis de grimper dans la hiérarchie.

Plus tard, je suis entrée à la Société Générale. Je n'ai pas eu à passer les tests d'entrée, car là encore, *La Guerre des boutons* m'a servi de sésame. Je travaillais au surendettement et il me fallait retrouver la trace des débiteurs potentiels. Je me suis servie de ce que j'avais appris en jouant. Je modifiais ma voix au téléphone, je me faisais passer pour des proches, je construisais des personnages.

A la maison, j'ai tout un coin dédié à *La Guerre des boutons*. J'y ai mis l'affiche originale du film, que j'ai reçue comme cadeau lors de mon départ de la Société Générale en 1999. Mon premier fils a failli faire du cinéma, mais à l'époque, j'étais divorcée de son père, qui n'a pas voulu. Mon second fils est très fier de ce que sa mère a accompli et voudrait aussi devenir acteur. Ne plus jouer m'a parfois beaucoup manqué. Dans l'Aveyron, j'ai créé une section théâtre pour adultes et chaque année, nous montons un spectacle. Mes enfants et mes petits-enfants ont lu et vu *La Guerre des boutons*, ils me posent parfois des questions. Je songe même, si j'en ai le temps, à écrire un livre, afin de leur raconter mes souvenirs. »

LE SOLDAT INCONNU

Cet enfant est resté longtemps sans nom. Un enfant trouvé ? Presque. Trouvé au détour d'une photo, celle de fin de tournage, où il est juché sur les épaules d'un adulte. Sa position extravagante m'a incité à questionner François Lartigue. « Un gamin très drôle, qui râlait dès qu'il fallait tourner. Il s'amusait à emmerder l'accessoiriste. Il le chatouillait, lui mettait le doigt dans l'oreille, lui balançait des cailloux dès qu'il bossait. Toujours dans ses jambes. » Comme par hasard, quand il a fallu faire la photo, il s'était retrouvé sur les épaules de son souffre-douleur.

S'il a laissé une faible empreinte sur la pellicule, ce gosse semble avoir marqué le tournage. Martin Lartigue ne l'a pas oublié non plus : « Il se jetait avec moi dans les flaques de boue. Danièle Delorme et ma mère nous suivaient, avec des serviettes, prêtes à nous sécher. On s'éclatait. Comment il s'appelle ? Je ne sais plus. » Michel Ladoux se souvient aussi d'avoir été copain avec ce rigolo, parigot d'origine. En regardant le film, je m'aperçois que ce petit blond joue le frère de Marie-Tintin. Marie-Catherine Faburel se le rappelle très bien, mais à elle aussi, son nom lui échappe. L'évoquer devient un jeu à chaque « enfant » que je rencontre. Daniel Janneau me met sur la voie : « Je le revois comme si j'y étais, il était petit, il me faisait bien marrer », mais il sèche aussi sur le nom, qui, dix minutes plus tard, ressurgit des tréfonds de sa mémoire : « Kirsch ». Un patronyme qu'il répétera jusqu'à la fin de l'entretien, comme s'il n'en revenait pas de l'avoir retrouvé. Il m'en donne même un autre, « Preisach », le nom de l'accessoiriste enquiquiné, avec qui il a collaboré plus tard : « Il avait été accessoiriste pour Truffaut, sur *La Femme d'à côté*. » Au moment de s'en aller, il me lâche sur un ton complice : « Kirsch, vous vous en souviendrez ? » Je m'en suis souvenu. Mais Preisach, qui a travaillé aussi sur *Diva* et *Le Père Noël est une ordure*, est introuvable. Mort ou aux abonnés absents. Quant à Kirsch, il est le soldat inconnu de *La Guerre des boutons*.

Un homme et une femme : Antoine Sire et Souad Amidou

Bien sûr, il s'agit d'une histoire d'amour entre adultes. Mais des adultes flanqués chacun d'un enfant. Antoine pour Jean-Louis Trintignant. Françoise pour Anouk Aimée. Des prénoms qui reviennent, comme une litanie, tout au long du film. Car ces enfants sont toujours là, dans leurs jambes, les aidant à dissiper leur gêne, à se rapprocher l'un de l'autre, au fur et à mesure que les deux gamins apprennent à se connaître en jouant, ouvrant ainsi, innocemment, la voie à leurs parents. « Ils sont fous de joie, les enfants. Ils s'entendent bien. On dirait qu'ils sont copains depuis longtemps. Antoine m'a dit qu'il avait tout de suite remarqué Françoise et qu'il la trouvait très jolie. » Quand sur le chalutier, les deux gamins se retrouvent emmitouflés sous le même manteau, on devine que Jean-Louis Trintignant et Anouk Aimée ne vont pas tarder à s'embrasser.

J'aime *Un homme et une femme* non pour le chabadabada des sentiments, mais pour ce rôle étrange dévolu aux enfants : un couple en miniature, par procuration et anticipation. J'aime cette timidité des adultes regardant leurs enfants qui n'ont pas encore appris la timidité. J'aime aussi cette manière tendre, naturelle, de filmer une mère, un père, seul avec son enfant. En 1965, ces choses-là sont nouvelles, surtout au cinéma.

Le générique n'indique que leurs prénoms : Antoine et Souad. Dans la vie, ils s'appellent Souad Amidou et Antoine Sire. Leurs parents étaient des amis du cinéaste qui a pris ce qu'il avait sous la main. Amidou était un acteur souvent aperçu chez Lelouch. Gérard Sire fut un homme de radio et un scénariste – de Jean Yanne – qui, à l'époque, dirigeait la maison de production de scopitones, les ancêtres du vidéoclip, avec lesquels Lelouch se refit une santé financière, après quelques bides retentissants. Mais en 1965, la boîte de Sire, Pilote productions, fait faillite et Sire doit de l'argent à Lelouch. Il lui donne sa Mercedes où le cinéaste, qui ne possède qu'un bureau minable, signe l'accord de coproduction d'*Un homme et une femme*. Il signe avec des Américains, il faut les épater. Sire lui prête aussi sa maison et son fils, Antoine, pour les besoins du film. L'anecdote m'est racontée par Antoine Sire, qui depuis quatorze ans dirige la communication de BNP-Paribas.

Les deux ex-enfants n'ont pas gardé le même souvenir du tournage. Souad était une petite fille de sept ans, peu loquace, intimidée par une caméra énorme d'où jaillissait, de temps à autre, un homme survolté, Claude Lelouch. Celle qui deviendra par la suite actrice se désespérait de ne pas répondre à ses attentes. Elle évoque de longs moments de solitude dans sa chambre d'hôtel. Une Anouk Aimée – sa mère dans le film – inaccessible. Un Jean-Louis Trintignant très tendre : « J'avais l'âge de sa fille Marie. Il nous prenait dans les bras, Antoine et moi, très attentionné. » Un jour, sur le chalutier, voyant les enfants frigorifiés, Trintignant enlève son manteau qu'il passe autour de leurs épaules : les voilà siamois, coincés entre l'homme et la femme, qui sont reliés par leurs enfants. Toujours à l'affût des choses de la vie, Lelouch saisit ce geste touchant. « Puis je me suis endormie, debout, contre Jean-Louis, et lorsque je me suis réveillée, on était arrivés au port. » Elle n'a pratiquement jamais revu Trintignant, mais en mémoire de ce jour-là, le considère un peu comme un oncle.

Un peu plus tard, l'acteur fonce au petit matin vers Deauville et déboule sur la plage, au volant de sa Mustang blanche, puis il court vers Anouk Aimée. Chabadabada Chabadabada… De cette scène devenue culte, Souad garde un souvenir cuisant : « Je traînais par là et quand Trintignant a soulevé Anouk Aimée pour la faire tourner dans ses bras, je me suis pris la chaussure de l'actrice dans le visage et j'ai valdingué. On n'a pas refait la prise, d'ailleurs, cela ne se voit pas dans le film. »

Antoine Sire était un petit garçon espiègle, turbulent : « Je faisais ce que je voulais. Dans la scène du restaurant, je me mets à baragouiner en espagnol, en anglais, j'ai fait ça sans réfléchir, mais Lelouch a aimé et a tout gardé. » Il lui a fallu longtemps pour comprendre l'influence de ce film sur sa vie. « Dans la première scène, Trintignant me laisse conduire sa voiture et me dit : allez, Antoine, au karting. Or, plus tard, j'ai fait de vraies compétitions de karting, à haut niveau, ce qui m'a permis de découvrir le hors-bord, sport où je suis devenu champion de France. Mon père était déjà mort, je n'avais presque pas d'argent et pour me financer, je me suis mis à la recherche de sponsors. Je me suis servi de cette expérience pour trouver un travail après mes études de communication à Sciences Po. »

Si Antoine Sire n'a pas persévéré dans le cinéma – « quand j'étais jeune, les acteurs appelaient mon père scénariste pour lui demander du travail, cela ne me donnait pas très envie » – le septième art est resté très présent dans sa vie. Il a tourné dans la suite d'*Un homme et une femme – Vingt ans déjà*, où il pilote justement un hors-bord – mais surtout, il a orienté BNP-Paribas vers le sponsoring du septième art : la Fête du Cinéma, le festival Télérama, Lyon Film festival. Si la banque est partenaire de tous ces événements, c'est à Antoine Sire et donc aussi à *Un homme et une femme* qu'elle le doit.

Souad Amidou n'a pas rejoué dans *Vingt ans déjà*. Lelouch voulait-il donner le rôle de la fille d'Anouk Aimée à Evelyne Bouix qui partageait alors sa vie ? Leur ressemblance troublante a dû influer sur ce choix, mais Souad en est restée quelque peu meurtrie. Elle retourna tout de même pour Lelouch, en 2002, dans *And now, ladies and gentlemen…*

Souad et Antoine ne se sont jamais revus.

Mouchette : Nadine Nortier

Il faut commencer par la photo parue dans le magazine *Elle* en 1966. Robert Bresson présente à l'objectif une jeune fille qu'il porte dans ses bras. Il l'offre sur un plateau. Il pourrait s'agir d'une paralytique, mais c'est la dernière trouvaille de Bresson. Il lui a appris non pas à marcher mais à faire du cinématographe. La leçon terminée, il la tend à la presse comme une relique à adorer. Image pieuse d'une Pietà post-tournage : le démiurge Bresson a enfanté une Mouchette descendue de l'écran, qu'il dévoile au monde, une fois l'accouchement achevé. Ce n'est pas la première fois. Après Jeanne d'Arc (Florence Delay), après la jeune fille d'*Au hasard Balthazar* (Anne Wiazemsky), voici Mouchette. Le plus frappant est la docilité de l'adolescente, yeux immenses et confiants, abandonnée, presque alanguie. Son bras droit retombe, très relâché, tandis que la main gauche du cinéaste, énorme, passe sous les cuisses dénudées de la jeune fille. Bresson a de faux airs de Minotaure. La légende de la photo est plus anodine : « Plein d'attentions, Bresson prend Nadine dans ses bras pour lui épargner les cailloux pointus du Coulon, près d'Apt dans le Vaucluse. Devant la caméra, il a disposé des coussins. » Amen.

Nadine, c'est Nadine Nortier. Pure néophyte et interprète innocente d'un des rôles les plus tragiques du cinéma français. Il n'est que de relire le synopsis fourni par Bresson lui-même : Mouchette a quatorze ans, ses parents sont pauvres et alcooliques… Après s'être perdue dans la forêt, elle est violée par le garde-chasse qui l'a recueillie et lorsqu'elle voudra confier sa peine à sa mère malade, il sera trop tard : la femme sera passée de vie à trépas. Seule, abandonnée par le monde, incapable de lutter plus longtemps contre la misère morale, Mouchette, mi-Cosette mi-Ophélie, aura pour seule ressource la mort, synonyme d'espérance. Telle est l'héroïne désarmée et souillée de Georges Bernanos, dont Bresson s'empare pour la transfigurer sur la pellicule.

Entrer dans un film de Bresson exige d'être vierge de toute pellicule. Tout ignorer du métier d'acteur, mot que le cinéaste exècre, lui préférant la notion de « modèle ». Comme on dit « petite fille modèle » ou « modèle d'obéissance ». Il fut servi avec Nadine Nortier qu'il décrit comme « l'interprète la plus douce et la plus souple que j'aie jamais connue ». En effet. Elle résista sans broncher à la scène où son père lui flanquait une gifle, refaite vingt-quatre fois. Après la première claque, elle se fit tout de même reprendre par le cinéaste : « Coupez. Nadine, pourquoi ris-tu ? » Tandis que son visage enfle, Bresson s'enthousiasme (« plus fort, la prise est bonne, on en fait une autre ») même si la scripte objecte qu'il y en a déjà trois de bonnes. Rien n'y fait, on recommence. Quand on lui demande si elle a trouvé Robert Bresson sympathique, Nadine trouve le mot incongru : « Non, on ne peut pas dire. C'était le patron. Pour lui, j'étais Mouchette, quoi ! Et ma propre personnalité importait peu. » De toutes les jeunes actrices de Bresson, Nadine Nortier fut sans doute la moins intellectuelle. Mais elle fut assez intelligente pour admettre qu'elle n'y connaissait rien et que Bresson avait l'air d'être à son affaire. Elle n'eut donc pas voix au chapitre.

Impression confirmée par une écrivain présente aux premières loges : Marie Cardinal, qui jouait la mère de Mouchette. Il faut se méfier des écrivains sur les tournages. Ils ont aussi une virginité qui acère leur regard. Quarante ans avant Wiazemsky, qui dans *Jeune Fille*, allait raconter les ambiguïtés du cinéaste, Marie Cardinal avait rédigé en 1967, juste après le tournage, un redoutable petit livre de notations, *Cet été-là* : « A partir de l'instant où j'ai pris conscience de l'inhumanité de Bresson, je n'ai plus eu peur. Rira bien qui rira le dernier », écrit la jeune femme à propos d'un cinéaste qu'elle traite de « négrier » tout en reconnaissant son talent, sa singularité et son exigence. A deux ou trois endroits, elle évoque Nadine : « Mouchette nous confie qu'elle gagne 3 500 francs en tout pour onze semaines de tournage où elle est constamment sur la brèche. Le film entier repose sur elle. Nous n'en croyons pas nos oreilles. C'est une fille très douce, un peu dans la lune, timide, elle s'est laissé rouler, c'est scandaleux. » Elle rapporte également la visite de Nadine chez Carita où Bresson l'avait emmenée se faire coiffer en clocharde : « Lorsque la gosse s'est retrouvée avec des cheveux taillés n'importe comment et oints de graisse, lorsque Bresson a pensé que l'effet était suffisamment dégueulasse, il a dit : “Vous pouvez rentrer chez vous.” La gentille Nadine raconte ça avec des yeux grands ouverts : “J'étais affreuse. Je n'osais pas rentrer chez moi dans cet état, traverser tout Paris.” » Un peu plus loin, Marie Cardinal évoque « le caractère très égal » de la jeune fille, qui se fiche au fond de Bresson.

A une exception près, Dominique Sanda, les jeunes filles découvertes par Robert Bresson n'ont fleuri que le temps d'un film, à nul autre pareil, avant de s'éloigner des projecteurs. La voie Bresson n'était pas la plus recommandée pour embrasser la carrière. Certaines sont devenues écrivains, Florence Delay, Anne Wiazemsky, d'autres ont tout simplement disparu dans la nature, comme Nadine Nortier. Disparition programmée, annoncée : « Je n'envisage pas un seul instant de continuer : J'ai tourné un film, mais je n'ai pas appris le métier d'actrice. M. Bresson me disait ce que je devais dire, faire, mais ce n'est pas ça être une actrice », déclare-t-elle à l'époque à la presse.

Marie Cardinal est morte. Et lorsque je reprends le casting de ce film vieux de quarante-quatre ans, je m'aperçois que le seul survivant[1] semble être l'assistant de Bresson, Jacques Kébadian. Joint au téléphone, il me raconte avoir repéré la jeune fille dans une piscine de Levallois-Perret. La censure venait de leur refuser une

1. La costumière, Odette Le Barbenchon, quatre-vingt-seize ans, qui prit sous son aile la jeune Nadine Nortier, est également encore en vie. Mais ses souvenirs du tournage sont trop confus pour être utilisables. Et elle n'avait aucune nouvelle de sa petite protégée.

actrice de treize ans, il leur fallait trouver très vite une fille au visage juvénile, mais qui avait au moins dix-huit ans. La veuve de Robert Bresson, Mylène, me racontera que la police était d'ailleurs venue sur le tournage pour vérifier l'âge de la jeune actrice. Kébadian, lui, l'avait revue il y a une vingtaine d'années, elle travaillait alors dans une administration, en banlieue, et elle avait des enfants. C'était à la fois beaucoup et très peu.

Surtout qu'il avait oublié de me préciser un détail d'importance. Nadine Nortier n'était pas son vrai nom. J'allais commencer à m'en douter en lisant, juste après ce coup de fil, l'ouvrage de Marie Cardinal : au détour d'une page, elle évoquait un rendez-vous chez le producteur, Argos Films, dont le siège se trouvait rue *Nortier* à Neuilly. On n'était pas allé chercher bien loin pour la rebaptiser. Mon réflexe fut de contacter les archives d'Argos, qui se trouvent désormais à l'Institut Lumière de Lyon. Là-bas, je pus retrouver une interview qui mentionnait le vrai nom de la demoiselle, Maury, et son lieu d'habitation, Courbevoie. Elle y racontait également l'épisode de la piscine, qui avait une suite assez amusante omise par Kébadian. Nadine Maury, qui avait à peine compris le nom du cinéaste, avait perdu le bout de papier avec le téléphone que lui avait donné Kébadian. Elle n'y pensait déjà plus lorsque le 23 août 1966, son père, préparateur en pharmacie, lui avait montré l'annonce parue dans *France-Soir* : « Robert Bresson cherche jeune fille de seize ans en paraissant treize ». Elle avait alors établi le rapprochement avec l'homme qui l'avait abordée et s'était rendue à l'adresse indiquée, à Neuilly. Bresson l'avait examinée sous tous les angles, la trouvant d'abord trop grande, puis il lui avait fait réciter un texte avant de lui demander de courir dans la rue avec des fausses nattes et un cartable. Quarante-huit heures plus tard, elle était retenue et partait pour le Vaucluse. Les parents, qui s'étaient renseignés sur Monsieur Bresson, avaient donné leur accord. Pour Nadine Maury, le tournage fut un bon moyen d'échapper à un travail à la banque qui ne l'enchantait guère, car elle détestait les chiffres. Si Mouchette incarnait « l'éveil désespéré du sentiment de la pureté », Nadine Maury ne s'était donc pas vraiment éveillée au cinéma. A l'époque, elle décide de profiter de l'argent reçu (3 500 francs selon Marie Cardinal) pour reprendre des études abandonnées après la troisième.

Muni de ce nouveau nom, j'écume les Pages blanches et je trouve une vingtaine de Nadine Maury, éparpillées en France, surtout dans le Sud-Ouest. J'échoue à chaque fois. Certaines femmes me disent d'emblée regretter de n'avoir pas tourné dans un film de Robert Bresson. La réponse de l'une d'elles me laisse songeur : elle me dit avoir été contactée pour la même raison quelques jours auparavant. Il faut être déjà bien informé pour savoir que l'actrice de Mouchette avait pour véritable nom Nadine Maury. S'agirait-il de Kébadian, qui s'est remis en chasse de son côté, réveillé par mon coup de téléphone ? Mais pourquoi celle-là et non les autres ?

J'appelle la mairie de Courbevoie. Je cherche une vieille adresse, un point de départ que le recensement pourrait me fournir. Mais les archives municipales n'ont rien après 1946 et me renvoient vers les archives départementales, basées à Nanterre, qui disposent peut-être de copies ultérieures. Là-bas, un conservateur m'explique qu'après la guerre, les villes n'ont plus eu l'obligation de tenir des listes nominatives. Le dernier vrai recensement, avec copie aux archives départementales, a en effet eu lieu en 1946. Ensuite, c'est à la discrétion de chaque mairie. Le dossier de Courbevoie est vide. Mais il y a un espoir du côté des listes électorales, consultables dans un délai de trente ans. Je pourrais y trouver le nom de Nadine Maury ainsi que son lieu de naissance, information qui me permettrait de m'adresser à l'état civil de sa ville natale et d'apprendre si elle s'est mariée et à quel endroit. En appelant la mairie où a eu lieu le mariage, il me serait possible, avec une dérogation, d'obtenir son nouveau nom de femme mariée. Que de perspectives…

Je me retourne vers les archives de Courbevoie, afin de demander l'année électorale 1969 : Nadine Maury, née en 1948, venait alors d'atteindre sa majorité. Hélas, ils n'ont plus ce millésime et ne disposent que des années suivantes, à partir de 1970. Va pour celles-là. Mais visiblement, Nadine Maury n'a manifesté qu'une envie très limitée d'accomplir son devoir électoral. Rien jusqu'en 1974. Ou bien elle avait déjà déménagé ailleurs. La piste vient de déboucher sur une impasse.

Je contacte tous les Maury de Courbevoie, dans l'espoir, très mince, que l'un d'entre eux serait un de ses parents. Espoir vite déçu.

Je réactive une autre piste découverte lors de ma visite à l'Institut Lumière. La programmatrice avait le souvenir d'une projection de *Mouchette* organisée il y a une dizaine d'années où Nadine Nortier (ex-Maury) avait été invitée. Malheureusement, la soirée ne s'était pas déroulée sous les auspices de l'Institut, mais d'un organisateur privé dont elle a oublié le nom. Elle ne retrouve rien de plus précis dans les dossiers et la personne qui était en charge de la location des espaces est partie depuis quelques années. Je lui demande toutefois de la recontacter.

En attendant, j'envoie un message via Facebook à une Nadine Maury dont la photo, si je la compare à l'image d'archive où elle pose dans les bras de Bresson, offre quelque ressemblance. D'après le nez, la bouche, ce pourrait être elle. Veut-elle être mon amie ? Elle reste sourde à plusieurs de mes demandes.

Ma recherche fait soudain un grand bond en avant lorsque je parviens à contacter Mylène Bresson, la veuve du cinéaste. Elle dispose d'un autre nom. Cailleux. Nadine Maury s'est mariée à un monsieur Cailleux et a eu trois enfants. Mais elle n'en sait pas davantage. Elle a revu Mouchette dans les années 80 et puis plus rien : aucune nouvelle lors des diverses rétrospectives organisées. Par un spécialiste de Bresson, Jean Sémolué, j'apprends l'existence d'un petit film où toutes les anciennes actrices de Bresson avaient été interviewées : Nadine Maury-Cailleux en était déjà absente. Mais ce nouveau nom ne va m'être d'aucune aide. Aucune Nadine Cailleux n'est répertoriée. La recherche, du côté lyonnais, n'aboutit pas. Nadine Maury, côté Facebook, fait la morte. Un jour peut-être, si quelqu'un lit ces lignes…

Le Vieil Homme et l'enfant : Alain Cohen

Avec Alain Cohen, il faut être prêt à parler bergamote, main de bouddha, tomates gustatives, courgettes provençales, potiron et pâtisson… Depuis qu'il joue les intermédiaires entre de petits producteurs méridionaux qui cultivent avec soin des fruits et légumes rares et délicieux, et des restaurants parisiens qui tiennent à les servir dans leurs assiettes, il en connaît les moindres nuances à l'œil comme au palais. Dans son domaine, il est une sorte de pionnier.

Lorsque je pars à sa recherche, au printemps 2009, Claude Berri vient de mourir. Cette fois, le passeur a pour nom Pierre Grunstein, l'acolyte fidèle du cinéaste, qui l'épaulait déjà sur *Le Vieil Homme et l'enfant*, ce premier film tourné en 1966. Mais Alain Cohen ressemble à un fantôme ou à une anguille. Plus tard, je comprendrai : quand il n'est pas à Rungis, où il déboule à 4 heures du matin pour réceptionner une marchandise, qui ne souffre ni retard ni maltraitance, il part se fournir dans les jardins méridionaux. « L'enfant » de Claude Berri est devenu directeur commercial des Vergers Saint-Eustache et dès notre première rencontre, il m'apporte andines cornues et citrons sans pépin.

De tous mes « enfants », il est celui qui a le moins changé. Malgré ses cinquante et un ans, on reconnaît sans mal le petit Juif espiègle, malicieux, pétillant d'intelligence, qui faisait tourner en bourrique son « père » Charles Denner et le pétainiste antisémite Michel Simon. « Dis, Pépé, parle-moi encore des Juifs. » « Ah, les Juifs », lui répondait Simon, « c'est un sujet inépuisable. » Il a les mêmes yeux rieurs, le même débit accéléré, la même vitalité qu'on devine prodigieuse. Virevoltant, insaisissable peut-être, mais résolument présent, amical et chaleureux, dès lors qu'il a donné son accord à ce livre. La première fois, il m'a posé un lapin dans un café qui lui sert de QG au pied de la Butte-aux-Cailles. Dix jours plus tard, il arrive en retard, mais commence à se mettre à table, à tout point de vue. Il faut manger pour songer à parler. Entre la poire et le fromage, il me sonde, cherche à savoir où je vais l'emmener. Je ne dois pas avoir raté mon examen de passage, puisqu'il accepte de venir chez moi visionner ce film de 1966 qui a pesé sur une vie tout en zigzag.

Tout d'abord, un hasard. Qu'Alain Cohen ait été choisi pour incarner cette histoire qui appartenait à Claude Berri, mais qui avait été aussi celle de sa mère : emmenée pendant la guerre à la campagne par ses parents, elle avait été placée, comme Claude Berri, chez des paysans qui ignoraient ses origines juives. « Au fond, je jouais l'histoire de ma mère. Si le sujet n'avait pas touché de si près mes parents, ils auraient sans doute dit non. La seule différence, c'est que les parents de ma mère ne sont pas revenus d'Auschwitz. » Autre clin d'œil, moins tragique, du destin : le grand-père déporté, Albert Maar, distribuait des films à Paris avant la guerre. Avec *Le Vieil Homme et l'enfant*, le cinéma était revenu frapper à la porte des Cohen.

Le petit Alain Cohen était idéal pour Claude Berri : il cherchait un gosse qui puisse saisir tout l'enjeu de son film, le premier à évoquer, fût-ce sur un mode humoristique, l'antisémitisme français. Le jeune cinéaste avait fait le tour des écoles Talmud-Torah de Paris. « Il avait déjà vu beaucoup d'autres gosses. Depuis quarante ans, j'en ai rencontré une centaine qui ont failli être "l'enfant" de Claude Berri. » Un jour, rue de Montevideo, dans le 16e arrondissement, Berri entre dans une classe, sans s'expliquer sur sa présence. Il remarque un élève dissipé, puis s'en va frapper à la porte d'autres salles. Il n'est guère emballé et repense au garçon turbulent, qu'il revient voir. Il le trouve dans le couloir, exclu pour chahut. « J'avais très bien compris pourquoi il était là. Je me suis débrouillé pour me faire remarquer. » Ne soyez pas sages et vous ferez du cinéma.

Il faut cependant l'accord de Michel Simon. Le monstre sacré doit jouer le vieil antisémite qui se lie d'amitié pour le gamin « catholique » qu'il héberge. Mais une clause de son contrat stipule qu'il a un droit de veto sur le choix du gosse. La veille de leur rencontre, les parents d'Alain lui montrent un magazine avec une photo du vieil acteur, pour qu'il n'ait pas peur de lui. Sage manœuvre. « J'ai eu l'impression que c'était le Père Noël. Le lendemain, je n'étais pas du tout intimidé. J'ai vite deviné que c'était la chance de ma vie et que le gars était un extraterrestre. » Un misanthrope aussi, qui ne voit chez les hommes que violence, égoïsme et soif de pouvoir. Pendant la guerre, son patronyme à consonance juive lui a valu de gros soucis, mais à la Libération, il a été également accusé de collaboration. A soixante-dix ans passés, sa carrière cinématographique est au point mort : son dernier grand rôle, *La Vie d'un honnête homme*, remonte à une dizaine d'années et l'acteur s'est épuisé dans un procès mené contre l'Oréal. Objet du litige : une teinture qui lui avait déclenché une allergie massive et des pertes de mémoire. La Nouvelle Vague a beau idolâtrer Jean Renoir dont il fut l'acteur inoubliable, elle ne lui propose aucun rôle. Et même s'il vient en 1965 de triompher au théâtre (*Du vent dans les branches de sassafras*, de René de Obaldia), Simon est devenu un vieux génie infréquentable qui traîne une réputation de pornocrate. Seul un immense acteur, doublé d'un paria, pouvait sans doute, en 1966, accepter de jouer un antisémite. Mais la pièce d'Obaldia n'a pas seulement relancé sa carrière, elle a aussi permis d'établir le contact avec Claude Berri. Le bon ange s'appelle Bernard Murat. Le célèbre metteur en scène est à l'époque un jeune acteur, qui donne sur les planches la réplique à Simon. Il est également très lié à Claude Berri, qu'il a remplacé un jour en 1959 dans *Tchin-Tchin*. « Je prenais un verre à la terrasse du Lipp avec un ami de Claude, qui est passé et m'a proposé le rôle, qu'il ne pouvait continuer de tenir », se souvient Murat. Depuis, les deux hommes sont inséparables et Berri demande à Murat un petit service : passer le scénario du *Vieil Homme et l'enfant* au monstre sacré réputé misanthrope.

Mais dans sa misanthropie, il reste un peu de place pour les prostituées et les enfants : ceux-là ne sont pas gâtés. Autres objets de son amour : les animaux. A l'époque, sa célèbre guenon, Zaza, est déjà morte, mais lorsque Alain Cohen arrive dans sa maison de Noisy-le-Grand, il découvre un mainate qui siffle *La Marseillaise* en sautant une note. « Et toi, Pépé, qu'est-ce qu'ils t'ont fait les Juifs ? » : ainsi débute la scène que l'enfant doit jouer avec Michel Simon devant l'équipe du film réunie. Mais un son parasite et inexpliqué vient gâcher la scène. Claude Berri s'énerve, il faut la refaire. La même nuisance sonore se répète. Le gosse a pigé que le coupable n'est autre que le mainate et Michel Simon a remarqué que le gamin a pigé. L'affaire est dans le sac. Dans ses Mémoires, Claude Berri ne fait aucune allusion à l'animal perturbateur, évoquant seulement les courses endiablées du petit Alain Cohen, intenable. Le gamin est en concurrence avec un autre garçon plus calme, qui aurait eu les faveurs du vieil acteur, mais dont les essais se révéleront très décevants. A en croire Claude Berri, c'est à lui que revient le mérite d'avoir persuadé Michel Simon qu'il fallait prendre Alain Cohen. Ce dernier s'inscrit en faux contre cette version : dès le premier jour, il a été adoubé par le monstre sacré qui lui fait les honneurs de la maison. « Et ensuite, je l'ai collé tout le temps. On avait des discussions philosophiques, sur la maladie, l'amour, le pouvoir, l'égoïsme, un tas de choses qu'à huit ans et demi, je n'aurais pas dû comprendre. Mais dans ces moments-là, c'était lui qui devenait l'enfant et moi, le vieux. Un cas de schizophrénie positive. Il m'avait fait jurer de devenir producteur pour le faire tourner par la suite.... »

Sur le tournage, qui se déroule à Biviers près de Grenoble, Alain Cohen sera le chouchou. Un jour, pour les besoins du scénario, on doit lui raser la tête. Pour le consoler de la perte de ses cheveux, Michel Simon lui rapporte de Genève un circuit 24 pour voitures de course : « C'était révolutionnaire. » Le plateau se transforme aussi en un grand magasin de jouets. « Je poussais les décors, j'appuyais sur les boutons, je touchais à tout, je rendais fou le machiniste. » Mais le petit turbulent jouit d'une impunité totale : Michel Simon a formellement interdit qu'il soit grondé. Et sans le vieil acteur, que le jeune Claude Berri a bien du mal à gérer, plus de film possible. Finalement, il y aura eu deux enfants : Michel Simon et Alain Cohen.

Pour incarner l'antisémitisme hexagonal, Claude Berri a donc hérité d'un monstre sacré à la voix chevrotante, à la bouche tordue. Choix intéressant : l'antisémitisme a ainsi le visage d'un bon grand-père, attachant, végétarien, qui n'aurait pas fait de mal à une mouche. Un peu gêné, Michel Simon, tout de même par un tel rôle, exige du cinéaste qu'il rajoute dans la scène finale la phrase suivante : « Les Juifs vont revenir ? Peuvent pas être pires que les autres. » Sans cette modification, Simon menace de ne pas faire le film. Berri finit par céder. « C'était sa patte », commente Alain Cohen. « Une lueur d'espoir. Un gros connard de raciste pouvait être tout de même touché par la grâce. » L'enfant, de son côté, s'approprie sans mal l'histoire de Claude Berri. « Il était très affectueux avec moi, il ne m'écrasait pas avec son passé en me disant : j'ai fait ceci, j'ai fait cela. Il était très secret sur ses sentiments, ne parlait pas de lui, de ses peurs, de ses amours. Il n'y a jamais eu de mimétisme. Je posais surtout des questions à ma mère, j'étais plus impressionné par son histoire à elle. »

Même si Claude Berri lui redemandera d'être à nouveau son alter ego dans *La Première Fois*, Alain Cohen ne deviendra pas son Jean-Pierre Léaud. « J'avais dix-sept ans, un âge où l'on ne s'aime pas. Claude était à présent un réalisateur renommé et jouer était devenu pour moi un travail. Sur le premier film, je n'avais rien à faire, juste à savoir mon texte. Si je ratais une marche, ce n'était pas grave, d'ailleurs, Claude gardait parfois la prise. Là, il fallait être bon, ce qui ne m'a pas empêché de déconner sans vergogne. » *La Première Fois*, qui évoque l'éveil amoureux du jeune Claude Berri, porte donc assez mal son titre pour Alain Cohen, qui ne supporte pas de revoir ce film. Entre-temps, ses parents ont décliné des propositions de cinéma dont ils ne lui ont jamais parlé. Oui pour Berri, non pour les autres.

Juste après le tournage de *La Première Fois*, le jeune homme s'offre un voyage en Israël. Il a grandi dans une famille marquée par le judaïsme. Son père, qui dirige une agence d'architectes, a bâti la synagogue de la rue Copernic, qui va bientôt entrer tragiquement dans l'Histoire de France. Sa mère, à la mort en 1969 d'Isaac Schneersohn, le fondateur du Centre de documentation juive contemporaine, a pris en main les destinées de ce qui va devenir le Mémorial de la Shoah.

Alain Cohen ne peut s'empêcher de raconter la première visite de sa mère dans les sous-sols où s'entassaient les cartons d'archives qui n'avaient pas été dépouillées depuis la guerre : « Elle en a fait ouvrir un et elle est tombée sur un petit carnet de travail d'Auschwitz avec un répertoire où elle a trouvé mentionné le nom de ses parents. » Le hasard encore, auquel Alain Cohen croit dur comme fer. En Israël, il tombe fou amoureux d'une Israélienne qui accomplit son service militaire. « La première fois que je l'ai vue, elle avait un Uzi dans la main. » Le fantasme pur. Après trois ans de siège, la citadelle israélienne est conquise et épousée en France. Le cinéma est derrière lui. Marchant sur les traces du père, il poursuit ses études d'architecture, qu'il finance en travaillant la nuit chez Pizza Pino, sur les Champs-Elysées : c'est là qu'un soir, il voit surgir Anne-Marie Rassam, la femme de Claude Berri, dont le cinéaste vient de se séparer : « Elle a presque fait un scandale, vous vous rendez compte, ce jeune homme qui sert des pizzas ici, c'est l'enfant qui jouait dans le premier film de Claude Berri. » Elle vit à l'époque au Claridge, tandis que Berri s'est installé à l'hôtel de la Trémoille. Alain a vingt ans et pour aider l'épouse de Berri, il s'occupera des enfants du couple, Julien Rassam et Thomas Langmann. On ne quitte pas si facilement le clan Berri.

Mais dans les années 80, l'essentiel de son temps est consacré à l'architecture : il travaille avec Portzamparc, visite les studios de Pinewood, de Cinecittà, pour un projet de Cité du Cinéma à Marne-la-Vallée. Le septième art ne disparaît donc pas tout à fait de sa vie. Toutefois en 1991, il subit de plein fouet la crise immobilière : son agence fait faillite et il part un an en Israël pour travailler dans un kibboutz où il découvre la nature et ses bienfaits. Eretz Israël : il apprend à planter, à désherber, à ramasser des produits de la terre. De retour en France, il se lance dans la décoration d'intérieur, rénove des appartements, mais les affaires ne vont pas très fort et Alain Cohen propose ses services lorsque Berri prépare *Lucie Aubrac*. Le cinéaste a justement un problème avec la maison de Caluire où a été arrêté Jean Moulin. Elle est trop exiguë pour y tourner. Berri tient énormément à cette scène : durant la guerre, il a été caché à Caluire et à la sortie de l'école, un jour de juin 1943, il a entendu des coups de feu qu'il reliera plus tard à l'arrestation du chef de la Résistance. Nouveau hasard : c'est son « enfant caché » du cinéma qui se lance dans la reconstruction à l'identique de la maison de Caluire. Alain Cohen est aussi chargé de redonner à la place Bellecour son lustre d'antan. Dans la foulée, il prend en charge Anne-Marie, qui va de plus en plus mal, comme le raconte Claude Berri dans ses Mémoires. Il devient son assistant personnel, rénove la maison des Berri à Neauphle-le-Château ainsi que l'hôtel particulier, rue de Grenelle. Ces chantiers sont aussi un prétexte pour veiller sur elle, l'accompagner dans ses crises maniaco-dépressives et ses séjours en HP. « C'était un tourbillon. J'ai failli devenir fou. Je n'ai jamais connu de personne plus intelligente, mais ses pulsions destructrices étaient terribles. J'en ai été préservé pendant plus d'un an, pour elle, j'étais l'icône du cinéma de Claude, j'étais le seul à faire le lien entre eux. » Mais victime à son tour des attaques d'Anne-Marie Rassam, Alain Cohen finit par prendre ses distances. L'ex-épouse de Claude Berri meurt en 1997, après lui avoir fait jurer de veiller sur ses enfants, surtout Julien. Alain Cohen entre dans ce qu'il appelle « l'œil du cyclone ». A la fois dans la famille et au-dehors.

Lorsqu'en 1999, Yvan Attal songe à réaliser un film sur deux frères juifs, Berri, qui en est le producteur, a une idée. Un des deux frères est très religieux, or Alain Cohen connaît bien Israël. Berri joue les marieuses et le présente à Yvan Attal. « Il lui fait l'article, lui explique que je parle hébreu, que je connais très bien mes prières. » Le courant passe bien entre Attal et Cohen, mais le film ne se fait pas : en 2000, l'acteur, sur le conseil de Berri et d'Alain Chabat, rallonge son court-métrage, *I got a woman*, qui devient : *Ma femme est une actrice*. Pendant ce temps, Julien Rassam va très mal. Depuis qu'il est tombé du troisième étage de l'hôtel Raphaël, il est paraplégique et s'adonne aux paradis artificiels. « Claude m'utilisait comme go-between avec Julien. Pendant un an, j'ai été à son chevet à l'hôpital. Claude savait qu'ado, je m'étais défoncé, j'étais donc la preuve vivante qu'on pouvait s'en sortir. » Mais lorsque Julien lui demande de lui fournir de la drogue, Alain Cohen se fâche et lui tient des propos que supporte mal le jeune homme fragilisé. Julien ne donnera plus de nouvelles à celui qui fut en quelque sorte son parrain. « J'appelais parfois, mais il ne me répondait pas. » Un jour, Alain Cohen est contacté par Claude Berri, qui veut lui faire lire un texte. Le père en profite pour essayer de rétablir le contact : « Il a appelé son fils qui était à l'hôpital et il me l'a passé. Julien a fait comme si tout allait bien entre nous. Mais je ne l'ai plus jamais revu. » Julien Rassam meurt en février 2002 et Claude Berri tombe dans une grave dépression. Depuis 1994, il s'était lancé dans l'écriture d'une autobiographie qu'il publie un an plus tard, en mars 2003. Une dizaine de pages est consacrée au *Vieil Homme et l'enfant*. « Je me jette sur ce livre dont il ne m'avait pas parlé. Il n'y avait presque rien sur moi, sinon deux lignes merdiques sur sa visite à l'école : "Au premier regard, je le trouve tellement laid, avec ses grandes oreilles décollées, son nez busqué, sa calotte sur sa petite tête. Moi, j'étais beau." Rien sur mon jeu, rien sur le lien qui nous unissait. » Alain Cohen oublie cependant ce que Berri écrit un peu plus loin : « Il est si éveillé, si intelligent que je ne le trouve plus laid. Bien au contraire. Il a la lumière de l'intérieur. » Mais Alain Cohen, blessé, rédige à l'intention de Berri un courrier virulent sur le modèle du *Je me souviens* de Georges Perec. La suite ressemble plutôt à du Kafka : comme l'écrivain pragois avec la missive destinée à son père, Alain Cohen garde la lettre par-devers lui. Un an plus tard, il reçoit un appel du cinéaste-producteur qui lui propose à nouveau un rôle dans un film d'Yvan Attal, la suite de *Ma femme est une actrice*. Cohen arrive chez Berri avec sa lettre non envoyée : « Tant que tu ne l'as pas lue et que tu ne m'as pas répondu, je ne te parle pas. » Berri lit, les larmes aux yeux. Puis il prononce ces mots : « Tout le monde peut se tromper. »

On est en 2003, Yvan Attal cherche en effet un acteur pour *Ils se marièrent et eurent beaucoup d'enfants*. Il a pensé à lui pour jouer un de ses copains, avec Alain Chabat. L'offre est providentielle pour Alain Cohen, qui vient de couler son entreprise de fruits et légumes basée à Rungis, Alcodis (Alain Cohen Distribution). Echaudé par la première expérience, il essaie de ne pas trop y croire. Mais l'offre est ferme. Trente-cinq ans après, Alain Cohen revient au bercail. « C'était encore la famille Berri. » Dans son rôle de copain déconneur, Alain Cohen avoue ne pas se trouver transcendant. Mais il s'est bien amusé sur ce tournage où il avait apporté des produits frais, qui selon Yvan Attal, furent très appréciés.

Claude Berri meurt le 12 janvier 2009. Alain Cohen est invité à venir veiller le corps avec le reste de la famille. Lorsque Alain Cohen évoque l'épisode de la lettre, Darius, le benjamin du cinéaste, lui répète à quel point son père l'aimait. Une semaine plus tard, Darius la retrouve, conservée dans un coffre, et lui en apporte une photocopie. « C'est la première fois que la mort de quelqu'un me bouleverse. Même si on ne se voyait pas souvent. Claude Berri vivant, je croyais que j'étais immortel. »

En effet, Alain Cohen aura eu, grâce à Claude Berri, sa part d'immortalité. Il fut son enfant, alors que le cinéaste faisait lui aussi ses débuts couronnés de succès. Alain Cohen devint dès lors son talisman, avant de devenir aussi parfois le double d'un homme, qui de son propre aveu, ne sut jamais être un père. En retour, Berri fut présent, à sa manière, toujours là en cas de coup dur. On ne devient pas impunément Claude Berri au cinéma. L'enfant, sans le savoir, avait signé pour quarante ans.

L'Enfant sauvage : Jean-Pierre Cargol

Le personnage de l'enfant sauvage était muet. Au grand désespoir de Truffaut. Trente-huit ans après le tournage, l'acteur qui l'incarnait parle vite, avec l'accent du Midi, et je ne comprends pas tout ce qu'il me dit. Est-il redevenu sauvage ? me demande une amie. Je voudrais lui répondre que oui, que je l'ai retrouvé comme chez Truffaut, hirsute, dans une forêt de l'Aveyron, tapi au fond d'une cabane des Causses. Mais Jean-Pierre Cargol, qui fut cet enfant choisi par Truffaut, est aujourd'hui grand-père de quatre petits-enfants.

Pourquoi m'en étonner ? Le film de Truffaut date de 1969 et à l'époque, Cargol avait douze ans. Aujourd'hui, ses cheveux sont gris et la BMW avec laquelle il est venu me chercher, à la gare de Montpellier, est elle-même un peu fatiguée.

En cherchant son nom sur Internet, j'avais fait chou blanc. Car j'en étais resté à Jean-Pierre Cargol. Je savais seulement qu'il était musicien. J'avais obtenu cette première information en appelant Monique, l'ancienne secrétaire des Films du Carrosse, la société de François Truffaut. Cargol était le neveu de Manitas de Plata, le célèbre guitariste gitan, et après *L'Enfant sauvage*, il était retourné à son milieu d'origine. J'ignorais cependant que sa formation avait pour nom « la Camargue » et qu'il se faisait appeler El Rey, ce qui allait retarder mes recherches.

En dépouillant le dossier « Enfant sauvage », des archives du cinéaste, j'étais également tombé sur deux lettres datant de mai 1974. Cinq ans après le tournage, François Truffaut l'avait recontacté. Un livre américain ayant été consacré à *L'Enfant sauvage*, il usa de ce prétexte pour l'envoyer à Cargol, accompagné de ces mots : « Je regrette beaucoup que les circonstances de la vie nous aient autant éloignés l'un de l'autre, après notre belle collaboration. Je sais que tu n'aimes guère écrire et qu'il y a peu de chances que tu me répondes, mais je saisis tout de même cette occasion avec cette lettre d'un de tes admirateurs américains et je t'envoie toutes mes amitiés. » Contrairement à ses prévisions, Truffaut reçut une réponse, quinze jours plus tard. Jean-Pierre y regrettait de ne pouvoir lire l'ouvrage en anglais, mais lui faisait savoir qu'il était chaque soir au restaurant « la Camargue », à Aigues-Mortes : il y jouait avec ses frères et son beau-frère Tchabo. « Si par hasard, vous vouliez me téléphoner au restaurant, voilà le numéro : 89.1.57. » J'avais appris que Cargol avait quitté « la Camargue » il y a quinze ans. Mais la musique gitane est un petit monde. Il aurait suffi que je tape « Cargol + Camargue ». Je n'en ai pas eu l'idée.

Sur les conseils de Monique, la secrétaire du Carrosse, j'avais appelé Jean Gruault, le scénariste du film, qui fut aussi le collaborateur de Rossellini,

Rivette et Resnais. Où trouver l'enfant sauvage ? Il n'en avait pas la moindre idée. A quatre-vingts ans passés, il était devenu producteur et voulut absolument m'entretenir d'un documentaire sur Alexandrie, son dernier projet qui lui tenait à cœur. Il ne connaissait plus beaucoup de journalistes, alors il profitait de l'occasion. Finalement, il me demanda si j'avais contacté Josiane Couëdel, une autre secrétaire de Truffaut, dont il n'avait hélas pas le téléphone. Je suivis sa suggestion. Josiane Couëdel aurait pu changer de nom ou disparaître sur liste rouge. Une femme répondant à ce nom était répertoriée dans une ville de la proche banlieue parisienne. C'était bien elle. Le soir même, elle m'indiqua la piste Thénot, le régisseur de Truffaut sur *L'Enfant sauvage*. Les régisseurs, précisa-t-elle, sont toujours pleins de ressources. Elle téléphona à Madeleine Morgenstern, la veuve de Truffaut, qui avait les coordonnées de Thénot. Intrigué par mon projet, celui-ci me réserva le meilleur accueil. L'idée de retrouver Cargol semblait l'amuser : en quelques jours, il contacta diverses mairies, au Grau-du-Roi, aux Saintes-Maries-de-la-Mer, à Montpellier et à Beaucaire. Mais il lui manquait aussi le chaînon du nom gitan, El Rey. La solution allait venir d'un de ses amis, François Bebing, agent immobilier à Montpellier ; en 1969, il avait tenu le restaurant voisin du tournage, le petit Montclavel, à Aubiat, dans le Puy-de-Dôme. J'avais trouvé mention de ce lieu sous la plume de Claude Miller, directeur de production sur le film, qui, le 30 juillet 1969, avait écrit sur une feuille de service : « L'équipe technique est priée de ne pas consommer pendant les heures de tournage au petit Montclavel. La régie est là pour apporter les sandwichs. » La régie, autrement dit l'Auvergnat Roland Thénot, qui m'avoua être à l'origine de cette note invitant l'équipe à manger plus raisonnablement. Bebing, qui avait parfois croisé Cargol en boîte de nuit, avait laissé son numéro de téléphone à ses frères et à son père. Pendant ce temps, Thénot piétinait, mais j'avais décidé de lui rendre visite. Truffaut avait tourné dans sa gentilhommière, une maison de famille, où il était revenu s'installer à sa retraite. Dans le train qui m'amenait à Riom, le 1er décembre 2007, je reçus un bref SMS : « Enfin un résultat ». Suivait le numéro de Cargol que son ami Bebing venait de lui envoyer. Quelques heures plus tard, Thénot me saluait par ces mots : « Vous vous rendez compte, l'enfant sauvage est grand-père. Il a quatre petits-enfants. »

Lors du déjeuner, Thénot m'expliqua pourquoi Truffaut avait accepté de venir tourner chez lui, dans les molles ondulations de la Limagne. La maison du docteur Itard, le pédagogue qui éduqua l'enfant sauvage, était censée se trouver à Montreuil, mais on était en 1798. Et puis Truffaut souhaitait du calme : « Il voulait “être sur le film”, c'était son expression. Nous étions une petite équipe, il entendait profiter de cet avantage pour nous souder. Il fallait être loin de Paris, ne pas rentrer chez soi chaque soir. » Pourtant, Truffaut détestait quitter Paris. Partir en repérage était pour lui un supplice. Thénot se souvenait de décors dans le Cotentin, pour *Les Deux Anglaises et le Continent*, qu'il n'avait jamais pu lui montrer. « Ce soir-là, il fallait absolument qu'il rentre à Paris pour voir un film très rare qui passait à la Cinémathèque. Mais il y avait un orage épouvantable et nous n'avions qu'un tout petit avion de location. On a essayé de le dissuader. Il n'a rien voulu entendre et nous a fait monter avec lui. Il était mort de peur, mais l'amour du cinéma était le plus fort. » Thénot a oublié le titre du film pour lequel ce jour-là, il a failli mourir. Mais il imagine devant moi l'appartement idéal pour Truffaut : un escalier intérieur communiquant directement avec la Cinémathèque.

Sa maison à lui n'a pas beaucoup changé depuis 1969. Thénot a étalé les photos du tournage sur la table même où l'enfant apprenait chez Truffaut à tenir sa cuiller. Les temps se superposent. Les images du passé retrouvent leur place dans leur décor naturel. C'est dans le salon, face à la cheminée, là où Itard faisait prendre un bain chaud à Victor, « pour le ramollir et ranimer ses connexions nerveuses », que j'appelle Cargol. La recommandation de Thénot est le meilleur sésame. Au bout du fil, j'entends une voix rocailleuse. Il est enchanté. Tout a l'air si simple. Il a presque l'air de m'attendre.

A mon arrivée à Montpellier, le contact est immédiat. A peine assis dans sa voiture, je l'entends qui peste contre une surveillante de parking : pétasse, connasse. Aucun round d'observation. Pas de beau profil. Pas de restaurant non plus. On file chez lui, cité Gély, à Figuerolles, à la sortie Est de Montpellier. Une des plus grandes concentrations de gitans en France. Quatre cents logements. Deux mille personnes au bas mot que les Montpelliérains évitent. Il a débarqué là en 1993. Pour quelqu'un du voyage, il n'a pas beaucoup bougé. Il est né en 1957 à quelques kilomètres, aux Barques, près du pont Juvenal qui enjambe le Lez. Le quartier, aujourd'hui, est résidentiel, mais c'est dans une caravane qu'il a grandi là-bas, jusqu'à l'âge de six ans. Cadre *a priori* propice pour un futur enfant sauvage. « Je suis né en mai, pendant le pèlerinage aux Saintes-Maries-de-la-Mer. Si j'avais été une fille, ma mère m'aurait appelé Sara. » Enfant béni des dieux ? En tout cas, cette fête gitane a marqué sa vie. Douze ans plus tard, c'est durant ces mêmes festivités que l'équipe de Truffaut le déniche, comme une aiguille dans un tas de foin. Une sorte de miracle.

Ils cherchaient la perle rare dans le sud de la France, à Nîmes, à Marseille. Pourquoi là-bas ? Truffaut avait d'abord songé à faire appel à de petits danseurs. Il voulait un gamin souple, agile, un petit singe qui sache grimper aux arbres. Il avait rêvé sur les photos de Noureev. « Je pense souvent à lui, il serait formidable dans un film où il ne serait pas un danseur. » Lors d'une conversation avec Claude de Givray, ami de longue date de Truffaut, j'apprendrai que le fils du danseur étoile Jean Babilée avait été pressenti. Mais devant les visages de ces petits rats, Truffaut renonce : trop blonds, trop sages. Bref, pas assez sauvages. Il repense aux *Mistons*, son premier court-métrage, tourné en 1958 dans la région de Nîmes. « J'avais dirigé un ou deux enfants qui avaient quelque chose de très sauvage. J'aurais aimé retrouver un garçon de ce style. » Au fond, c'est grâce aux *Mistons* et à son tropisme méditerranéen que le petit gitan a été choisi.

Tout commence donc aux Saintes-Maries-de-la-Mer, lors d'une partie de pétanque. « Une idée à moi », se souvient Jean-François Stévenin, seul survivant de ce casting, lui aussi sauvage, mené en duo avec Suzanne Schiffman, la plus proche collaboratrice de Truffaut. « On venait de Marseille où on avait craqué pour un petit gars. C'était l'époque du pèlerinage, j'ai dit à Suzanne : on devrait faire un crochet. Et là, on tombe sur dix mille gitans. On déboule là-dedans avec nos Polaroid. » Son regard se pose sur le petit Cargol. Pourquoi ? A vrai dire, il n'en sait rien. « Il y a des gens qui vous accrochent. Comme ça, inexplicable. » Le gamin, qui continue à jouer près de sa caravane, ne se rend compte de rien. J'aime cette inconscience. Cette indifférence au regard des dieux posé sur l'élu qui ignore tout de son destin déjà scellé. Selon Cargol, c'est sa mère qui remarque l'étranger et lui demande ce qu'il veut. Pour Stévenin, c'est avec le père qu'il discute et à qui il fixe rendez-vous pour le lendemain, car il doit faire part de sa découverte à Suzanne Schiffman, qu'il retrouve un peu plus tard. « Elle aussi, de son côté, avait repéré un petit gitan qui lui avait bien plu. Et là, on s'aperçoit qu'il a le même père que le premier. » Hasard stupéfiant. On pourrait s'en sortir par un « tous nos compliments au papa ». Force est de reconnaître que ce jour-là, la famille Cargol a jeté un sort sur ces gens du cinéma descendus de Paris. Mais Cargol passe sous silence son frère remarqué aussi ce premier jour. Comme s'il devait être le seul héros de l'histoire, la seule vedette. Pas question de la partager avec un autre.

Le lendemain, Schiffman et Stévenin retournent à la caravane des Cargol. « J'aperçois une putain de Mercedes », poursuit Stévenin. « Et de la fenêtre de la roulotte, une main qui pend, couverte de diamants. C'était Manitas de Plata en train de s'en fumer une. Manitas, le plus grand guitariste gitan de l'époque, qui était l'oncle des deux gosses. Avec Suzanne, ça nous a fait drôle. » Les Cargol reçoivent une convocation pour Paris. Son premier voyage dans la capitale, Jean-Pierre n'en garde pourtant aucun souvenir, hormis l'essai avec Truffaut. Comme si cette rencontre avait occulté tout le reste. « Je devais jouer la scène où je lui mords la main. Quelque chose s'est passé. » J'essaie de lui faire préciser, Cargol secoue la tête : « J'ai senti. Au regard de François sur moi… » Il fait un geste avec ses mains jointes. « Que ça collait. » Les yeux de Cargol s'altèrent légèrement. Un bref instant, je crois y voir le regard de Truffaut. Etrange vision dans cette cuisine exiguë, au bord d'une table pliante, sur laquelle son épouse, Lola, vient de poser deux assiettes fumantes de pâtes aux fruits de mer. A-t-il lu dans mes pensées ? « Plus tard, durant le tournage, on m'a dit que j'avais le regard de François. » Il avait aussi le prénom de Léaud, l'acteur-fétiche de Truffaut. Cela a-t-il joué ? J'ai posé la question à Roland Thénot : il n'y a jamais pensé. En parler à Cargol serait indélicat.

Il était sûr d'être retenu. Certitude d'enfant qui ne veut pas envisager l'échec ? Reconstruction *a posteriori* ? Cargol en revient à ce premier échange avec le cinéaste. Dans le train qui le ramène à Montpellier, il n'est pas seul. Il y a son père et Jean-Marc, dit Nanasso, son frère plus jeune d'un an, qui a donc lui aussi passé les essais. Cette fois-ci, Cargol se souvient qu'il était de la partie. Nanasso est persuadé d'avoir tapé dans l'œil de Truffaut et son père le soutient. Cargol me raconte en détail la scène, qui l'a marqué. Il n'était pas le préféré, mais à l'arrivée, il fut le vainqueur. On vint prendre ses mesures. Car l'enfant sauvage avait droit à des sandalettes transparentes pour marcher dans la forêt. C'est ainsi que Cargol sut qu'il était retenu. On lui recommanda de ne pas attraper de coups de soleil avant le tournage. La victoire de Jean-Pierre fit une malheureuse, Suzanne Schiffman, qui en pinçait pour le petit Marseillais repéré avant les Saintes. « Elle était triste pour ce gosse livré à lui-même, il venait d'un milieu très misérable, elle aurait voulu l'en sortir », se souvient Givray. « Cargol venait d'un monde musical, il était bien plus encadré. »

C'est aussi un enfant très beau. J'ai retrouvé ce jugement dans les archives de Truffaut qui précise : « même s'il a bien l'air de sortir des bois ». A l'époque, de nombreux spectateurs crurent d'ailleurs qu'il s'agissait d'un vrai sauvage. D'où sortait ce gamin ? On questionna Truffaut. Je répète à Cargol la phrase du cinéaste sur sa beauté. Il réagit à peine, m'assurant qu'il n'a jamais eu la grosse tête. Pourtant, il repense souvent à cette histoire. « Et il en sera ainsi jusqu'à ma mort. C'est la plus belle chose qui me soit arrivée. » La vie aussi s'est parfois chargée de rouvrir cette parenthèse magique : « A douze ans, Jonathan, mon fils aîné, me ressemblait beaucoup. J'avais l'impression de me revoir au même âge, quand je tournais. »

J'ai apporté des clichés du film que Roland Thénot m'a gentiment prêtés. Cargol n'a rien gardé, sinon la photo de fin de tournage, qu'il conserve dans sa guitare. Comme elle ne fait pas partie du lot, il demande à sa femme d'aller la chercher. Mais elle revient avec une autre guitare, celle d'un de ses frères. « On verra plus tard », lâche Cargol. De mémoire, je me souviens que Truffaut était à l'extrême gauche. L'équipe entoure le gamin, qui pose, fier comme Artaban, le menton en avant, les mains sur la caméra. A cet instant précis, il est au centre de tous les regards, de toutes les attentions. De cette photo, existent deux versions : l'officielle sans Catherine Deneuve, l'officieuse, avec. Le tournage de *L'Enfant sauvage* fut heureux et détendu : l'idylle entre Truffaut et l'actrice, qui datait de *La Sirène du Mississippi*, était au beau fixe. Deneuve avait loué un manoir près d'Aubiat et passait à vélo. Eté 69, année érotique. L'homme marche sur la lune (« on a regardé ça à la télé », se souvient Claude Miller, « le gosse s'en fichait un peu, il voulait changer de chaîne ») et Truffaut et Deneuve s'aiment dans le Puy-de-Dôme. De cet amour fou, qui ne dura guère, naîtra, bien plus tard, *La Femme d'à côté*. Thénot évoque une fête dans sa maison qui hébergeait le tournage : « Catherine avait fait danser François. Il détestait cela. C'est peut-être la seule fois de sa vie où il a dansé. » « Sur le *Casatchok*, de Rika Zaraï », précise Stévenin. « Cette chanson russe avait fait un malheur en 1968. François et Catherine l'écoutaient en boucle sur le tournage précédent, *La Sirène du Mississippi.* Truffaut avait demandé à l'ingénieur du son d'apporter le disque. Le type avait presque plus de matos pour les fêtes que pour le film. François aimait s'amuser. »

Sur la table de la cuisine, Cargol découvre ces photos qu'il n'a jamais vues. Il s'arrête sur l'une d'elles, avec sa mère. Ils sont enlacés : elle l'enveloppe de sa masse gironde, il l'enserre au cou avec le bras droit complètement tordu, tandis que son bras gauche lui masque le bas du visage. Ses côtes sont visibles, il est maigre comme un chat écorché. Il s'enroule autour d'elle comme le lierre autour d'un arbre. On dirait qu'il a peur, qu'il est venu trouver refuge. Il est pourtant déjà plus grand qu'elle. C'était peut-être sa position naturelle, qu'il retrouvait entre les prises, comme d'autres attendent, assis sur une chaise. La pose, fascinante, évoque un prolongement inattendu, extravagant, de la position fœtale. Thénot m'avait prévenu : « Dès la fin d'une prise, il allait vers elle. » François Bebing précise : « Il cachait sa mère, il ne voulait pas la montrer. Il n'en avait pas honte, mais il y avait le monde de sa mère et le monde du cinéma. Il était également tendre avec les deux, le nouveau et l'ancien. » Mes yeux tombent sur la corde, lien supplémentaire qu'il tient entre ses mains, mais qui ne correspond à aucune scène du film. Cargol non plus ne s'explique pas sa présence. Par contre, il se rappelle cette proximité avec sa mère. « Il en a toujours été ainsi. » Plus tard, une fois marié, il gardera l'habitude de revenir chez sa mère et d'aller lui ramasser du bois pour faire du feu dans sa cheminée. Elle est morte en 1998, à soixante-six ans.

Bizarrement, Claude Miller ne garde aucun souvenir de la mère : « Truffaut l'avait peut-être éloignée afin d'avoir l'enfant pour lui tout seul. Sur les tournages, les parents sont rarement bienvenus. » Stévenin a aussi occulté la mère. « Ah, ça, c'est un peu fort. Possible que je l'aie zappée, mais si elle était là, je l'aurais aperçue. Car le gosse dormait dans la même maison que moi, avec les Miller. » Stévenin a en effet été nommé responsable de Cargol. Il a d'abord dû aller chercher le gamin et faire signer un accord à la famille. Première mission délicate. « J'ai débarqué avec une valise pleine de blé. Dans la cité, ils étaient tous à leurs fenêtres, à me zyeuter, le regard noir. Le contrat était plutôt primitif. Et quand ils m'ont dit, "on vous le confie", j'ai compris que leur Jean-Pierre, ils le confiaient à moi et à personne d'autre. Valait mieux pas qu'il arrive un pépin. »

Un drôle de tandem va naître entre le gamin de douze ans et le jeune homme de vingt-cinq ans qui, depuis *La mariée était en noir*, remplit la fonction de second assistant de Truffaut. « Je le trimbalais. C'est même comme ça que j'ai flingué ma voiture, le jour où j'ai dû l'amener à un essai dans une maison de la vallée de Chevreuse. J'avais le niveau d'huile dans le rouge. Mais Truffaut attendait le gosse, impossible de passer au garage. L'argent gagné sur le tournage, je l'ai dépensé en me rachetant une autre voiture. » Stévenin sert aussi d'intermédiaire. De référent. « Quand Truffaut demandait quelque chose au gosse, le gamin me regardait. Il vérifiait que j'étais bien d'accord. Je faisais un petit geste de la tête et il obéissait. Je n'allais pas m'opposer à Truffaut. »

Mais l'enfant est doux. Paisible. Pas sauvage du tout. Une douceur qui gêne parfois Truffaut : « Les scènes avec les saignements et les colères n'ont pu être qu'esquissées. On arrêtait assez vite, car Jean-Pierre était trop calme. » Je lui cite cette phrase du cinéaste. Cargol n'est pas d'accord. « Un jour, pour une scène, je devais boire du lait. Mais celui qu'on m'avait donné n'était pas bon. Le type de l'équipe ne voulait pas me croire. Je me suis énervé. François Truffaut a fait un signe, on m'a fichu la paix. » « Possible », confirme Stévenin. « Truffaut surprotégeait les gamins. Si ça n'allait pas, c'était toujours de la faute des adultes. » Stévenin souligne aussi l'habileté de Truffaut. « Il ne s'énervait jamais. S'il voulait refaire une prise, il ne donnait au gosse qu'une seule indication : ouvre la bouche. Remue les doigts. Ou il lui demandait de mimer le cheval. Il lui avait aussi montré un ou deux films avec Groucho Marx. Pour qu'il l'imite. Mais c'était toujours très simple. » Depuis *Les Mistons*, son premier film en 1958, Truffaut a l'habitude des enfants. « Il ne leur donnait jamais de dialogue clé en main », explique Claude de Givray. « Il leur racontait la situation : là, tu vas t'adresser à ton père… et c'était à l'enfant de trouver, avec ses mots. » Voilà pourquoi chez Truffaut, les enfants parlent juste, sans singer les adultes. Mais pour *L'Enfant sauvage*, pas question de dialogue. Tout se passe les yeux dans les yeux : telle est la leçon que Truffaut a retenue de Fernand Deligny, éducateur rencontré pour *Les 400 coups*, et qui préconisait la thérapie par le regard avec les autistes. « François réclamait souvent une chaise », se souvient Miller. *L'Enfant sauvage* a été dirigé à hauteur d'enfant. Truffaut décide aussi, à la surprise générale, de jouer lui-même le rôle du docteur Itard. C'est la première fois qu'il est acteur d'un de ses films. Il veut un accès direct à Cargol : aucun obstacle, aucun intermédiaire. « Je le fais pour lui et non pour moi », répond-il quand on l'accuse de s'être mis en avant. Selon la même logique, il s'arrange pour qu'aucun précepteur ne soit présent à Aubiat. La législation sur les enfants acteurs en prévoit un, mais Truffaut a fait en sorte que le tournage ait lieu pendant les grandes vacances.

L'entente est bonne entre le cinéaste et son nouveau protégé qui le rebaptise « Mon Truffaut ». « François avait pourtant très peur », se rappelle Claude Miller. « Si cet enfant ne m'aime pas, me disait-il, cela va être terrible. » Mais Truffaut sait y faire. « Avec les adultes, il était réservé », résume Miller, « mais avec les gosses, il avait un contact rigolard, presque canaille. » On a parfois écrit que le docteur Itard, ce pédagogue sérieux, c'était Truffaut. Il est plutôt le grand frère souriant, qui, avec les enfants, redevient l'un des leurs.

Cargol partageait avec son personnage quelques points communs. Le goût du rangement, par exemple, me dit-il, en rectifiant l'ordre des couverts sur la table. La discipline aussi : « La preuve, je n'avais pas apporté ma guitare. Signe que j'étais là-bas pour travailler. » Stévenin tempère : « Le truc quand même qu'il détestait, c'était ce qu'on tournait. » « Truffaut m'avait bien expliqué l'histoire », affirme Cargol. « Il s'en fichait », rétorque Stévenin. « Tout ce qui l'intéressait, c'était le baby-foot. Il adorait, il voulait toujours jouer. » Pourtant, tout le monde a en mémoire un enfant au charme fou. Ni une starlette ni une tête à claques. Claude Miller : « Il était très affectueux. On l'adorait. Bien sûr, au début, il était sur la réserve, c'était presque un bébé. Notre univers devait lui sembler très exotique. Je me souviens de lui, avant le tournage, aux Films du Carrosse, il ne disait pas un mot. » François Bening : « Il était ébloui. Il découvrait tout. Il recevait, absorbait, très attentif. » Si attentif qu'un jour, le petit Jean-Pierre rappelle à l'ordre Truffaut qui a oublié de le gronder : dans cette scène, l'enfant sauvage casse volontairement son écuelle de lait. Truffaut félicite Cargol et l'autorise à lancer les débuts et fins de scène : « J'ai commencé à dire “Action” et “Cut” », se souvient-il avec fierté.

Stévenin précise : « Il avait très vite pigé la question des optiques et des focales. Par exemple, il savait à quoi correspondait une 75. Il disait à Nestor, le chef-opérateur, Nestor Almendros, qui avait quand même éclairé *La Marquise d'O* de Rohmer : “Nestor, tu fais une 75, alors j'ai pas besoin de me maquiller”. Parce que le gosse avait horreur de ça. » Cargol confirme. Mais s'il m'a raconté la scène du « lait », il a omis la séquence de la « soupe ». Stévenin, lui, ne l'a pas oubliée. « François devait lui apprendre à manger avec une cuiller. On avait en tout trois chemises blanches, mais le môme n'écoutait pas ce qu'on lui disait. Résultat : on a bien dû la refaire vingt-cinq fois. On a même été obligé de laver les chemises. Pendant ce temps, le gamin cavalait dehors. On a fini par comprendre qu'il le faisait exprès, qu'il s'amusait à nous bousiller le plan. »

Juste avant le début du tournage, le cinéaste avait pris quelques précautions : il a fait passer au gamin des tests psychologiques assez poussés. Cargol n'en garde qu'un très vague souvenir. « Truffaut était malin », commente Bening, « il s'y était pris discrètement. » Cargol se rappelle par contre la scène du cabinet noir. Truffaut-Itard cherche à savoir si l'enfant sauvage peut éprouver le sentiment d'injustice. Il l'enferme donc dans un cagibi après un exercice pourtant réussi. Victor se met à pleurer et à mordre Itard, preuve qu'il est un être moral. Cargol s'en souvient pour une seule raison : ce jour-là, sa mère venait de partir et avait été remplacée par son frère Joseph.

Là-dessus, Cargol appelle ses enfants, qui font irruption dans la cuisine. Il veut leur montrer les photos et leur grand-mère. Il s'adresse à eux en catalan, la langue parlée par la plupart des gitans installés à Montpellier. Son fils aîné, Jonathan, vingt-six ans, est le premier à se présenter. Il joue avec son père, dans l'orchestre Camargue, qui tourne dans quelques lieux fixes, des restaurants à La Grande-Motte, au Grau-du-Roi et à Anduze. C'est lui maintenant qui négocie les contrats : à chaque restaurateur, il n'oublie jamais de préciser que son père fut jadis « l'Enfant sauvage ». Le film dit rarement quelque chose à l'interlocuteur, mais le nom de Truffaut permet parfois d'obtenir un supplément. *L'Enfant sauvage* est devenu un diplôme, un sésame, l'autre identité de ce musicien qui se fait appeler aussi « El Rey », son nom gitan. Le Roi. L'Enfant sauvage fut également un roi, un petit roi, sur le plateau de Truffaut. « Son moment préféré, ce fut à Paris, quand on a tourné à l'Institut des sourds et muets. Là, il était au milieu des autres gosses et il était la vedette. C'était bien plus gratifiant », analyse Claude Miller.

Sur sa carte de visite, le nom « Cargol » n'est mentionné que pour l'adresse e-mail. En réalité, il s'agit presque d'un CV. Sous El Rey, Cargol a marqué *« l'enfant sauvage (1970) de François Truffaut dans le rôle de Victor »*, avant d'indiquer qu'il est guitariste gitan, chanteur flamenco et compositeur de génériques TV. Dans la voiture, Cargol m'a fait écouter son dernier disque qu'il distribue ici et là, sur les marchés. Pourquoi pas une vraie maison de production ? Il ne veut pas se faire arnaquer. Réponse qui n'en est pas une et qui masque sans doute une autre réalité. Son disque n'a pas encore de titre, mais il songe à l'appeler « El Rey-l'Enfant sauvage ». Cargol s'accroche à cette première identité, qu'il décline sous toutes ses formes, et qui, trente-huit ans après, plane encore sur tout ce qu'il entreprend.

Sur scène, son fils Jonathan énumère aussi les noms des membres de l'orchestre Camargue. C'est donc lui qui présente son père. Voilà comment le nom de Truffaut flotte dans les restaurants de la Côte languedocienne, entre deux morceaux de rumba ou de flamenco. Certains clients viennent ensuite lui parler du film, le renvoyant à cette époque bénie où il fut l'acteur-vedette de Truffaut. Rien que pour cela, le concert vaut la peine. Je devine les questions, qui d'un soir à l'autre, se répètent, sans jamais lasser. J'imagine aussi que parfois, personne ne vient. Ces soirs-là, la magie n'opère plus et Cargol reste seul avec ce sobriquet inutile. Mais des milliers de gens savent ce qu'est devenu l'enfant sauvage. Ils l'ont appris par surprise, sans avoir rien demandé, un soir, entre la poire et le fromage.

Tony, dix-sept ans, et Sissi, vingt-trois ans, sa fille aînée, jettent un œil distrait sur les photos de leur père enfant. Indifférence ? Timidité ? Ras-le-bol ? Il va sans dire que Cargol leur a montré le film à la télé. Ils l'ont également en cassette. Ils réagissent au premier degré : « Qu'est-ce que tu étais sale ! » Mais il détestait cette boue plaquée sur ses cheveux et son visage. Il s'était même senti humilié. C'est un de ses seuls souvenirs désagréables, avec la nudité obligatoire des premières scènes en forêt. L'enfant est sauvage, mais pudique : il insiste pour ne pas avoir à se déshabiller devant les femmes. On lui donne un slip transparent et Truffaut a la délicatesse de le filmer d'assez loin. Mais Claude Miller se souvient que Cargol n'était guère enthousiaste à l'idée de jouer un enfant attardé. « A cet âge-là, on a envie d'accomplir de grandes choses, pas de passer pour un idiot. »

Cargol garde les yeux rivés sur sa mère. Je lui apprends que la femme blonde qu'on voit fumer au premier plan à gauche est indirectement devenue célèbre. Elle est la mère d'un fidèle de Sarkozy, Brice Hortefeux. Cargol réplique aussitôt. « A l'époque, j'étais au centre de l'attention, j'étais la vedette et elle n'était rien. Aujourd'hui, c'est l'inverse. » Sa réaction traduit seulement sa nostalgie. Il repense souvent au tournage. Chaque fois qu'il voit Claude Miller à la télé, il a envie de lui écrire. Je lui demande s'il a jamais rêvé que le cinéma pose à nouveau son regard sur lui, comme aux Saintes-Maries-de-la-Mer. Il acquiesce. C'est même là son plus grand regret. Qu'il ne se soit pas vu offrir une seconde chance, un peu plus tard. « Les gens seraient allés au cinéma pour savoir ce qu'est devenu l'enfant sauvage, comment il a grandi. »

Il y a vingt ans, Claude Miller a revu Cargol, dans un restaurant, près de Sète. Jean-Pierre animait la salle avec son orchestre. Miller ne l'a pas reconnu. C'est Cargol qui est venu le saluer. Mais c'est Miller qui m'a raconté l'anecdote.

Pour un peu, Cargol se plaindrait d'avoir été abandonné. Il dit qu'il n'a jamais reçu aucun conseil sur la manière de devenir acteur. « Comment prendre des cours, je n'ai jamais su. » Un échec qui le renvoie à ses origines : difficile pour un gitan de devenir autre chose que musicien, ferrailleur, revendeur sur les marchés… Une seule fois, il est repassé devant la caméra : avec son oncle, Manitas de Plata, il joue un gitan dans *Caravan to Vaccares*, de Geoffrey Reeve en 1974. Le voilà ramené à sa communauté, loin de cette liberté que lui avait donnée Truffaut en l'imaginant sous d'autres traits. Sans doute était-il condamné à devenir le gitan de service. Un film se tournait en Camargue et le directeur de casting s'est souvenu de l'enfant gitan qui avait joué avec Truffaut. Dans sa réponse déjà évoquée à la lettre du cinéaste, datée du 22 mai 1974, Cargol ne fait aucune allusion à ce film qui allait sortir au mois d'août. Juge-t-il sa participation négligeable ? A-t-il honte de mentionner ce rôle dans un film signé d'un tâcheron ? La fin de sa lettre est plutôt étrange : il évoque un ami qui ne cesse de lui parler de Truffaut, de *L'Enfant sauvage* et du dernier film du cinéaste, *La Nuit américaine*. Mais Cargol, lui, n'est pas allé voir *La Nuit américaine*. Il me confirme qu'il ne l'a jamais vu. Si j'avais eu le rôle principal dans un film de Truffaut, il me semble que je n'aurais rien manqué de son œuvre ultérieure. Mais il ne tenait peut-être pas à constater que la planète Truffaut continuait de tourner sans lui. Et puis Truffaut ne l'a jamais appelé. N'a jamais composé le 89.1.57, ce numéro que Cargol indiquait à la fin de sa lettre. Josiane Couëdel, la secrétaire de Truffaut, me raconte qu'elle s'est parfois heurtée au cinéaste à ce sujet. On prenait des enfants, on les sortait de nulle part, et puis on les renvoyait, le film fini. « Chaque fois que j'en parlais à Truffaut, il était très gêné. Il fuyait le problème. » Mais Truffaut lui répondait qu'il fallait en rester à une relation professionnelle, que le film tourné avait déjà éduqué l'enfant qu'il avait choisi.

Tout contact n'a pourtant pas été rompu entre Cargol et Truffaut. En octobre 1976, le cinéaste vient tourner *L'homme qui aimait les femmes*, à Montpellier, la ville de Cargol. Il a choisi ce lieu, car « c'est la ville de France comportant le plus grand nombre de jolies femmes au mètre carré ». Cargol apprend la nouvelle dans le *Midi-Libre*, qui s'est fait l'écho de ce tournage exceptionnel : la production a d'ailleurs investi les locaux du journal pour y installer la maison d'édition Betany où Charles Denner dépose son manuscrit. Cargol se rend dans la maison ancienne du centre-ville, rue du Carré-du-Roi, louée par Truffaut pour le tournage. Comment se sont déroulées les retrouvailles ? L'a-t-il sollicité pour un petit rôle ? Cargol reste allusif. A l'époque, Truffaut auditionne surtout des jolies comédiennes du midi de la France pour des rôles secondaires. Il fait aussi appel à deux figures locales, le cinéaste Roger Leenhardt et le critique Henri Agel. Plus tard, en insistant par écrit auprès de Cargol, j'obtiendrai quelques précisions : ils ont évoqué le tournage et Truffaut lui a reparlé de ses yeux noirs, malicieux, qui ressemblent aux siens et à ceux de Jean-Pierre Léaud. Ce jour-là, Truffaut s'apprêtait à aller tourner en extérieur et il l'avait reçu dans l'entrée. Trente ans après, il n'a pas oublié la décoration contemporaine du salon.

En octobre 1976, Cargol a un peu plus de dix-neuf ans. Roland Thénot se souvient de l'avoir rencontré à cette époque au restaurant la Camargue : il avait eu du mal à reconnaître l'enfant gracieux de 1969. Sept ans ont passé. Huit autres années vont s'écouler avant la mort de Truffaut. Le 21 octobre 1984, Cargol est en tournée. Il n'apprend la nouvelle que le lendemain, à son retour à Montpellier. Obligé de repartir sur les routes, il ne se rend pas à l'enterrement, qui a lieu au cimetière Montmartre, le 24 octobre. Mais il fait envoyer par André Bernard, son imprésario, un télégramme de condoléances à la famille. « J'espère qu'il n'aura pas oublié. Si j'avais su que François était malade, je serais allé le voir à l'hôpital. » Je perçois comme un regret, Cargol n'a pas pris congé de Truffaut comme il l'aurait souhaité.

Il est temps pour Cargol de m'emmener faire le tour de la cité Gély. Il est là dans son royaume, avec un journaliste à ses basques qu'il présente à tout le monde. On me salue avec un petit sourire que j'ai du mal à interpréter. Tous les cinquante mètres, Cargol klaxonne une voiture qui vient à notre rencontre. Parfois, c'est un frère, un gendre ou un neveu. Si Cargol porte, comme le veut la tradition gitane, le nom de sa mère, il appartient à la dynastie des Baliardo, le patronyme de son père. Au sommet, trône la figure mythique de Manitas de Plata (mains d'argent), l'oncle, qui fit les belles heures du restaurant la Camargue. A l'époque, Bardot, les Pompidou, la princesse Radziwill et d'autres VIP fréquentaient cette vaste cour en terre battue où les animaux de basse-cour s'ébattaient en toute liberté. Après Django Reinhardt et avant les Gipsy Kings, il y eut donc Manitas de Plata. Avec son frère, le guitariste Hippolyte, le père de Cargol, inventeur de la Rumba Catalana, Manitas fut le premier gitan à jouer devant la reine d'Angleterre. Quelques jours plus tôt, de passage dans le manoir de Chaplin, près de Vevey, je suis tombé sur une photo où Charlot écoute le duo gitan. S'il est incapable de dater cette rencontre, Hippolyte, que nous croisons aussi, se souvient de plusieurs séjours au manoir de Ban, où il avait fait chanter à Chaplin des airs gitans. « La grande époque de la Camargue », m'explique François Bebing, « ce sont les années 50 et 60. Cargol n'en a connu que la fin, il en a joué les derniers accords. » La Camargue, Cargol y est arrivé en 1971, à quatorze ans, tout auréolé de la gloire récente de *L'Enfant sauvage*. Pendant de longs mois après la sortie du film, il a dédicacé des photos à la chaîne. Mais on ne plaisante pas avec la hiérarchie gitane. Il faut faire ses classes. A l'époque, la vedette de la dernière génération Baliardo est

Nino, un des fils du second mariage d'Hippolyte. Nino de Suerte enregistre son premier disque à huit ans, signe pour Sony et chante pour los Reyes, qui deviendront les Gipsy Kings. Quand il quitte ce dernier groupe, Nino fonde en 1991, avec ses frères Nanasso et Bébé, le groupe Armadillo. Ce sont tous des enfants du second mariage d'Hippolyte. En lisant des coupures de presse, je constate qu'Armadillo est plus célèbre que le groupe de Cargol qui, à dix-neuf ans, a réuni plusieurs musiciens autour de lui. L'heure de gloire ne sonnera pour lui qu'en 1992, lorsque la mère de Patrick Sébastien, de passage à Aigues-Mortes, parle de Cargol à son fils, qui l'engage pour composer le générique de son émission « Super Nana ». Evidemment, Patrick Sébastien, ce n'est pas François Truffaut. Mais sur sa lancée, il a pu sortir un vrai disque, avant de retomber dans la routine des restaurants et des dîners dansants.

On croise Nanasso, qui attend je ne sais quoi, au volant d'une voiture à l'arrêt. Sans quitter nos sièges, nous échangeons quelques propos. On se croirait à un rendez-vous louche, sur un parking désert. Nanasso a des pommettes de moujik, des traits ronds et immobiles, des yeux enfoncés qui ne cillent presque jamais. Difficile d'imaginer qu'il puisse être parent avec Cargol dont les traits allongés sont toujours en mouvement. Jean-Pierre est le dernier-né d'un premier mariage. A sa naissance, son père, Hippolyte Baliardo, est parti vivre avec une autre femme, la mère de Nanasso. Il a donc grandi sans père ? « Il venait nous voir », me corrige-t-il, « mais oui, il vivait ailleurs. » La perche est tendue : Truffaut le père et lui, le fils. Cargol ne rejette pas l'idée d'une relation filiale. Pour le convaincre, je lui rappelle que Truffaut, comme le modèle de l'enfant sauvage, était un enfant illégitime. Roland Truffaut, marié à sa mère, avait eu la bonté de reconnaître ce petit garçon né, comme le cinéaste l'apprendra plus tard, d'un médecin juif, nommé Dreyfus. Tout était déjà là dans *Les 400 coups*, son premier film. En consultant dans ses archives la première version de ce scénario, je m'étais aperçu que la vérité éclatait dès le début : lors d'une dispute entre ses parents, Doinel entendait son père prononcer le mot de « bâtard ». En retravaillant le script, Truffaut reporte cette révélation, la dissimule au cœur de son film. En 1964, il découvre l'histoire de Victor, dans le livre de Lucien Malson, consacré aux *Enfants sauvages*. Comment ne pas penser qu'il n'ait pas projeté sa propre bâtardise ?

Cargol m'écoute sans broncher. C'est un volubile, qui ne se livre guère. Pour s'épancher, il faut prendre le temps. Cargol est un homme qui descend quatre à quatre les escaliers. Appuie sur le champignon dès qu'il le peut. Il ne lui reste plus que deux points sur son permis, lâche-t-il en frappant dans ses mains sur un rythme de flamenco. C'est aussi un musicien sprinteur. Sur son dernier disque, qu'il me prête, pour une mélodie d'amour, il y a dix chansons qui foncent, à la gitane, à l'andalouse ou à l'arabe. L'amour, pourtant, ne semble pas absent de sa vie. Cargol plaît. Lors de nos tours dans la cité, il me désigne plusieurs beautés inconnues. Rien ne lui échappe. Gély : la cité dont le prince est l'enfant sauvage. « Si tu vois une fille maquillée », me dit-il, « c'est qu'elle n'est pas mariée. » Truffaut n'était-il pas lui aussi un homme à femmes ? Il accepte la comparaison. « Oui, on a ce point commun, avec le regard. » Soudain, il reçoit un coup de fil. Il est invité à Arles le soir même, pour assister au gala d'un de ses frères. L'occasion de rencontrer un producteur-tourneur.

Sur le chemin de la gare, Cargol me raconte le scénario qui tourne dans sa tête depuis des années. Tout se passerait dans sa cité gitane. Deux familles aux traditions radicalement différentes. Des trafics peu avouables. Un mort par overdose. Une famille endeuillée, l'autre responsable. L'amour s'en mêle. Ces deux clans hébergent en leur sein un Roméo et une Juliette. Là-dessus, éclatent des heurts avec la communauté arabe voisine. Un meurtre a lieu. Les Arabes veulent venir se venger, les gitans les attendent de pied ferme, avec quatre cents fusils. Il faudrait une armée. La police, elle-même, ne s'y risque pas. « Des histoires vraies », répète Cargol, en quête d'un scénariste. Est-ce que je pourrais en toucher un mot à Stévenin ou à Miller ? Il insiste : « Il n'y a jamais vraiment eu de film sur nous, aujourd'hui, comment on vit. » Malgré le communautarisme qui pointe à la fenêtre, Cargol a raison. « Il a des projets de films depuis très longtemps », m'apprend Bebing, qui ajoute : « Rien n'a abouti. » Comme si la porte s'était définitivement refermée. Cargol a goûté une fois au paradis, violemment, avant d'en être expulsé. Impossible d'y revenir. Mais il n'a pas renoncé. La musique, il a baigné dedans, c'est son milieu, ses origines, il y a fait son chemin, cahin-caha, au milieu des siens. El Rey. Il est devenu le roi. Dans sa cité, il fait office parfois de juge de paix. Mais sa vraie couronne est ailleurs. Elle a beau avoir roulé par terre il y a trente-huit ans, Cargol continue à porter la main à sa tête. Truffaut est cependant parti pour d'autres royaumes, où il a choisi d'autres enfants, pour *L'Argent de poche* ou *La Chambre verte*, avec un vrai sourd-muet, qui cette fois ne parlait pas avec l'accent du Midi.

Cargol au volant a toujours le même tic. Il tapote régulièrement le rétroviseur placé au centre de l'habitacle. Pour vérifier qu'il est bien positionné. « J'aime que les choses soient cadrées. » Je repense à l'enfant attiré par la caméra, qui se passionnait pour des questions d'optique. L'équipe avait salué cette passion en lui offrant une caméra 8 mm. Thénot se souvient de bouts du tournage qu'il avait filmés. Une sorte de making of avant l'heure, pour immortaliser cette expérience, que l'enfant devine peut-être éphémère. Il est au sommet. Protagoniste. Mascotte. Fils spirituel de l'autre cinéaste, le vrai, François Truffaut. Dans un élan d'espoir fou, naïf et sincère, il promet d'être le premier metteur en scène gitan. D'ailleurs, l'enfant, débrouillard, a progressé de jour en jour : « Il était d'abord un peu farouche et renfermé. Au final, il est devenu presque volubile », résume Bebing. Truffaut souligne fièrement l'écart sensible entre le début et la fin du tournage. Nouvelle preuve pour celui que le septième art sauva de la délinquance, que le cinéma fait du bien, tire vers le haut. Après Jean-Pierre Léaud, un autre enfant se réchauffe aux rayons du cinématographe. Mais pour combien de temps ? Jean-Pierre Cargol n'est pas Jean-Pierre Léaud, il n'y aura pas de second Doinel. Dans la galaxie Truffaut, Cargol fait un petit tour et puis s'en va. *L'Enfant sauvage* est une carabine à un coup, tiré entre deux épisodes Doinel, *Baisers volés* et *Domicile conjugal*. Léaud eut peut-être un léger pincement au cœur à se voir un temps remplacé, mais ne s'est pas senti menacé. Après la projection de *L'Enfant sauvage*, il se fendit d'un « Génial ! » enthousiaste, se souvient Claude Miller, assis à côté de lui. Truffaut insista également sur la prestation de Cargol. Des compliments qui ressemblent étrangement aux bravos formulés par Itard à l'enfant sauvage. « Victor est un jeune homme qui laisse entrevoir de grandes espérances », conclut le docteur Itard à la fin du film. Truffaut a-t-il répété cette phrase à Cargol ? Où sont les images qu'il a tournées à Aubiat ? Il l'ignore. Il a dû les égarer lors d'un de ses déménagements. La caméra aussi a disparu : on la lui a volée. Et il n'est pas devenu le premier cinéaste gitan.

Cargol me ramène dans le centre-ville, à deux pas d'une place qu'on entrevoit dans le film montpelliérain de Truffaut, *L'homme qui aimait les femmes*. Charles Denner, depuis une blanchisserie, aperçoit des jambes dénudées qui accélèrent son rythme cardiaque. Je me tourne vers Cargol. Autour de nous, on s'affaire avant Noël. On est loin de la cité Gély. Loin du film de Truffaut. Ce soir, de retour à Paris, je regarderai encore une fois *L'Enfant sauvage*. Et Cargol aura à nouveau douze ans.

Un sac de billes : Richard Constantini et Paul-Eric Schulmann

La scène a lieu il y a cinq ans chez Goldenberg, le célèbre restaurant juif du Marais. Richard Constantini s'installe sans rien dire. Il échange quelques regards avec le propriétaire, le vieux Jo, qui le fixe, intrigué : « Pourquoi me regardez-vous ainsi, on se connaît ? » « A vous de deviner », lui répond Constantini. Le vieil homme le dévisage, puis se met à pleurer : « Tu as été mon fils dans *Un sac de billes.* »

Richard « Sac de billes » Constantini a pris quelques kilos depuis 1975, mais il n'est pas tout à fait méconnaissable. Cela fait longtemps qu'il a coupé les ponts avec le cinéma. Repéré comme son acolyte Paul-Eric Schulmann dans une Talmud-Torah (du 10e arrondissement), il avait été le chouchou de Doillon qui l'avait choisi pour incarner le petit Joseph Joffo. A l'époque, son ambition n'est pas de devenir acteur, mais footballeur. La sortie du film à Marseille lui vaudra du reste son plus beau souvenir de fan de l'OM : une rencontre avec Marius Trésor : « Le journaliste de *La Provence* m'avait promis une surprise si je répondais à une question foot : quel était le nom du gardien de l'équipe de

France lors de la première Coupe du monde en 1930 ? J'étais moi-même goal, je connaissais la réponse. » Sa science footballistique lui vaudra un ballon dédicacé par le grand Marius, à l'époque capitaine des Bleus, qui vient le voir dans son hôtel de la cité phocéenne. Il entretiendra une correspondance avec le joueur, qui lui enverra son maillot de la finale de la coupe de France Marseille-Lyon (1976) avant de le faire entrer avec lui sur la pelouse du Parc des Princes lors d'un PSG-OM. Du cinéma, Constantini a donc retenu surtout de belles rencontres, que lui réservèrent aussi les tournages suivants : chaque matin, sur *Attention, les enfants regardent*, il joue au foot avec Alain Delon qui lui tire des penaltys. Sur *Les Passagers*, il est pris sous son aile par Jean-Louis Trintignant, à l'époque dans sa période « rallye ». Il passe toute une semaine au Castelet avec l'acteur qui lui apprend à conduire, alors qu'il n'a que douze ans. A l'époque, en 1976, il est l'enfant acteur en vue : la Warner, qui a un projet de fresque pour célébrer le bicentenaire, fait appel à lui, mais au dernier moment, la major engage un garçon américain. Pendant ce temps, sa scolarité bat de l'aile : il triple sa sixième et part se recycler à l'école des Enfants du Spectacle, rue du Cardinal-Lemoine. Il croise Eleonore Klarwein, la petite star de *Diabolo menthe* (voir p. 241), sur le tournage de *Vas-y Maman* mais les propositions se font rares. A quinze ans, en 1980, il décide de vivre son rêve : il part en sports-études au lycée Michelet de Vanves et décroche même une sélection en équipe de France scolaire. Mais à dix-sept ans, il comprend qu'il ne sera jamais pro. Grâce à l'agent Dominique Besnehard, il tente de revenir vers le cinéma, tourne à nouveau dans deux courts-métrages, mais le charme est rompu. Un ami, qui monte une société de prêt-à-porter, lui propose de le rejoindre. Il n'y connaît rien, mais ce fils de métallo va passer toute sa vie professionnelle dans ce milieu. Il recroise parfois Jacques Doillon qui vient déjeuner dans le restaurant de sa sœur, au métro Gambetta. En 1998, lorsque le Sentier commence à décliner, il monte à Montreuil une affaire, Textile Partner Services, qui propose aux centrales d'achats – Cache-Cache, Pimkie, Etam – des collections qu'il fait produire au Maroc. Il n'évoque jamais le cinéma et même si on l'appelle encore Richard Sac de Billes, il a tourné sans regret la page de ce film qui lui valut son quart d'heure de gloire. Seule entorse à cette discrétion : le jour où il est allé parler dans la classe de sa fille, qui étudiait avec son professeur le livre de Joseph Joffo.

Paul-Eric Schulmann – quarante-neuf ans. Il jouait Maurice Joffo, l'autre frère d'*Un sac de billes*. Il est aujourd'hui directeur des jeux du Casino Partouche de Charbonnières, au nord de Lyon, un des plus gros casinos de France où il a organisé des cours de théâtre pour son personnel. Il est aussi un des directeurs du Partouche Poker Tour. Il fut repéré dans une école juive, le samedi, où Nathalie Bager venait en réalité chercher des jeunes filles de quinze, seize ans, pour un autre film. Il a forcé son destin en demandant s'il n'y avait pas quelque chose pour un garçon. Elle venait d'être contactée par Jacques Doillon pour *Un sac de billes*. Après le film, il a peiné à poursuivre une scolarité normale, mettant un terme à ses études à seize ans. Il a fait encore quelques apparitions au cinéma (*La Clé sur la porte* d'Yves Boisset, *La Vocation suspendue*, de Raul Ruiz), a suivi des cours de théâtre (Florent, Studio 34) où il a rencontré à dix-huit ans sa future épouse. Mais à cette époque, il renonce à devenir acteur. Fils de forain, il achète un camion et part à son tour faire les marchés. Il s'installe sur la Côte d'Azur où il ouvre des dépôts-ventes de meubles, s'occupe de restaurants, avant de revenir à Paris, où il vend du linge de maison. Grâce à son frère aîné, qui a épousé une des filles Partouche, il a pu entrer dans ce groupe en 1994.

Le Jouet :
Fabrice Greco

1976 : 1,6 million de spectateurs vont voir un gosse de milliardaire, qui pour son anniversaire, s'offre en cadeau Pierre Richard, aperçu dans la vitrine d'un grand magasin, et qui n'est autre qu'un employé de son père. Rires et lutte de classes. *Le Jouet* est le premier film de Francis Veber et marque aussi les débuts d'un gosse, qui aujourd'hui, à quarante-six ans, est le directeur d'une société de design, Profil Design, spécialisée dans les brochures, les plaquettes et les logotypes.

Fabrice Greco avait été repéré en sixième au collège Sévigné. Il suivait à l'époque des cours d'expression corporelle à la Schola Cantorum où Dominique Besnehard était allé l'observer. Boule à zéro, costume cravate très manager dynamique, Fabrice Greco, fort avenant, se souvient de la première visite rendue à Francis Veber dans son hôtel particulier. « Il voulait que je vienne seul, sans ma mère. » Rien à signaler sur un tournage sans nuage. La promotion du film fut par contre contrariée par la mort de Jean Gabin. « L'émission que je devais faire avec Michel Drucker le dimanche avait été annulée. J'aurais bien aimé y aller. » Pour la suite de sa carrière, ses parents, des universitaires parisiens du 13e arrondissement, ont eu une longue discussion avec lui : « Mon père ne m'a jamais dit : tu arrêtes là. Mais j'ai compris qu'il aurait fallu sacrifier ma scolarité. Tout ce qu'on me proposait n'était pas très palpitant : de la télé, de la post-synchronisation. S'il y avait eu un projet aussi intéressant que *Le Jouet*, peut-être. Six ans plus tard, je suis allé à un casting pour un autre film de Veber, *Les Compères*, mais j'étais trop âgé pour le rôle. » Dans les années 80, Fabrice, qui veut faire de la musique, sollicite Pierre Richard dont le fils est saxophoniste. En vain. Puis il bifurque vers le design industriel et à la fin de ses études, en 1988, il crée sa boîte qu'il dirige aujourd'hui, avec neuf collaborateurs.

Il n'a pas lu les Mémoires de Francis Veber, publiés en 2010, mais il s'est rendu au théâtre de la Pépinière, où Pierre Richard adaptait son livre, *Franchise postale*. Le spectacle terminé, il l'a attendu dans la rue où des admirateurs envahissants ont d'abord accaparé l'acteur pour des photos souvenirs. Les fans partis, Fabrice Greco s'est présenté à Pierre Richard : « Bonjour, je suis Fabrice Greco, j'ai joué avec vous dans *Le Jouet*. » Le grand blond a acquiescé, mais n'a pas donné suite. Avait-il vraiment compris ? Avait-il encore la tête à son spectacle ? Voulait-il s'échapper et rentrer chez lui au plus vite ? Ne pouvait-il pas croire que l'enfant qu'il avait connu soit devenu cet adulte au crâne lisse ? Fabrice Greco se pose la question. Mais il garde un excellent souvenir de cette expérience qu'il recommande à tout le monde : « Cela m'a donné de l'ambition pour plus tard. »

Diabolo menthe : Eléonore Klarwein et Odile Michel

Un quai de la gare des Coteaux à Saint-Cloud. Sur un banc, deux adolescents attendent un train. Anne est en jupe plissée, manteau bleu marine. Xavier porte un blouson trop grand. Ils se tortillent et cherchent quelque chose à se dire. La petite Anne, qui vit à Paris, trouve la première : « Cela doit être chouette d'habiter Saint-Cloud. » Réponse du garçon, qui la raccompagne après une boum dans cette ville de banlieue. « Oui, mais ce soir, j'aimerais habiter Paris. » Cela ressemble à une déclaration. Un ange passe. Le garçon se rapproche d'Anne et de ses épaules. Julien Sorel et Mme de Rénal sur un quai de gare. Il repart. S'élance. Se penche. Premier baiser sur une musique à la Michel Legrand. Le film s'appelle *Diabolo menthe*, il est de Diane Kurys et date de 1977.

Anne, c'est Eléonore Klarwein. Ils seront des millions, mais elle ne le sait pas encore, à craquer pour sa frange un peu trop longue, ses dents en avant et sa voix pointue de gamine chétive. Pour ses silences aussi. Son malaise. Son regard immensément grand et triste et son envie confuse, naïve, de ne plus être une petite fille, de ne plus vivre par procuration. En 1977, toutes les adolescentes ont voulu aller voir *Diabolo menthe*. Beaucoup se sont reconnues dans cette jeune fille au cœur serré, qui se cherche, entre deux eaux, entre deux âges. On n'a pas encore ses règles, mais on veut déjà mettre des collants.

On peut aimer *Diabolo menthe* pour d'autres raisons. La balade nocturne d'Eléonore sur le pont de Caulaincourt, avec en voix off, sa mère, qui la dispute avec douceur parce qu'elle traîne dans les bars à boire des Diabolos menthe. Le rouge de betterave qu'elle lui étale sur ses joues trop blanches, pour lui donner meilleure mine, avant de la renvoyer chez son père. La gifle rituelle qu'elle flanque à sa fille qui lui annonce, fièrement, qu'elle a eu enfin ses règles. Mais j'aime aussi *Diabolo menthe* pour ces deux répliques insignifiantes, échangées sur un quai de gare. Car en mauvais fils de Saint-Cloud, je n'ai jamais pensé qu'il pouvait être « chouette » d'habiter cette petite ville de la banlieue Ouest.

Diabolo menthe est un des rares films où l'on voit une pancarte indiquant le nom de Saint-Cloud. Je me suis longtemps demandé pourquoi Diane Kurys avait choisi ma ville et lors de notre rencontre, je lui ai parlé très vite de cette gare des Coteaux. Le cinéma a souvent des choix très prosaïques : « J'avais des cousins à Viroflay. Les boums, c'était chez eux. J'avais besoin d'une petite gare de banlieue et tout ce que j'ai trouvé, ce sont les Coteaux. » Tout simplement. Cela aurait pu être : « C'est chouette d'habiter à Viroflay. » Ou Chaville. C'est tombé sur Saint-Cloud.

A l'époque, dans la vraie vie, Eléonore a déjà donné son premier baiser. « Une fois à la campagne. Un petit voisin, dans une grange. J'avais encore des bagues sur les dents. Et pourtant le garçon m'a dit : t'embrasses pas mal. J'étais très fière. » Anecdote intime, presque comique, livrée sans gêne. Et pourtant, Eléonore Klarwein est pudique. Timide comme une jeune fille. A quarante-cinq ans, elle fait encore un peu adolescente. Ses dents pointent légèrement en avant. A l'époque, la production lui avait pourtant offert des soins d'orthodontie. Comme tous les timides, Eléonore se livre par à-coups, violemment, pour se refermer aussitôt. Elle a quatre enfants, mais on l'imagine moins en mère qu'en sœur aînée. Sur *Diabolo menthe*, elle n'avait pas encore quatorze ans : elle les fêta le 31 août, dernier jour de tournage. Ce jour-là, devant la caméra, après avoir chipé du parfum à l'étalage d'une droguerie, elle se fait traiter de voleuse par sa mère. Mais à midi, l'équipe lui offre des cadeaux, porte un toast et souhaite bonne chance à la petite vedette du film. Cela ne mange pas de pain. Atmosphère banale d'un tournage qui touche à sa fin.

Mais revenons au baiser : le garçon qu'elle embrasse s'appelle Yannick Laski. Le fils du producteur Serge Laski. Dans la vie, Yannick est plutôt fanfaron. « Ça nous embêtait de jouer les gênés, les deux couillons de service », se souvient Eléonore. Ce premier baiser de cinéma n'a pas été fatal : elle n'est pas tombée amoureuse de Yannick Laski. « Au collège Saint-Benoît, en quatrième, juste avant le film, j'avais été amoureuse d'un garçon fasciné par les étoiles, les constellations. C'était très romantique. » Pour couronner le tout, le collège se situait rue du Regard. Elle se souvient encore de son nom : Christophe Ledu. Si Christophe Ledu lit ces lignes…

Eléonore m'a d'abord pris pour un fou quand je l'ai appelée à l'agence de mannequins qu'elle codirige dans le Marais. Un de ces déséquilibrés qui cherchent de temps à autre à savoir ce qu'est devenue Eléonore Klarwein. La retrouver n'avait pas été sorcier. Le Myspace psychédélique de sa fille aînée, Adélaïde, vingt-cinq ans, née en Virginie, s'étendait assez longuement sur sa famille dominée par la figure du grand-père, le peintre Mati Klarwein, à l'œuvre tout aussi psychédélique. Il y était question, pour maman, d'une agence de mannequins, KLRP (le K pour Klarwein), assez facile à repérer. Peu après, je lui envoyai une simple feuille de papier, glissée dans une grosse enveloppe kraft qu'on réserve d'ordinaire aux colis volumineux ou fragiles. Quelque chose clochait dans ce courrier et elle ne m'avait pas répondu. C'est la première fois qu'on me prenait pour un dingue et j'en étais presque fier. Je l'ai vite rassurée : je n'avais plus d'enveloppes normales. Raison purement pratique. En vérité, j'avais voulu lui faire passer le message suivant : ce qu'il y a écrit sur ce papier est précieux, s'il vous plaît, ne le jetez pas.

Elle m'a d'abord dit non. Sa vie était sans intérêt : rien qui puisse faire l'objet d'un chapitre. Elle avait souvent été sollicitée, mais avait toujours refusé, sinon pour Delarue et une de ses émissions sur la gloire précoce. Elle s'en mordait encore les doigts.

Elle avait cédé à condition de rester assise dans le public, mais le jour venu, au pied levé, on lui avait demandé de remplacer une invitée absente. Le piège. Alors, non, vraiment, et tant pis pour l'histoire du cinéma qu'elle a croisée par hasard, il y a très longtemps.

Mais je n'abandonne pas, même si elle poursuit son entreprise de démolition : au fond, elle n'aime pas le cinéma, il n'y a rien de magique, les gens se trompent. Je saute sur ce mot, « magique », que je lui retourne : « Je ne cherche pas la magie. » Ni le sensationnel ni le spectaculaire. Plutôt le banal, et même le futile, l'insignifiant, l'enchaînement des faits, des micro-événements. Soudain, elle lâche : « Si vous voulez, si cela vous fait plaisir, moi, je m'en fiche, je ne prends plus de gants, j'ai vieilli. Je suis d'ailleurs pour que les choses se fassent ». Elle évoque alors les hommes, amoureux d'elle, inévitablement, quand ils avaient quatorze ans : « Je leur rappelle leur jeunesse, des bons souvenirs. Au fond », ajoute-t-elle joliment, « je suis sur les super 8 de leur adolescence. »

Le cinéma est un grand pourvoyeur d'amours virtuelles et inoffensives. Amours que le hasard d'une rencontre permet parfois d'exprimer : « Mais c'est sans suite », assure-t-elle. *Diabolo menthe* serait donc un souvenir agréable, qu'elle ne veut ni gênant ni encombrant. D'ailleurs, ses quatre maris, lorsqu'ils l'ont rencontrée, ne l'avaient pas vue au cinéma. Ils ne sont donc pas tombés amoureux d'une image ou d'un personnage : « Le film passe parfois à la télé, mais je ne sais pas enregistrer sur un magnétoscope. Je ne peux donc pas le leur montrer. » Comme si elle n'y tenait pas. Comme si tout cela ne la concernait plus. « C'était moi, mais ce n'est plus moi. » Eléonore Klarwein semble froide, indifférente à *Diabolo menthe*, rétive à toute forme de nostalgie. Rendez-vous est pris tout de même, rue du Temple, à son bureau.

Ses yeux n'ont pas changé. « On me répète que j'ai de beaux yeux, mais on ne me parle jamais de mon regard », râle-t-elle gentiment. On lui dit aussi souvent qu'elle semble triste, que cela n'a pas l'air d'aller. « J'ai toujours eu cet air boudeur, renfrogné. Cela se voyait sur les photos. » Cela s'était vu sur la première photo reçue par Diane Kurys, la réalisatrice de *Diabolo menthe* : « Elle avait été prise par un copain de ma mère, qui était peintre. Qui l'a donnée ? Ma mère ou peut-être une de ses amies, l'agent Edith Cottrell. On le fait comme on prendrait un rendez-vous chez un dentiste, ça ne prend pas l'envergure d'une rencontre Sarko/Bruni. C'était un peu plus soigné qu'un Photomaton. » Elle me la montre. En effet. La chevelure dénouée, elle pose sur un balcon en fer forgé. Les yeux sont maquillés, le noir et blanc très travaillé : Eléonore en ange préraphaélite. A l'époque, elle veut faire du cinéma : « Mais j'avais dit ça un jour, comme on dit qu'on veut être pompier. » En fait, elle lorgne surtout vers des cours de piano que sa mère lui refuse. Mais comme beaucoup de filles de son époque, elle a un gros faible pour Jodie Foster. Vers 1976, la petite prostituée outrageusement maquillée de *Taxi Driver* fait des ravages parmi les jeunes filles. Le film de

Scorsese étant réservé aux adultes, c'est ailleurs qu'Eléonore la découvre : « Elle m'avait fascinée dans *Bugsy Malone* et *La Petite Fille au bout du chemin.* »

C'est aussi au bout d'un chemin que le cinéma fait irruption dans sa vie. Elle passe ses vacances chez son père, dans un petit village de l'île de Majorque. « J'étais en train de jouer, mon père m'appelle, il a reçu un coup de fil : une certaine Diane Kurys veut te voir. » A Paris, on est prêt à payer son billet d'avion. « Je venais d'arriver. Le tournage au lycée Jules Ferry était prévu en août, ce qui foutait en l'air la moitié de mes vacances. » On a connu des envies plus féroces de faire ses débuts au cinéma. Entre Majorque et le lycée Jules Ferry, il n'y a pas photo.

Mais à Paris, Diane Kurys en revient toujours à ce cliché d'Eléonore : « J'engageais les autres petites actrices, mais pour le rôle d'Anne, j'étais sûre que c'était elle », se rappelle la cinéaste. « La photo exprimait de la tristesse, de la douleur : je me suis dit que cette fille avait quelque chose. » Pour trouver la perle rare, on s'aide aussi des photos de la réalisatrice au même âge : « On avait des consignes, des profils », se souvient Alain Le Henry, futur scénariste de Régis Wargnier et de Jacques Audiard, qui sur *Diabolo menthe*, fut assistant et s'occupa du casting : « Longtemps, Eléonore n'a été qu'une photo épinglée sur un mur. » C'est elle ou c'est pas elle ? « On regardait les autres filles en les comparant à son image. » Plusieurs « Anne » sont envisagées, qui iront finalement grossir les rangs des élèves de la classe de *Diabolo menthe*. Tandis que Diane continue à rêver à Eléonore.

Mais la belle image est-elle capable d'articuler trois mots ? Et si la photo est bonne, que vaut l'original ? Quand elle arrive à Paris, Eléonore ignore toutes ces interrogations, ces espoirs, ces fantasmes. Statut de « vedette » oblige, elle n'a qu'une scène à lire. Elle n'articule pas très bien, mais qu'importe ! Quel souvenir garde-t-elle de cette lecture ? « Aucun. » Elle ne se rappelle que le visage de Kurys, « sa peau tirée, la figure d'une grande brûlée ». Mais elle veut retourner chez son père, le peintre Mati Klarwein, revoir son île et ses copines. « Je n'avais pas envie de passer mes vacances dans un lycée parisien. » On est à trois semaines du tournage et Diane Kurys insiste auprès de son père, puis de sa mère. Finalement, l'idée amuse Eléonore. Le cinéma, pourquoi pas ? Elle accepte et repart. On lui a fait jurer de ne pas trop bronzer. Elle a promis. La promesse ne résistera pas aux plages de Majorque, au grand désespoir de la maquilleuse, qui devra blanchir l'estivante.

Mais sous l'impulsion d'Edith Cottrell, sa photo continue à circuler dans les maisons de production. Et la voilà qui se retrouve sur le bureau d'Alain Delon en pleine préparation d'*Attention, les enfants regardent*. Le samouraï du cinéma français regarde aussi Eléonore. Elle est à nouveau contactée. Mais elle a dit oui à Kurys, elle a donné sa parole. « Autour de moi, on n'en revenait pas : t'es dingue de refuser Delon, de préférer une inconnue. » Eléonore, la jeune fille qui a dit non à Delon, avant même de débuter au cinéma…

Pendant ce temps, tout le monde demande à la réalisatrice : t'es certaine que c'est elle ? « J'en étais sûre. Elle était juive ashkénaze comme moi, mais ce qui m'a frappée, c'était ce K au début de son nom. » Kurys-Klarwein. Après l'image, la lettre. Ce sont aussi les premiers pas de réalisatrice de Diane Kurys, qui n'a pas oublié sa crise d'angoisse folle, la veille du début du tournage. Elle n'a jamais mis le nez derrière une caméra : Philippe Rousselot, futur directeur de la photo de Beineix, Blier, Tim Burton, Milos Forman, lui sera d'un grand secours. Mais qui va s'intéresser à cette « histoire de jeunes filles » ? Car c'est le titre du film inscrit sur le clap. Un très mauvais titre. *Diabolo menthe* ne sera trouvé qu'*in extremis*. Un coup de génie, né d'un brainstorming matinal, avec son compagnon d'alors, Alexandre Arcady. Un ami, journaliste à l'époque à *Libération*, se souvient du passage à la rédaction d'une jeune cinéaste qui cherchait le titre de son premier film…

La débutante ne sait donc pas trop où elle va. Il va falloir recréer le Paris de sa jeunesse, de Johnny, mais aussi des premiers combats pré-soixante-huitards. Et puis Kurys est une femme, et les réalisatrices à l'époque, à part Varda… En prime, elle va devoir faire confiance à une jeune fille inconnue et renfrognée. On devine ses premiers regards sur Eléonore, son pari. A toi de jouer, à toi d'être moi. Mais Kurys a un atout dans son jeu. Elle tourne dans son ancien lycée, elle est donc en terrain connu. Elle a obtenu de Madame le censeur l'autorisation de revenir sur les lieux du crime : « J'étais très mal à l'aise. Le lycée n'avait pas vraiment changé, une prison. J'avais vingt-huit ans, mais je faisais encore très jeune. On m'a interpellée comme si j'étais une lycéenne. » Le scénario qu'elle donne à lire a été sagement allégé ; deux ou trois scènes ridiculisaient les profs sadiques.

Mais *Diabolo menthe*, ce n'est pas seulement Eléonore. Sur l'affiche verte acidulée, elles sont trois à poser ; Eléonore n'est même pas au centre. Devant les marronniers de la cour de l'école, il y a aussi Anne Guillard et Valérie Stano. La première joue Sylvie, la raconteuse de bobards sur le sexe des garçons – près de deux mètres – et la « traite des blanches ». « Un souvenir de colo », précise Diane Kurys, « une fille qui inventait n'importe quoi. »

Je pars à la recherche d'Anne Guillard. *Diabolo menthe* est une photo de classe. Un instantané d'une génération d'écolières mal dans leur peau. J'ai envie de comparer, de reconstituer le groupe. Mais j'apprends qu'Anne Guillard vient juste de mourir à quarante-cinq ans. *Diabolo menthe* a perdu sa première collégienne.

Grâce à Diane Kurys, je réussis à joindre Stano. On se retrouve dans un café où je commande deux diabolos menthe. Pour moi, c'est une habitude. Pour elle, c'est la première fois depuis 1977[1]. Son arrivée sur le film n'a rien à voir avec la découverte d'Eléonore : « J'avais entendu une annonce à la radio. Ils cherchaient des figurantes. » N'ayant pas eu le temps de tout noter, elle téléphone à l'ORTF qui lui redonne le message exact. Elle file à la petite gare de

1. Eléonore m'avouera détester cette boisson. Odile Michel, qui joue la sœur aînée d'Eléonore Klarwein, n'a pas retouché non plus au diabolo menthe depuis le tournage.

Livry-Gargan pour faire des photos, qu'elle joint à une lettre, qui lui vaut une convocation. « C'était dans une salle de classe, nous étions près de deux cents filles. On nous avait demandé de venir en blouse et d'apprendre une fable de La Fontaine. » Puis elle a un entretien avec Diane Kurys qui l'interroge sur sa vie à l'école. « A la fin, je l'ai vue écrire le prénom de Martine, la fille insolente qui monte sur les tables. J'ai compris que c'était bon, j'avais décroché un peu plus qu'une figuration. »

Valérie et Eléonore ne se sont pas revues depuis *Diabolo menthe*. Sur le tournage, elles s'étaient amusées comme des petites folles. « On passait notre temps à se balader dans les couloirs du lycée », se souvient Eléonore. « Il fallait toujours nous chercher. On n'était jamais à l'heure. » Chargé de cornaquer les jeunes filles, Alain Le Henry confirme cette solitude du coacheur de fond. « Mais Eléonore était sérieuse, elle a fini par comprendre qu'elle avait besoin de conseils, il fallait juste lui mettre la main dessus. » Le lycée est désert, à leur entière disposition. Entre deux claps, quelques jeunes filles en fleurs refont les 400 coups. Valérie Stano se souvient de ces jeux avec plus de précision qu'Eléonore : « On planquait les craies, on vidait les tiroirs. » Elles couvrent aussi les tableaux de messages à l'intention des classes, en imaginant leur retour en septembre : « On écrivait : “Bonne rentrée”, ou bien “Elles sont passées par là”. » Valérie garde en mémoire une Eléonore rigolote, mais réservée. « Je pouvais rester des heures dans ma chambre sans rien faire, à rêver, à écouter des disques », confirme Eléonore. « J'étais dans ma bulle. »

Pour elle, jouer signifie d'ailleurs « crever la bulle ». « Mon père était un artiste assez connu, ami d'Andy Warhol, de Salvador Dalí. Quand j'allais le voir à New York, j'étais toujours Mati's daughter. » Faire du cinéma devient un moyen d'exister, de se faire un prénom. « Elle était d'une famille bohème, déjantée, elle était bien plus marginale que toutes les autres filles du tournage », précise Kurys. A l'époque, le père d'Eléonore, l'été, lui fait découvrir les pays les plus insolites. Elle habite sur un houseboat en Inde. Elle le suit pour un pèlerinage au Népal dans la grotte de Shiva où l'on vénère un cône de glace en forme de phallus : « On avait marché quatre jours à dos de mulet, des gens étaient tombés dans les ravins. » Tourner un film, en comparaison, pourrait sembler fade. « Ce n'était pas une supériorité qu'elle se donnait, mais une maturité qu'elle avait », résume Kurys.

La réalisatrice a le souvenir d'un tournage sans drame ni crise. Pour elle, Eléonore avait tout compris du rôle : « Elle ne me posait aucune question. » La jeune fille est plus bavarde avec Alain Le Henry qui, sur le plateau, joue aussi le rôle du grand frère : « Elle était assez curieuse, elle m'interrogeait sur ma vie, me demandait avec qui j'avais rendez-vous, qui j'avais embrassé sur le tournage. Elle, de son côté, restait très secrète. » Le Henry se souvient aussi qu'elle a pris de l'assurance au fil du tournage, finissant même par comprendre qu'elle était la star du film. « Elle jouait juste, très rarement à côté », précise

Kurys. Elle va même jusqu'à avouer : « Je la trouvais extraordinaire, je l'ai vampirisée, égoïstement. » Vampirisme d'autant plus évident que Kurys, qui se replonge dans son adolescence, se sent encore gamine : « Eléonore était mon alter ego, ma petite sœur. » La jeune fille a quelques points communs avec son personnage : elle aussi est une enfant de divorcés. Autre ressemblance plus intime : « Comme Anne dans le film », se souvient Eléonore, « je n'avais pas mes règles. Je croyais que j'allais passer à travers, je ne les ai eues qu'à seize ans. » A l'époque, elle se dit « encore un bébé ».

Un autre acteur partage cette impression : Michel Puterflam, qui joue son père divorcé. Il était d'ailleurs persuadé qu'elle n'avait que douze ans. Agé de soixante-dix-huit ans, l'acteur qui, en 1977, affichait une étonnante ressemblance avec Michel Houellebecq, vit seul aujourd'hui dans une maison du Gers. Il ne partage qu'une scène avec Eléonore et Odile Michel, qui joue Frédérique, la sœur aînée : « Pour les faire rire, je leur raconte une histoire, qu'elles trouvent lamentable. » Puterflam se souvient encore de cette histoire « pas drôle », qu'il me récite en riant. Il avait rencontré Diane Kurys lors d'une tournée théâtrale de *L'Avare* dans les universités américaines. « Avec Eléonore et Odile, nous sommes allés en train à la mer et à la montagne pour prendre les photos des vacances que l'on voit à la fin du film. J'avais plus de conversation avec Odile, mais elle avait quatre ans de plus. » Puterflam est d'ailleurs resté en contact avec Odile, devenue metteur en scène. Il a joué pour elle en 2002 à Avignon dans une pièce de Vaclav Havel. C'est lui qui me met sur la piste d'Odile Michel, jusque-là impossible à retrouver.

Sur le tournage, une coupure assez nette existait entre la bande des quatrièmes, Eléonore Klarwein, Anne Guillard, Valérie Stano, et le groupe des secondes, qui réunit Odile Michel et ses copines Coralie Clément et Marie-Véronique Maurin, la sœur de Patrick Dewaere. D'Odile Michel, née curieusement le même jour qu'elle, le 31 août, Eléonore dit garder surtout des souvenirs de tournage : « J'ai détesté quand on prend un bain ensemble : elle m'apprend qu'elle n'est plus amoureuse et je pleure : elle se moque de moi en mettant son pied dans ma bouche, c'était horrible. » Elle préfère la scène où elles se battent comme des chiffonniers : « Je me suis pris de bonnes beignes. »

C'est aussi une des scènes préférées d'Odile Michel, qui n'a pas revu Eléonore depuis 1977, mais qui lui a gardé une place dans son cœur. « Nono », répète-t-elle, « c'était son surnom. » Elle ne se souvient pas pourquoi. « Peut-être parce que c'était une enfant. J'avais envie de la protéger. Nono, c'est ma sœur, ma frangine. » Odile est déjà presque adulte, volontaire, active, Eléonore est encore une gamine. Encore floue à cet âge, la frontière entre réalité et fiction va vite s'estomper : « En jouant, on est devenues sœurs. » Après le tournage, Odile ira d'ailleurs habiter un temps chez Eléonore et sa mère, Sophie Bollack, rue de Rennes : « On dormait sur des lits superposés. On se parlait dans le noir, avant de s'endormir, comme dans le film. »

Mais la scène qui a le plus marqué Odile, c'est la séquence finale sur des planches de théâtre où elle joue *L'Ecole des femmes* devant les parents d'élèves : comme la préfiguration de sa vie future consacrée depuis trente ans aux planches et à la mise en scène. Quand je la rencontre, elle prépare, au théâtre de la Vieille Grille, près de la place Monge, un spectacle dédié à la poétesse juive allemande Else Lasker-Schüler, amie de Georg Trakl. Elle a joué à Prague en 1989 durant la Révolution de velours, à Sarajevo en 1994. Passionnée et combative, Odile Michel, à quarante-neuf ans, est de ces femmes que les luttes n'ont pas fatiguées. « J'ai commencé le théâtre à treize ans, puis à quinze ans, j'ai suivi les cours au théâtre de l'Atelier. » Quand Odile se présente pour *Diabolo menthe*, elle a dix-sept ans et ne vit plus chez ses parents à La Celle-Saint-Cloud. « Je lisais au lieu de dormir, j'étais un oiseau de nuit. »

Au printemps 1977, elle débarque sur le casting d'*Un moment d'égarement*, de Claude Berri. L'essai se passe mal. En sortant, une agente, Mamade, lui conseille de pousser une autre porte, un peu plus loin dans le même couloir : elle voit Diane Kurys une première fois. « C'était une femme. Cela s'est mieux passé », résume-t-elle sobrement. Mais elle repart sans laisser d'adresse. Kurys aura du mal à la retrouver : « Ce sont mes copains au théâtre de l'Atelier qui ont insisté pour que j'y retourne. » A l'époque, Odile joue Gogol, Artaud… Durant le tournage, Odile[1] sera hébergée sur les lieux mêmes, au lycée Jules Ferry. « Entre les prises, je remontais dans ma chambre, je lisais du théâtre, je faisais du piano, je faisais aussi les 400 coups. Je me souviens qu'on tirait au revolver dans les souterrains du lycée. » Un soir, Odile fait une fugue. Elle prend le train pour Nice où Jodie Foster, aux studios de la Victorine, tourne *Moi, fleur bleue*, d'Eric Le Hung : « Je connaissais Le Hung, je me suis amusée avec Jodie qui était très nature. Puis je suis arrivée à Paris juste à l'heure pour le tournage. »

Odile avoue être entrée sur la pointe des pieds dans l'univers de Diane Kurys : « C'était son histoire. » Mais pour la scène où elle se fait traiter de sale Juive, elle, la non-Juive, s'est sentie concernée. Même impression avec le récit du massacre du métro Charonne : « Avec tout le respect que je dois à Diane, l'ado rebelle que j'étais trouvait le film "gentil". Mais ces deux scènes, plus violentes, je les ai prises avec moi et je les ai emportées dans mes bagages d'adolescente. » « Odile était une fille solide et fragile à la fois », se souvient la comédienne Anouk Ferjac, qui jouait la mère des deux jeunes filles, mais qui garde surtout le souvenir d'Odile : « Eléonore

1. Elle se dit persuadée – et un peu coupable – d'avoir pris le rôle à Valérie Valère (1961-1982), une jeune fille anorexique qui deviendra célèbre en publiant *Le Pavillon des enfants fous*, avant de mourir à l'âge de vingt et un ans. Elle rédigea justement cet ouvrage durant l'été 1977 où fut tourné *Diabolo menthe*. Ni Diane Kurys ni Alain Le Henry n'ont souvenir que Valérie Valère soit passée sur le casting, mais Mamade, la directrice de casting, se rappelle que le nom de Valérie Valère avait été évoqué.

était charmante, mais un peu lointaine, dans son monde. » Odile, plus âgée, semble avoir davantage marqué les esprits. Sur le film, elle noue des liens durables avec sa « mère », Anouk Ferjac, avec qui elle eut dans les années 90 un projet de lecture. Odile avoue : « Anouk, c'est un regard que je conserve dans ma mémoire. C'est aussi cette tendresse quand je pleure dans ses bras, après qu'elle a déchiré les lettres de mon fiancé. » Une scène douloureuse pour Anouk Ferjac qui, dans sa jeunesse, a vécu les mêmes tourments avec sa propre mère : « Une mère juive », ajoute la comédienne aux cent films, qui précise : « mais à l'époque, on n'en a pas parlé avec Diane Kurys qui ignorait que j'avais eu, comme elle, une mère juive. »

Quand j'interroge Eléonore sur Anouk Ferjac, je n'obtiens aucune confidence. De manière générale, le tournage semble l'avoir moins marquée qu'Odile. Questionnée sur chaque scène, Eléonore réagit faiblement. Ah si, elle détestait porter la blouse. Puis un souvenir ressurgit : le cours de dessin où on lui demande de dessiner un Bambi très moche : « J'avais honte, j'étais très bonne en dessin », lâche cette fille de peintres. Elle retient surtout la représentation finale des *Femmes savantes*, pour un travelling sur le public : « On avait demandé aux parents, aux amis, de venir. Il y a là le père de ma meilleure amie, Nathalie Becker, aujourd'hui décédé. Ce sont des images qui restent. » Eléonore me parle longuement de Nathalie, rencontrée en classe le premier jour de maternelle, place des Vosges, alors qu'elle se traînait par terre en hurlant. « J'ai quatre enfants, mais j'ai un haut-le-cœur dès que je mets les pieds dans une école. » Ironie du sort : c'est dans un collège, avec une blouse, qu'elle est devenue célèbre.

Mais avant, il faudra en passer par l'avant-première du film, au cinéma Wepler de la place Clichy : « J'étais sous mon siège, on ne voyait que mes dents. » Réaction normale d'une ado, qui se voit livrée en pâture. Mais l'avant-première est un triomphe, même si le seul nom connu au générique est celui d'Yves Simon. Il avait commencé par proposer à Kurys une chanson qui se trouvait sur son deuxième album. Mais la réalisatrice insiste pour une composition originale. Yves Simon sèche, puis un jour, il reçoit une déclaration d'amour, rédigée sur une feuille de petit cahier. Elle est signée Corinne Dacla, la fille du patron de RCA, sa maison de disques. Yves Simon présente ensuite Corinne à Diane Kurys : c'est elle qui, dans le film, fait le récit très émouvant du massacre du métro Charonne. « Un moment, avant qu'on ne voie Eléonore », se souvient Alain Le Henry, « il avait été question de Corinne pour jouer le rôle d'Anne. » « Elle avait une présence incroyable », ajoute Odile Michel, « c'était une fille qui vous marquait. » Corinne Dacla est devenue actrice : elle a tenu un des rôles principaux dans le premier film d'Olivier Assayas, *Désordre*, puis a incarné Marie Vandamme à la télévision, avant de traverser certaines séries comme *La Kiné* ou *Julie Lescaut*. Mais elle refuse de répondre à mes demandes répétées d'entretien. Comme si après trente ans, elle ressentait une forme d'injustice à ne pas avoir été choisie. Car au fond, c'était un peu elle, la petite Anne.

Si la chanson sur ses tourments acidulés contribue au succès du film, Yves Simon est vite occulté. Sa chanson est d'abord éditée avec sa photo sur la pochette, mais lorsqu'elle ressort, quelques mois après, le chanteur a été relégué sur la face B, remplacé par l'affiche : le film est devenu la vraie vedette. Il est sorti le 14 décembre 1977. Persuadée que personne n'ira voir le premier film de sa fille, la maman de Diane Kurys, en bonne mère juive, a acheté quatorze places, pour assurer un minimum d'entrées. Mais le mercredi de la sortie, le film reçoit le prix Louis-Delluc remis par les critiques, dont Kurys ignorait jusqu'à l'existence. Et dès le samedi, les spectateurs défoncent l'entrée du cinéma le Colisée, où le film passe en exclusivité.

Très vite, Eléonore enchaîne les émissions : Guy Lux, « Numéro 1 » avec Serge Lama, où on la fait chanter en duo : « Pas la meilleure idée », reconnaît-elle. Un doux euphémisme. Un chien à ses pieds, elle chante ensuite en solo : *Je ne suis plus une gamine*. Tout un programme… Un artiste inspiré s'est laissé aller à d'étonnants élans lyriques : « mon cœur a l'oreille fine/pour entendre venir l'amour/sur le cheval du temps qui court ». Pas gâtée, la pauvre Eléonore, qu'on envoie au casse-pipe. La suite est à l'avenant. Elle vient rejoindre, sur un magnifique canapé de skaï blanc, Serge Lama, qui l'invite *Chez moi* en faisant de grands gestes sous son nez. La télévision, dit-on, n'a pas de mémoire ; mais le site de l'INA a conservé ce grand moment. De victime expiatoire, Eléonore devient faire-valoir. Elle a du mal à regarder le beau Lama qui continue à brailler sans faiblir.

La gloire se décline aussi à l'aune d'*OK ! Magazine* et de toutes les revues d'ados qui font leur couverture sur elle. On ausculte ses désirs. On se penche sur sa vie. Un jour, la voilà même, dans un journal, entre Jane Birkin et Isabelle Adjani. Sa carrière est lancée…

En un an, elle va enchaîner trois autres films : aux vacances de février 1978, elle a un petit rôle dans *Vas-y Maman*, avec Annie Girardot, qui la redemande à Pâques, pour *La Clé sur la porte*, d'Yves Boisset, l'adaptation du best-seller de Marie Cardinal. Elle y joue cette fois une ado rebelle, qui se retrouve dans la classe de sa mère prof, qu'elle ne cesse de provoquer. Dix mois ont passé depuis *Diabolo menthe* et le film d'Yves Boisset la montre déjà moins aimable, plus en révolte qu'en crise : celle qui rafle d'ailleurs la mise, c'est l'amour de petite fille blonde qui joue sa sœur cadette. Et puis, Annie Girardot et Patrick Dewaere occupent l'espace, Eléonore n'étant plus là qu'à l'arrière-plan. Dans *Diabolo menthe*, elle avait tout juste ses règles ; dans *La Clé sur la porte*, elle demande la pilule à l'urgentiste Dewaere qui refuse et qu'elle traite de connard. De la grâce, elle est passée à l'âge ingrat.

Même si elle s'entend bien avec Annie Girardot, Eléonore garde un souvenir assez dur de ce tournage où elle n'avait pas encore quinze ans. « J'étais tombée amoureuse de l'élève qui ne cesse d'agresser ma mère dans le film. Il est mort plus tard assez vite. » Elle évoque un univers de drogue, d'alcool, qui n'est pas le sien, mais qui était déjà celui de son amoureux : « Il est allé en prison juste après », m'apprend Yves Boisset, qui garde au contraire un souvenir plutôt joyeux de ce tournage : « Dewaere était bien dans sa vie, ce qui était assez rare. Annie Girardot était très protectrice, à l'écoute d'Eléonore. » La mère d'Eléonore passe parfois, haute en couleur, décrite par tous comme une femme singulière, très indépendante. Eléonore donnait-elle l'impression de vouloir devenir actrice ? « Je ne la sentais pas forcément intéressée. Je n'avais pas l'impression qu'elle en ferait son métier », conclut Boisset.

Mais à l'été 78, elle accepte encore l'inénarrable chef-d'œuvre de Marcel Dassault, *Le Temps des vacances*. « J'avais fait pour un roman-photo la couverture d'un de ses magazines. » Eléonore et son agent ont quelque hésitation à jouer dans le premier film écrit par l'avionneur milliardaire, qui sur ses vieux jours, se prend pour Orson Welles. L'homme a quatre-vingt-trois ans, la jeune fille pas encore quinze. On est à la fin des années 70 : après *A nous les petites Anglaises*, la mode est aux jeunes filles en tenue légère, à la David Hamilton, mais elle dira non ensuite à cette veine-là.

Au même moment, Odile Michel dit oui à tout ou presque tout. En 1978, elle accepte de tourner dans *Brigade mondaine*. Rôle très déshabillé, qui lui vaudra, en juillet 78, de faire la une de *Lui* et qu'elle analyse aujourd'hui comme « une scarification d'adolescente, une pulsion autodestructrice ». Dans les locaux du journal de Filipacchi, elle rencontre Daniel Balavoine qui lui conseille de faire attention à elle. Mais elle conserve un droit de regard. Après avoir tourné *Vénus*, avec les Cocogirls, elle finit par s'opposer à la sortie du film. Au-delà, ces choix lui permettent de faire tourner la compagnie théâtrale qu'elle a fondée à dix-neuf ans. D'un côté, *Brigade mondaine*, de l'autre, le théâtre expérimental : ce grand écart lui permet de ne pas être étiquetée et de se retrouver face à Isabelle Huppert dans l'adaptation de Henry James, *Les Ailes de la colombe*. Elle passe aussi les essais de *L'Eté meurtrier*, pour le rôle obtenu finalement par Adjani. Puis elle se consacre entièrement au théâtre.

Eléonore, dans le même temps, subit aussi la concurrence d'Anne Parillaud, lancée début 78 par *L'Hôtel de la plage*. Les deux jeunes filles se ressemblent : « Anne aussi était timide, mais elle était capable, comme tout acteur, de surmonter cette timidité, d'aller plus loin, de s'extravertir », analyse Diane Kurys, qui lâche, au détour d'une phrase : « Je ne me suis jamais demandé si Eléonore allait devenir actrice. » Autrement dit, elle n'y a jamais cru.

Eléonore a préféré rester dans sa bulle : « Jouer, c'est vouloir prouver qu'on peut sortir de soi, exorciser. Mais on ne se sent bien que parce qu'on n'est pas soi-même. Je n'avais rien à prouver à personne et puis, je n'avais aucune envie de dire ce que je ressentais. » Voilà en quelques lignes l'exposé de ce qu'Eléonore appelle la « philosophie Klarwein », héritée de son père : « Foutez-nous la paix, on vous foutra la paix. » Elle avoue encore aujourd'hui une certaine froideur, qui frise l'impassibilité : à l'époque déjà, elle n'aimait pas laisser transparaître ses émotions. « J'avais un côté sois belle et tais-toi. » Si à quinze ans, elle profite des bons côtés de la célébrité – entrer sans faire la queue dans les boîtes, ne pas payer les consommations –, elle en supporte mal les contraintes : « J'entendais chuchoter quand je passais dans la rue. Je me baladais avec des lunettes de soleil, mais avec mes dents, on me reconnaissait. Il ne fallait surtout pas que je sourie… » Une amie se souvient qu'avec quelques copines, elle allait faire la sortie du lycée Sophie Germain pour tenter d'apercevoir Eléonore Klarwein.

Toujours difficile de savoir pourquoi quelqu'un arrête une carrière. Eléonore répète que le cinéma ne l'intéressait pas. Ce n'est pas le film de Dassault qui allait la faire changer d'avis. Vers seize ans, elle vit aussi cette crise d'adolescence qu'elle a interprétée au cinéma, mais qui lui tombe dessus plus tard, pour de bon. Très vite, elle s'installe dans son propre studio, rue du Pas-de-la-Mule, qu'elle prêtera à Frédéric Andréi, le futur postier de *Diva*, qui jouait son amoureux dans *La Clé sur la porte*. Eléonore a laissé le souvenir d'une fille généreuse, que les films ont enrichie, mais qui partage cette richesse. Le cinéma a accéléré une indépendance dont elle profitait déjà : « Pendant des années, j'ai déjeuné seule dans un petit bistrot auvergnat, tenu par Suzon et Marinette, Chez com'elle, rue Aubriot. J'avais mon casier avec mon rond de serviette et mon nom, je dressais les tables, la carte changeait chaque jour, je pouvais choisir. Quand le bistrot a fermé, j'ai pleuré. »

Après sa seconde AB3 au lycée Sophie Germain, elle arrête ses études. En aurait-il été autrement si elle n'avait pas fait du cinéma ? Peut-être. On est en 1979, elle a seize ans et elle prend dix-huit centimètres d'un coup. Avec *Diabolo menthe*, le cinéma a immortalisé une ado souffreteuse, un de ces petits oiseaux qu'on avait envie de prendre sous son aile. La voilà devenue asperge. Pour Eléonore, la cause semble entendue. Si elle arrête à seize ans, c'est la faute à la croissance : pousser fatigue ; elle prend une année sabbatique. Le rythme en est régulier : levée à 4 heures de l'après-midi, elle émerge vers 18 heures, se maquille, commande des pizzas à 21 heures, puis sort en bande… Le résultat ne se fait pas attendre. « A dix-sept ans, je me retrouve dans un dîner avec des fils de bonne famille. Je ne comprenais rien à ce qu'ils disaient. Ma pauvre fille, je me suis dit, tu as le cerveau troué par les whisky-coca. » Comme à l'époque, elle a le regard assez hagard, tout le monde est persuadé qu'elle se drogue. Sans rien lui dire, son père l'inscrit au cours privé Henri Bergson. Eléonore se reconstruit, rentre dans les clous. Elle découvre la philo et pousse jusqu'au bac : « Je ne l'ai pas eu. Il ne faut tout de même pas exagérer. »

Aujourd'hui, elle nie avoir connu une traversée du désert. Du dernier film, tourné à l'été 78, aux premières photos, il s'est pourtant écoulé près de quatre ans. Un jour de 1982, un homme en effet l'interpelle dans la rue. Il patrouille dans une Rolls Royce rose, il s'appelle Claude Haddad et il est le grand manitou de l'agence Mademoiselle : « Voulez-vous être mannequin ? » Elle le sera. La voilà à dix neuf ans repérée pour la seconde fois. Certains, dans leur vie, ne sont jamais remarqués. Elle l'a été deux fois et s'estime heureuse. *Biba*. Couverture, début 1983, de *Marie-Claire*. Mannequin couture chez Chanel. Modèle pendant un an chez Yves Saint Laurent. En 1982, le cinéma est fini, mais la vie propose au bout de chou de *Diabolo menthe* de revenir en grande liane glamour. Retour muet, sur papier glacé.

Avec le cinéma, elle a peu à peu rompu les ponts. Un vague désir un jour formulé, concrétisé au-delà des espérances les plus folles et puis la piste aux étoiles débouche sur une impasse. « Si quelque chose ne va pas dans ma vie, je change, je ne subis pas. J'ai un peu continué pour l'argent, mais je me suis rendu compte que je n'étais pas faite pour le cinéma. » Trop introvertie ? Envie d'avoir la paix ? Eléonore acquiesce. Mais peut-on savoir à quinze ans ? *Diabolo menthe* est peut-être arrivé trop tôt. A l'inverse, pour Odile Michel, qui a déjà dix-huit ans, le film semble avoir été fondateur : « J'étais feu follet, pas très gérable, mais en observant Diane, sa rigueur, son efficacité, j'ai appris à me cadrer, à arriver à l'heure. » Elle va même plus loin : « J'ai l'impression que sur *Diabolo menthe*, j'ai découvert ce que je voulais faire plus tard. Diane était un sacré bout de femme, qui donnait envie. J'ai emmagasiné inconsciemment. Quand, au théâtre, je suis exigeante avec mes acteurs, je crois que cela vient d'elle. »

Mais revenons à Eléonore. Inutile de refaire l'histoire. La demoiselle a grandi et intéresse les magazines de mode. Eléonore n'y livre plus qu'une apparence muette. La photo est pratique, on peut rester dans son coin, prêter son image sans se compromettre, sans avoir à se fouiller. Eléonore s'en est accommodée.

Pour Diane Kurys, « rien n'est vraiment né de ce film pour Eléonore ». Alors que pour la cinéaste, comme pour Odile Michel, tout, au contraire, est né de *Diabolo menthe*, de ces trente pages de roman, qu'un jour de 1976, Alexandre Arcady lui a conseillé de transformer en scénario, alors qu'elle n'était qu'une petite comédienne qui s'ennuyait. Klarwein a perdu de vue Kurys, qui est restée en contact avec certaines jeunes filles du film. Martine, alias Valérie Stano, n'est pas devenue actrice : « Mes parents ont filtré les propositions », dit-elle avec un certain regret. Mais elle a renoué avec Kurys en 1992, à l'occasion d'un « Bouillon de culture ». Après l'émission, l'ex-turbulente Martine, assise dans le public, vient se présenter à la cinéaste qui ne la reconnaît pas. Lorsque celle-ci préparera *Les Enfants du siècle*, Stano fera des recherches sur George Sand et Musset et deviendra l'assistante personnelle de Kurys. Aujourd'hui responsable des éditions juridiques en ligne, Dalloz.fr, elle se souvient que son rôle dans *Diabolo menthe* lui a parfois valu des ennuis : « Les gens ne faisaient pas la différence : on m'a prise pour une insolente qui montait sur les tables, j'ai souvent dû faire profil bas. » Elle évoque aussi une frustration : jouer dans un film donne envie d'être plus grand : « On se projette dans une vie d'adulte. » Mais à la fin du tournage, il faut retourner à sa vie d'adolescente.

Là-dessus, Diane Kurys ne se sent pas coupable. « C'est toujours la même histoire. On est lâche. On se lâche, déjà parti vers un autre film. On ne sait pas ce qu'on peut apporter d'autre. » Diane a écrit à Eléonore, lorsque son père, le peintre Mati Klarwein, est mort. « Un jour », déclare Eléonore, « j'ai laissé un message à Diane, mais elle ne m'a pas rappelée. » Diane n'en a aucun souvenir. Mais on ne va pas faire les comptes : Eléonore l'admet, elle n'a revu personne, elle est restée, encore une fois, dans sa bulle. « C'est moi, l'enfant sauvage », dit-elle en riant. Elles se sont pourtant revues à l'été 2008, à l'occasion de la sortie du DVD de *Diabolo menthe*. Difficile pour Kurys de parler de ces retrouvailles. Un entretien avec Eléonore avait été enregistré. Au bout du compte, elle demandera que l'interview ne figure pas. Quelque chose n'a peut-être pas été réglé. Ou bien, c'est encore cette philosophie Klarwein : fichez-moi la paix. D'ailleurs, Eléonore déteste le diabolo menthe, on lui en a collé dans tous les shootings, servi dans tous les bars. Elle ne supporte plus tout ce qui est à la menthe : glace, chewing-gum, dessert, boissons…

Depuis de longues années, Eléonore s'occupe de jeunes mannequins qu'elle soutient et aide à percer. Le jour où elle a arrêté de poser, en 1991, son ancien patron lui a demandé de l'aider à ouvrir une nouvelle agence, alors qu'elle avait l'intention de lancer un magasin de chaussures. Paradoxe d'une femme devenue bookeuse qui avoue, « dans ce métier, on n'apprend rien ou presque », mais qui forme et guide de jeunes personnes dans un milieu réputé difficile. Choix qui n'est sans doute pas anodin. Manière peut-être de donner ce qu'elle n'a pas reçu à ses débuts.

Pourtant, Eléonore n'a pas complètement abandonné le cinéma. Elle en fait parfois avec des copains, comme cette parodie de film policier signée André Baston, qu'on peut visionner sur YouTube. Elle y joue le rôle de la meurtrière qui avoue tout de go sa culpabilité à un policier qui ne l'écoute pas. Sa voix n'a presque pas changé : innocente, indolente, traînante. La voix de *Diabolo menthe*.

La Vie devant soi :
Samy Ben-Youb

Samy Ben-Youb. C'est le nom du petit Arabe de Belleville qui prend soin de Madame Rosa, la vieille prostituée juive rescapée des camps. Un rôle qui avait valu à Simone Signoret son seul César. A la sortie du film, tous les lauriers étaient revenus à l'actrice et pourtant, ce couple enfant-vieille dame inventé par Emile Ajar-Romain Gary est aussi resté dans les mémoires. Le petit garçon, quelque peu compassé, avait certes du mal avec la verve gouailleuse de l'écrivain, mais on ne peut oublier la scène finale où il veille, avec le chandelier, le corps de Simone Signoret qui s'est réfugiée dans la cave pour y mourir.

Je n'ai pas retrouvé Samy Ben-Youb. Un seul abonné correspondait à ce nom dans les Pages blanches. Je suis tombé sur un homme qui ne se souvenait plus s'il avait tourné avec Simone Signoret dans *La Vie devant soi*. Le dialogue de sourds dura cinq minutes, avant qu'il ne m'avoue qu'il ne savait même pas qui était Signoret et que de toute façon, il n'était qu'un ami de Samy Ben-Youb qu'il me passa. En pure perte.

Par contre, j'ai pu renouer le contact avec Moshe Mizrahi, le réalisateur de *La Vie devant soi*, qui vit aujourd'hui en Israël. Lors de notre conversation, j'ai compris que mes chances étaient faibles. Selon le cinéaste, Samy Ben-Youb, qui vivait à Vincennes avec sa mère d'origine française, était probablement retourné en Algérie. Il pouvait aussi avoir repris le patronyme de sa mère. Après cet entretien, j'ai tout de même appelé la mairie de Vincennes. Mais je n'avais pas la certitude qu'il fût né dans cette ville. En effet, aucun Samy Ben-Youb n'était inscrit sur le registre de l'état civil. Il ne figurait pas non plus sur les listes électorales, qui ne remontaient pas au-delà de l'année 2005. Pour me venir en aide, la mairie ne disposait que de ces deux seuls moyens. Si je voulais avancer, il me fallait donc sa date et son lieu de naissance, par conséquent son contrat. J'étais confronté au même problème qu'avec Mouchette. Raymond Danon, le producteur du film, me renvoya sur le CNC (Centre national de la cinématographie) qui, selon lui, devait en avoir une copie, comme le veut l'usage. Mais le service des registres m'expliqua qu'on ne déposait au CNC que des contrats d'intéressement : l'acteur devait avoir un droit sur le film, autrement dit un pourcentage sur les recettes, comme c'était en effet le cas pour Simone Signoret. Pour l'enfant, qui n'avait touché qu'un cachet, il n'en était évidemment pas question. La seule solution restait donc les archives de la maison de production, autrement dit, de Raymond Danon. Mais ce dernier n'avait visiblement pas envie que je fouille dans ses cartons qu'il avait transférés très loin, dans un endroit dont il n'avait pas le souvenir. Me prenait-il pour un expert-comptable fouineur ? Je ne voulais que la date et le lieu de naissance de Samy Ben-Youb.

De cet enfant, il ne reste donc que le témoignage du cinéaste qui l'a révélé.

Comment avez-vous procédé pour trouver ce garçon ?

Tous les enfants peuvent jouer, le problème, c'est de choisir le bon pour le film que vous tournez. Il faut avoir une certaine image de lui à l'écriture, l'enfant qu'on retient doit être fidèle à cette image. L'essentiel aussi, c'est de prendre en compte son intériorité. Il ne peut jouer que ce qu'il connaît, il faut donc l'observer sans qu'il s'en rende compte. Grâce à la permission du ministère de l'Education, j'ai visité des écoles où j'étais sûr de trouver des Arabes. Avec Dominique Besnehard, nous nous sommes présentés comme des inspecteurs chargés de vérifier l'état des radiateurs. Tout en tournant autour des appareils, on jetait des regards sur les gosses, on notait mentalement ceux qui nous intéressaient, à quelle place ils étaient assis. Puis on faisait part de notre récolte au directeur qui convoquait l'élève. L'enfant répondait à des questions sur sa vie, sa scolarité, pendant qu'on continuait à inspecter les radiateurs du bureau du directeur.

Qu'est-ce qui vous a intéressé chez Samy Ben-Youb ?

Je l'ai remarqué dans un collège à Vincennes, puis j'ai fait sa connaissance. J'ai vu que ce garçon de treize, quatorze ans, avait des problèmes d'identité, exactement comme le petit Arabe Momo, que Madame Rosa élève dans la religion juive. Le père algérien de Samy était parti, le garçon était à la recherche de ce père qu'il ne connaissait pas, il était en quête d'une identité musulmane.

Avait-il envie de jouer ?

Presque tous les gosses en ont envie. Chez certains, cette envie devient même insupportable, on verse dans le cabotinage. Samy était très renfermé. Il intériorisait tout. Mais je me suis très bien entendu avec lui. Je connaissais ce genre de gosse, j'avais déjà tourné en Israël deux films avec des ados, je m'étais occupé aussi de gamins difficiles. Simone Signoret, elle, a été beaucoup plus frustrée, elle n'a pas vraiment pu jouer avec lui. Car c'est avec moi qu'il répétait et je lui donnais la réplique. Il était très attaché à moi, il cherchait à me faire plaisir, à attirer mon attention.

Avez-vous pu vous identifier à son personnage ?

Pas vraiment. Claude Berri avait eu le même problème. C'est lui au début qui devait réaliser le film.

J'avais manifesté beaucoup d'intérêt pour le livre d'Emile Ajar dès sa sortie, mais devant son succès, mon agent, Marceline Lenoir, ne m'avait guère laissé d'espoir. Et c'est en effet à Berri qu'on l'avait proposé. Mais il m'a appelé pour qu'on travaille ensemble à l'adaptation. Il n'était pas très emballé, il ne l'a jamais été. Il a voulu rencontrer Emile Ajar dont on ignorait l'identité, je n'y étais pas favorable, pour une fois qu'on n'avait pas à s'embarrasser de l'auteur d'un livre. On s'est retrouvés face à Paul Pavlovitch, le neveu de Gary, qui nous a dit : j'ai écrit le livre, débrouillez-vous. Ensuite, Berri s'est séparé de moi, car on n'avait pas la même vision du film. A l'époque, son actrice principale devait être Elvire Popesco. Mais il ne croyait pas au film, il ne croyait pas non plus au gamin qu'il avait choisi. A trois semaines du tournage, il a tout arrêté. J'ai insisté pour qu'il me fasse rencontrer les producteurs qui avaient acheté les droits. Je pensais depuis longtemps à Signoret à qui d'ailleurs, un autre cinéaste, Costa-Gavras, qui avait lu le livre d'Ajar sur épreuves, avait proposé le rôle. Elle avait refusé. Mais après lui avoir montré mes films israéliens, j'ai fini par la convaincre.

Samy, après le tournage, a-t-il voulu devenir acteur ?

Il ne le savait pas lui-même. Il était vraiment troublé. Les médias lui ont fait la fête, on lui a fait rencontrer Delon… J'ai été très franc avec lui : tu es jeune, peut-être que tu as du talent, mais pour l'instant, tu dois te méfier, cela passe très vite. J'ai essayé de le protéger financièrement. En même temps, je me sens un peu coupable. Je suis parti très vite aux Etats-Unis où *La Vie devant soi* a obtenu l'Oscar du meilleur film étranger. Je crois que j'avais prévu tout ce qui arriverait à Samy.

L'avez-vous revu ?

Une fois, trois ans plus tard. Je tournais *Et la vie continue* avec Annie Girardot, il l'a appris et il est arrivé sur le plateau. On est allés prendre un verre. Il étudiait la coiffure. Mais il ne donnait pas l'impression de regretter.

La Boum : Sheila O'Connor

Pénélope attend Ulysse et en attendant, elle tisse, incarnant la patience, l'espoir. Mais en 1980, un film pour ados, *La Boum*, vient bousculer le modèle d'Homère. Fini de faire tapisserie. Dans la mémoire collective, Pénélope devient la copine rigolote, délurée, qui découche en se changeant dans les toilettes de l'appartement familial pour aller danser au Nain Jaune. Vic et Pénélope : le tandem inséparable à l'écran… Vic et Pénélope : Sophie Marceau et Sheila O'Connor. Deux jeunes filles nées en 1966. La première à Gentilly, l'autre à Barbès. Sophie Mangu est devenue Sophie Marceau, Sheila O'Connor… a beaucoup de choses à nous dire qui vont bien au-delà du film estampillé à jamais du label bon enfant.

D'emblée, elle évoque des premières années difficiles. D'un père égyptien qui ne la reconnaît pas, elle passe à un Irlandais avec qui se remarie une mère anglaise et qui lui donne ce patronyme étonnant. O'Connor. Un nom de cinéma : dès l'âge de dix ans, elle sait qu'un Donald O'Connor dansait dans *Singing' in the Rain*. Son enfance est peuplée d'ombres inquiétantes auxquelles elle tente d'échapper en jouant, en devenant une autre. Là se trouve peut-être la lumière. De spectacles à l'école en impros dans la cour de récré, elle en vient à songer au cinéma. Non comme un quart d'heure de gloire rapide, facile, mais comme un travail, intéressant, intelligent. Une autre époque, d'avant la télé-réalité. Mais comment faire ? Comment forcer les portes du milieu ? Ces choses-là se font mieux à deux. Justement, Annette, sa meilleure copine, d'origine israélienne, partage le même rêve. La voilà sans doute la vraie Vic.

Elles consacrent à ce rêve leurs mercredis après-midi : chez Annette, car chez elle, à Barbès, on n'a pas le téléphone. Bottin en main, entre deux canulars, deux fausses réservations au restaurant, les aspirantes actrices appellent tout le monde, même les labos. C'est dire si elles savent comment marche ce monde-là. Bonjour, on a douze ans, on veut faire du cinéma. Un jour, une bonne âme veut bien les recevoir. On leur dresse un tableau d'ensemble, on leur parle d'une revue professionnelle, *Le Film français*, qui annonce les tournages en préparation. *Le Film français*… A lui seul, le nom les fait rêver. Où peut-on la trouver ? Au Drugstore Publicis, sur les Champs-Elysées. A nous deux, les Champs : elles regardent éblouies les affiches de cinémas, fauchent la revue, appellent à nouveau. *Les Joyeuses Colonies de vacances* : ce titre, qui fleure bon la jeunesse, attire leur attention. Ils doivent avoir besoin d'elles, forcément. Elles donnent un Photomaton, mais là, c'est le drame. Michel Gérard, le réalisateur, cherche une jeune fille pas encore formée, tout à fait Sheila ; pour

Annette, trop épanouie, ce désir du réalisateur marque la fin de l'aventure. Le cinéma est un monde cruel. Deux mois plus tard, on recontacte Sheila au bureau de sa mère – le seul numéro de téléphone qu'elle pouvait laisser – et on lui refait passer un essai concluant. En sortant, elle embrasse les gens dans la rue. « Chose qu'on pouvait faire à l'époque. »

Les vacances 79 s'annoncent joyeuses. Elles le seront. Collée aux techniciens, fascinée par ces petites fourmis, elle trouve sa place, pour la première fois de sa vie. La sauvageonne s'apaise, ravie par ces journées qui n'en finissent pas, ce miel qu'on leur sert le matin, ce château de Breteuil reconverti en plateau de tournage, tout ce plaisir quasi cannois qu'elle goûte en épicurienne. Le film, pas fameux, sort, mais on l'appelle à nouveau, pour un premier rôle cette fois, avec Philippe Léotard. *La Petite Sirène*, adaptation d'un roman écrit par Yves Dangerfield, gamin de dix-huit ans. Une sorte de *Beau-père* avant la lettre, où une jeune fille en fleur poursuit de ses assiduités un mécanicien bien plus âgé. A la fin de ces années 70, le cinéma français a des envies de vieux satyre : feu vert aux lolitas délurées. Sheila décroche le rôle, mais la psy de la DDASS met son veto : elle est fille de parents divorcés, ce film va achever de la déstabiliser. En bonne rebelle, Sheila la gifle, ce qui n'arrange rien. Vous changez le cours de ma vie, lui hurle-t-elle, sans deviner à quel point elle a vu juste.

Car Roger Andrieux, le réalisateur de *La Petite Sirène*, glisse son nom à la Gaumont qui a entamé son casting-marathon de *La Boum*. La Gaumont, connais pas. « Cela ne me parlait pas plus que le bar du coin. » D'ailleurs, ce tournage prévu pour les grandes vacances 80 ne l'arrange pas, voilà ce qu'elle dit d'emblée à Claude Pinoteau : elle doit aller en Israël avec son vrai père, alors s'il vous plaît, pour la réponse, dépêchez-vous. Gonflée. Comme toutes les jeunes filles auditionnées, elle répète le rôle de Vic. D'ailleurs Vic, jusqu'au bout, ce devait être elle. Jusqu'à l'arrivée de Sophie Marceau, en fin de parcours. Mais elle n'en fait pas une montagne. Elle a un beau second rôle, dans un film qui s'annonce comme une suite urbaine et parentale des *Joyeuses Colonies de vacances*. Evidemment : *La Boum* n'est pas encore *La Boum*. Et Sophie Marceau n'a pas encore tapé dans l'œil de Claude Pinoteau. Sur le tournage, il n'y en a que pour elle. Extase classique du réalisateur pour sa vedette à qui il passe tout comme à une fille préférée. Avec les autres, il serait plutôt impatient voire négligent. « Pour les photos avec les journalistes, tous les jeunes, hormis Vic, étaient éloignés. » Sheila se sent exclue, vilain petit canard. Sur *La Boum 1*, elle encaisse, sur *La Boum 2*, elle fait une extinction de voix de quinze jours. La jeune rebelle n'a pas encore de mots. Mais douze ans plus tard, réinvitée par Claude Pinoteau à faire une panouille dans *La Neige et le Feu*, elle en profite pour s'expliquer. Elle l'invite chez elle. Il écoute ses reproches, « nous étions des ados, nous étions fragiles », il ne répond pas, sinon sous la forme d'une lettre douce-amère qui la laisse sur sa faim. Quant à Sophie Marceau, sa grande copine à l'écran, elle parle d'une relation professionnelle. A quatorze ans, la jeune Sophie déjà se protège. On n'en saura pas plus.

La Boum sort. Voilà Sheila étiquetée drôle, fofolle, gouailleuse. Mensonges et vérités. Car elle se sent aussi pleine de failles, irrémédiablement seule et à des années-lumière de cet univers de comédie légère : elle danse seize heures par semaine – elle rêve de s'enfuir au Canada –, lit William Blake, découvre Elia Kazan, Werner Herzog. On est loin de Pinoteau. Elle écrit, mais qui le sait ?, de petites historiettes de science-fiction, tandis qu'elle s'en va tourner dans *On s'en fout, nous on s'aime*, où elle croise Ariel Besse, rescapée de *Beau-père* (voir chapitre suivant). Le réalisateur en est encore Michel Gérard. Par fidélité pour l'homme qui lui a mis le pied à l'étrier, elle a dit oui à ce nanar. Qu'est-ce que t'es allée faire ce film à la con ? Quand elle revient dans les castings, les directeurs ne prennent pas de gants. L'humilient. Sa réponse, « je me sentais redevable envers Michel Gérard », ils ne l'entendent pas. Ils ont beau être nouveaux dans le métier – la profession jusque-là assurée par les assistants-réalisateurs se met en place vers 1980 –, les *casting directors* savent évidemment ce qu'il lui faut : des sous-Pénélope. Une fois, deux fois, dix fois. Films, téléfilms. En voiture, Pénélope. Parfois, elle dit non, comme à Marcel Dassault, producteur de *La Boum 2*, qui sur ses très vieux jours, trousse des comédies légères et adolescentes. Pour *Les parents ne sont pas simples cette année* (sic !), il demande un lot d'ex-ados de *La Boum*. Elle l'envoie bouler et comprend que ce film l'a menée là où elle ne voulait pas aller. Elle se rêvait en artiste complète, en Isabelle Huppert, elle échoue dans des castings où affluent des jeunes filles toujours plus nombreuses.

La Boum a provoqué un baby-boom du cinéma. Elle découvre aussi le mot « réseau ». « Si on n'était pas dans le bon fichier »... Mais elle donne le change. Joue le jeu. Et cachetonne pour ne pas décevoir sa mère à qui elle a promis de s'en sortir lorsqu'elle s'est émancipée à seize ans. Une mère qui l'a briefée sur les risques du métier. Le cinéma français vit ses années coke. Alors, quand elle s'égare dans des soirées avec montagnes blanches et vieux libidineux, elle fait l'ingénue : si vous n'appelez pas un taxi, j'appelle la police. Elle fait très bien l'ingénue.

Dix ans ainsi se passent, de téléfilms en doublages, jusqu'à la rencontre avec Catherine Dasté, fille de Jean Dasté, l'instituteur de *Zéro de conduite* et des *400 coups*. Pendant deux ans, à Ivry puis en tournée, elle joue, danse, chante, avec une femme qui aime la beauté du monde. Difficile ensuite de replonger dans la routine des rôles formatés et rébarbatifs. Alors, elle arrête tout. Passe à l'écriture de courts-métrages. Anime des ateliers de théâtre ou d'écriture avec des enfants. Comme il faut bien gagner sa vie, elle se lance dans des missions d'intérim. Elle joue de son sens du contact, de sa vivacité, de sa drôlerie, et découvre sa notoriété. Des PDG l'invitent à déjeuner. Le hors-d'œuvre est toujours le même : racontez-moi *La Boum*. Elle monte en grade, sous l'œil jaloux des petits chefs de service, qui se foutent de Pénélope comme de l'an quarante.

Depuis dix ans, celle qui rêvait de tourner avec Tavernier, Chabrol, Klapisch, alterne missions et écriture. Elle court les bourses, les subventions, milite à la Guilde des Scénaristes, reprend en main de jeunes adultes à l'Ecole de la deuxième chance, rédige des scénarios pour des séries télé, ou pour un long-métrage qu'elle espère voir un jour entrer en production. Parfois, rarement, on l'appelle pour une panouille. En 2011, elle espère revenir pour un rôle intéressant dans une grosse série télé. Le réseau s'est amélioré.

Mais *La Boum* l'accompagne, comme une étiquette impossible à décoller, une case prison, une autoroute qui se serait terminée en impasse. Plutôt que Pénélope, elle aurait préféré être la Petite Sirène. Bien sûr, il y a ces sourires dans la rue. Avec ses cheveux roux frisés, sa bouille toujours mimine, *La Boum* chez elle se voit encore comme le nez au milieu de la figure. De bonne grâce, elle répond aux signes de sympathie. On n'oublie pas les filles qui nous ont fait rire. Des dizaines d'« amis » lui fêtent son anniversaire sur Facebook.

La Boum s'est également réinvitée en 2004 lorsqu'il fut question du coffret DVD. Séquence souvenir. Au début, elle ne voulait pas. Pinoteau a dû la convaincre. Elle a dit oui à condition de pouvoir dire ce qu'elle pensait. « On y est allés mollo », admet-elle. Juste avant l'enregistrement, Sophie Marceau, inquiète, l'avait appelée : qu'est-ce que tu vas dire sur moi ? Elle l'a rassurée. Ces retrouvailles ont tout de même eu du bon. A la première cannoise, organisée par Gaumont, elle a monté les marches avec Brigitte Fossey et Alexandra Gonin (Samantha, sa petite sœur dans le film) lors de la présentation de *Swimming Pool*, de François Ozon. L'équipe du film étant en retard, les photographes les ont prises pour les actrices d'Ozon : Sheila en rit encore. Ces retrouvailles ont eu une suite. Car quelques anciens de *La Boum* se retrouvent désormais pour un dîner annuel. Jean-Philippe Léonard (le binoclard qui perd son dentier en embrassant une fille) a commencé à travailler dans les luminaires après avoir refusé un film de Boisset, lorsqu'il lui fallait faire son service : il regrette parfois de ne pas s'être fait réformer. Laurent N'Diaye, le danseur sympa de la bande, est toujours aussi sympathique, mais ce métis est allé tenter sa chance en Allemagne, en Italie, en Suisse et aux Pays-Bas où il habite : il enchaîne les shows et les comédies musicales. Laurence Faivre d'Arcier (Caroline dans le film) s'occupe de communication d'entreprise. Alexandra Gonin (Samantha), recrutée à l'Ecole des petits rats de l'Opéra, a fait beaucoup de danse, du chant pour le spectacle *Les Années Twist*, avant de fonder une maison de production, biographilm.com, qui enregistre des témoignages de familles. Aucune nouvelle par contre d'Alexandre Sterling (qui jouait Mathieu, l'amoureux de Vic), déjà acteur avant *La Boum*, et qui espéra en vain que sa carrière décolle. Quant à Pierre Cosso, amoureux dans la vie et sur l'écran de Sophie Marceau lors de *La Boum 2*, il vogue avec son fils sur un bateau, après avoir tourné des téléfilms en Italie.

Régulièrement, il est question d'une *Boum 3*. Au grand dépit de Claude Pinoteau, Sophie Marceau n'a jamais été très emballée. Certaines mauvaises langues prétendent que *L'Etudiante* fut une *Boum 3* déguisée. Mais il manquait les Pénélope, les Samantha. Même remarque pour *LOL* où l'on pouvait y voir une Vic revivant avec sa fille ses petits tracas de *La Boum*. Pourtant, un scénario de *La Boum 3*, écrit par Danièle Thompson, circule depuis quelques années. Sheila comme d'autres ont donné leur accord. Seul manque celui de Sophie Marceau. Pour s'amuser, Sheila s'est permis d'envoyer à Claude Pinoteau trente-cinq pages où elle présente sa vision à elle de cette *Boum 3*. Elle commencerait par l'enterrement de Vic. Il paraît que Pinoteau a ri.

Beau-père :
Ariel Besse

Tout est peut-être la faute de l'affiche. Une jeune fille de quatorze ans, seins nus, est assise sur les genoux de Patrick Dewaere. C'est Ariel Besse. Bertrand Blier, le réalisateur du film, *Beau-père*, affirme qu'il n'était pas au courant, que les distributeurs, Parafrance, ont agi dans son dos, en son absence. Ils avaient distribué *Emmanuelle*, alors une poitrine dénudée… A l'époque, Ariel n'en avait pas fait un drame. L'insouciance de son âge. La fierté aussi d'avoir tourné ce film où elle rend chèvre Dewaere. Mais sa mère, furieuse, traîna en justice les distributeurs, leur intenta un procès qu'elle perdit, car l'image provenait d'une scène du film. Dans le milieu, Ariel eut désormais une réputation d'emmerdeuse. Sur le tournage de *Beau-père*, le producteur, Alain Sarde, lui avait proposé un contrat en or : un film par an avec sa maison, jusqu'à ses dix-huit ans. Après le procès, elle n'en a plus entendu parler et les deux films qu'elle a enchaînés, *Mora* et *On s'en fout, nous on s'aime*, ne sont pas restés dans les mémoires. Le procès a-t-il torpillé sa carrière ? Ariel Besse en est réduite à des suppositions, mais pour autant, elle ne ressasse pas le passé. A quarante-six ans, c'est une femme heureuse, vive, rigolote, charmante, qui a parfois des fous rires d'adolescente. Mère de quatre enfants, elle vit sur les contreforts des Préalpes du Sud, à quelques kilomètres de Draguignan. Une maisonnette perchée dans un arbre du jardin, deux chiens qui font les fous, un chat qui fait la sieste et une ancienne écurie retapée avec son mari qui respire la joie de vivre. Les yeux n'ont pas changé. Le ton non plus : spontané, amusé, direct. Mais la vie a pris le temps. Ariel, fidèle à son prénom aérien, a beaucoup bougé, sans jamais se laisser enfermer, quitte à connaître quelques trous d'air. Après avoir aidé à l'exploitation d'une ferme biologique, elle été factrice, mais a quitté la Poste pour passer des diplômes et devenir ce dont elle rêvait à vingt ans : conseillère matrimoniale. Coach conjugal.

Aujourd'hui, avec un film comme *Beau-père*, Blier se ferait lyncher pour pédophilie. Imaginez une jeune fille de quatorze ans, obsédée amoureuse et qui ne cesse, une fois sa mère morte, de vouloir convaincre beau-papa de coucher avec elle. Le tout mis en musique par la poésie crue que Blier affectionne : « J'ai des seins qui réagissent. Mon premier homme, il faut que ce soit toi. Tu es un expert, je le sais… Tout ce qui se trouve sous cette ceinture est ta propriété. On espère ta visite… » Un temps déboussolé, Dewaere résiste, tempête, tente de contenir le flot de sève pubère, puis finit par passer à la casserole et rendre visite. En septembre 1981, 1,2 million de spectateurs étaient allés voir ce film qui sentait le soufre. Mitterrand venait d'être élu, les jeunes filles en chaleur se lâchaient. Dans le cinéma français, la Marion de Blier occupe une place à part : ado qui fait la révolution sexuelle, elle chamboule les rôles, transforme le mâle non consentant en citadelle assiégée. Avec une maturité inouïe, elle incarne le mal-être des jeunes, qui guérit au lit avec un adulte. Jamais on n'avait vu pareille jeune fille entreprenante et pourtant mélancolique, si précoce, si sérieuse dans l'amour. Une ado qui ne voyait dans ses camarades de classe que des flirts insipides, des produits de remplacement qu'on embrassait en fermant les yeux et avec un bon disque... Les garçons nés dans les sixties s'en souviennent encore. Apparition improbable, avatar tarabiscoté de l'inaccessibilité des filles que l'ambigu Blier leur avait concocté. Le choc fut d'autant plus grand qu'on n'avait jamais vu cette Ariel Besse.

L'inconnue sortait du Marais, d'un cours d'expression corporelle. Son professeur, un ami de la directrice de casting de Blier, lui demanda si elle voulait faire du cinéma. Coïncidence. Cette élève du collège Molière (où elle redoublait sa quatrième) venait tout juste de confier à sa copine qu'elle aimerait bien faire comme Sophie Marceau. *La Boum* venait de sortir, les jeunes filles se mettaient à rêver. Ariel répondit oui.

Vous avez une photo ? Elle n'y a même pas songé. Ce n'est pas grave, on en prend deux, dont une où elle doit « faire la gueule ». Elle n'y arrive pas très bien. Mais son visage aux faux airs de Marie Trintignant « intéresse » Blier. Te fais pas trop d'illusions, lui dit la directrice casting. Elle ne s'en fait pas trop, surtout lorsqu'elle tombe, en sortant, sur trente jolies filles qui espèrent la même chose. Aucune chance, se dit-elle. Mais elle s'en fiche un peu, d'ailleurs, Blier, elle ne connaît même pas. Dewaere non plus, sinon qu'il vient de casser la figure à un journaliste de *France-Dimanche* qui s'est répandu sur sa vie privée : un drôle de personnage, se dit-elle. Quelques mois passent sans nouvelles. Elle n'y pense déjà plus, lorsqu'elle reçoit ce coup de téléphone. Etes-vous libre le 7 octobre ? Ce jour-là, elle fêtera ses quinze ans, mais elle devrait pouvoir se libérer. Elle lit le scénario, prépare la scène où elle se déclare à Dewaere, qui en tape du poing sur la table. Les verres, les couverts, tout valse et elle ne peut retenir ses fous rires. Elle y parvient tout de même. On lui offre le champagne, mais on la rappelle pour lui dire que ce n'est pas elle. Tant pis. Elle est déjà contente, merci pour l'invitation. Et puis nouveau coup de fil. L'autre, que voulait Blier, a refusé ; ou plutôt ses parents, après lecture du scénario. Elle aura tout de même un petit rôle dans le film, puis fera une brillante carrière d'actrice et de metteur en scène. Elle s'appelle Sandrine Dumas, elle est la fille de Jean-Louis Dumas, le patron de Hermès décédé en 2010.

Mais revenons à Ariel, qui n'est ni la fille de Georges Besse, le patron de Renault assassiné par Action directe, ni la petite sœur de François Besse, le lieutenant de Mesrine, comme on le pensa souvent à l'époque, mais simplement la fille d'un homme qui vit près de Nice, loin d'elle. C'est donc la mère qui s'occupe d'Ariel et qui lui demande si elle ne trouve pas certaines scènes un peu osées. Ben non, répond l'adolescente, pourtant très pudique, mais qui ne réfléchit pas à la suite, aux conséquences. Elle veut simplement faire du cinéma. Elle en fait, très protégée, comme si un mot d'ordre avait été donné sur le plateau : attention, fragile, on ne touche pas à Ariel. Mais un tournage n'est pas le monde de Bambi. Car il y a tout de même ces scènes dénudées, qui, tiens, tiens, n'étaient pas dans le scénario. Cette scène par exemple où elle doit se promener toute nue, en montrant ses fesses. Elle ne veut pas. Pour qu'ensuite, ses copains se moquent. Finalement, elle accepte, à condition que Blier fasse sortir toute l'équipe. Lorsque Dewaere l'apprend, il lui fait toute une scène : pour qui elle se prend ? Une star ? Blier se montre plus paternel, il la fait rire avec son drôle d'humour où elle ne comprend pas tout, surtout lorsqu'il évoque « le rapprochement des corps ». Qu'est-ce que cela ? Très flou, très abstrait, pour une jeune fille de quinze ans. Mais Dewaere est déjà en place, tout nu, et Blier exige un peu de chaleur, de l'élan, quoi ! Facile à dire. Dewaere interroge sa partenaire : tu ne comprends pas, on se rapproche, avant de s'énerver : mais t'es vierge ou quoi ? Ben oui. L'adulte a enfin saisi et part se calmer dans sa loge, avant de revenir, plus attentionné.

Dewaere, elle en parle comme d'un grand frère un peu ambigu ; mais l'ambiguïté, admet-elle, était des deux côtés. Elle avait eu le temps de percevoir des choses qui n'allaient pas chez lui. Elle l'avait rappelé après le tournage. En vain. Un an après, il se suicidait et elle monta de Nice pour l'enterrement de cet acteur qui lui avait tout de même tendu la main, lui laissant sa place sur le plateau. Le conte de fées s'était prolongé à Cannes. Dans la foulée, le magazine *Première* l'interviewa pour son numéro de juin : page soixante-quatre, la voilà présentée comme le grand espoir du cinéma français. Et puis il y eut cette histoire d'affiche, ce dérapage, ces mauvais films aussi qu'elle s'en alla tourner, dès septembre, alors que *Beau-père* sortait sur les écrans.

Dès son deuxième film, *Mora*, elle voit la différence. « Si cela ne marche pas entre nous, tu repars d'ici en bouffant la moquette », lui déclare en guise de préambule le jeune réalisateur Léon Desclozeaux. Résultat : crise d'eczéma virulente, qui la met hors service pour quinze jours. Philippe Léotard la drague ouvertement, la coke passe de main en main, non merci, allez, il faut avoir goûté ça une fois dans sa vie, si vous insistez, je flanque tout par terre, bon bon… En janvier 1982, après le tournage, elle part retrouver son père à Forcalquier, pour y achever péniblement une troisième qui marque la triste fin de ses études. Elle n'était pas programmée pour une longue scolarité, affirme-t-elle, mais le cinéma aura précipité les choses. Au collège, une interview dans *OK ! Magazine* met le feu aux poudres. On fait le lien entre le film et elle. Les jalouses s'approchent, font cercle autour de la Parisienne qui a fait l'actrice, c'est la bagarre. Plus compréhensifs, les professeurs proposent, pour calmer le jeu, qu'elle en parle aux troisièmes et quatrièmes réunies. Conférence d'Ariel

Besse : mes débuts dans le cinéma. Des débuts qui sentent déjà la fin.

Elle remonte à Paris pour s'inscrire au Cours Florent, mais elle assiste aux humiliations quotidiennes infligées aux apprenties actrices. Précocement mûrie, elle vit seule à seize ans et demi, passe en vain quelques castings, prend à dix-huit ans un agent, rencontre Zulawski, rendez-vous sans lendemain, par la faute de qui ?, elle se pose encore la question. Elle comprend petit à petit qu'il faut faire le deuil de sa carrière d'actrice. A dix-neuf ans, elle s'en va à Blois : pour décrocher un job dans le vidéo-club, elle rappelle qu'elle fut la belle-fille de *Beau-père*.

Elle refera pourtant l'actrice. Beaucoup plus tard en 2002, après que France 2 l'eut contactée pour une émission sur les enfants acteurs : au programme, Ludwig Briand, le gosse d'*Un Indien dans la ville*, reconverti en agent immobilier, et l'ex-Samantha de *La Boum*, Alexandra Gonin, devenue danseuse dans des comédies musicales. L'émission la propulse à la une de *Var-Matin* et elle reçoit un coup de téléphone du réalisateur de la série *La Crim'* : vingt et un ans après, la voilà invitée à refaire un petit tour de piste. Elle interprète une femme battue, mais elle y prend un plaisir énorme. Une belle décharge d'adrénaline. C'est la première fois qu'elle se sent actrice, pleinement consciente. Alexandre Moix, le frère de l'écrivain Yann Moix, l'interviewe pour le documentaire qu'il prépare à l'époque sur Patrick Dewaere. Le destin repasserait-il les plats ? Elle est encore factrice, mais accumule les années de congé. A trente-sept ans, elle se cherche. Elle trouve sa vocation, aider les couples en crise, mais du côté de la caméra, elle aimerait bien un « Play it again, Sam », pour vivre, adulte, ce qui lui était tombé dessus, adolescente. Récemment, Canal +, qui avait invité Bertrand Blier pour son dernier film, *Le Bruit des glaçons*, lui a proposé, via un écran de télé, d'adresser un message à son ancien réalisateur. Appelle-moi, lui a-t-elle simplement dit. Réponse de Blier sur le plateau : ce n'est pas possible, les cinéastes ne peuvent pas revoir leurs comédiennes.

En attendant Blier, comme on attend Godot, elle est ouverte à toute proposition ou presque. Mais près de Draguignan où elle habite en pleine nature, elle ne le crie pas sur les toits. Vie de village oblige. Qui a vu *Beau-père* dans ces contreforts des Alpes du Sud ? Sans doute personne, mais avec YouTube et le reste, il n'en faudrait pas beaucoup pour qu'elle passe à nouveau pour la scandaleuse. Alors, prudence…

La Passante du Sans-Souci :
Wendelin Werner

Assis à une table, ils se sont déjà retrouvés. Jacques Rouffio et Wendelin Werner. Le vieux metteur en scène et son jeune acteur. La dernière fois, Rouffio avait cinquante-quatre ans et Werner quatorze. Ils ne se sont pas revus depuis vingt-six ans. Le rendez-vous était fixé à 17 heures, mais ils m'ont devancé, comme s'ils ne pouvaient pas attendre cinq minutes de plus. Quelques semaines auparavant, Rouffio m'avait demandé s'il pouvait passer le jour de mon entretien avec Werner. Les voici attablés comme deux vieux amis. Je m'arrête, au milieu de la salle, avant de les rejoindre. On pourrait être en 1981, à Berlin ou à Paris, avant une prise de *La Passante du Sans-Souci*. Rouffio lui donnerait ses indications et quelque part, non loin d'eux, Romy Schneider…

Ces deux-là ne se sont plus parlé depuis le 14 avril 1982, date de sortie du film. Plus rien depuis, sinon des cartes de vœux à Noël envoyées les premiers temps par Werner. Puis une lettre, il y a huit ans, lorsqu'il est devenu père. Chaque fois qu'il se rendait chez ses parents, à Clamart, il avait une pensée pour

Rouffio, dont le dernier domicile connu était route des Gardes, à Meudon. Le cinéaste a déménagé, mais il habite toujours la même ville. Il a, de son côté, appris que son jeune acteur avait fait du chemin. C'était en 2006, dans la salle d'attente d'un médecin : atteint à la hanche et au genou, Rouffio allait d'opération en opération. Il venait d'achever un *Maupassant* pour la télé, mais il n'était plus le cinéaste majeur des années Giscard, qui ne tournait jamais sans Piccoli, Depardieu ou Romy Schneider. En feuilletant une revue médicale, il était tombé sur la photo de Werner, qui venait de recevoir une prestigieuse récompense. « Un gros prix en mathématiques », m'avait dit Rouffio, la première fois au téléphone. Un « gros prix » en effet. La médaille Fields. Autrement dit, le prix Nobel. L'enfant qui jouait du violon et faisait pleurer Romy Schneider dans son dernier film est devenu prix Nobel de mathématiques. Tout simplement.

Je les ai rejoints et Rouffio raconte à nouveau l'anecdote de la salle d'attente. Il s'informe : « Tu aimes donc tant que ça les maths ? » « Et tu as quel titre maintenant ? » Questions auxquelles Werner répond avec patience, comme à un grand-père, qui peinerait à suivre l'itinéraire compliqué de son petit-fils. J'écoute ce tutoiement qui a repris. La famille, le travail… Ils ne savent plus rien l'un de l'autre. On en vient au physique de Werner. Hormis les lunettes, je reconnais sans mal le petit Max de *La Passante*. Il a quarante ans, mais en fait dix de moins. Une petite fille surgit : un ange blond venu prendre les clés du domicile et qui l'appelle Papa. Elle serre la main de Jacques Rouffio, en sachant visiblement à qui elle a affaire. Le regard du cinéaste est chaleureux. Il a souffert dans sa chair, mais son esprit est resté malicieux, presque goguenard. A quatre-vingts ans, il accueille ces retrouvailles comme un cadeau, une surprise, tardive, de l'existence. Ils évoquent des techniciens. Sivel, l'ingénieur du son, le moustachu aux cent films, mort juste après le tournage et à qui Rouffio dédia *La Passante*. Sivel avait enregistré *Le Mépris* de Godard et l'œuvre complète de Clouzot… Soudain, Werner se souvient de son accent de l'Europe de l'Est, de sa grosse voix joviale, de ses histoires, invraisemblables.

Il est facile de deviner ce qu'ils ressentent. Sur le cinéma règne une loi de la dissémination, de l'éparpillement. On partage un film, qui ne dure qu'un temps. On promet de s'appeler, on ne tient pas sa promesse. Au hasard de décider. On s'était trouvé, on se perd et il est rare qu'on se retrouve. Chaque film est une famille de passage, quittée pour une autre, d'où le plaisir à se revoir, pour briser cette loi du milieu, faite de ruptures et d'éloignements. Werner et Rouffio ont beau avoir quarante et quatre-vingts ans, ils retrouvent là, face à face, une nouvelle jeunesse. Rouffio réendosse sa casquette de réalisateur et Werner redevient le garçon discret, sensible, exceptionnellement mûr, propulsé dans un tournage très délicat.

Maintenant que le fil est renoué, ils échangent adresse et téléphone. « Il faudra que tu viennes déjeuner à la maison, je te montrerai les photos du tournage. Tu n'en as pas ? » Werner répond par la négative. « J'ai toute une boîte à la cave. Je vais les ressortir. On te voit avec Sivel. » Puis le cinéaste nous laisse. « Vous devez avoir des choses à vous dire. » J'échange avec Werner un regard hésitant. Rouffio peine à se mettre debout. Werner s'assoit à sa place, je reprends la sienne : un bref jeu de chaises, qui nous amuse… Comme le quiproquo qui explique notre rencontre et dont je dois bientôt convenir.

Sa présence dans ce livre tient en effet à une méprise de ma part. Certes, Wendelin Werner avait à lui seul de bonnes raisons d'y figurer. N'a-t-il pas été ce petit orphelin juif qui fit pleurer avec son violon Romy Schneider, peu de temps avant sa mort… Il plane sur ce film, le dernier de l'actrice, l'ombre de la tragédie. Il y a aussi la trajectoire fulgurante de l'ex-petit violoniste devenu un génie des probabilités. Avec lui, il faut être prêt à parler mouvement brownien, conjecture de Mandelbrot, dimension de Hausdorff, marche aléatoire auto-évitante. En 2006, lors de l'attribution de sa médaille Fields, son nom a ressurgi, mais sans mention du film. Plus tard aussi, il a rédigé quelques tribunes bien senties contre la politique du gouvernement Sarkozy en matière de recherche.

Mais c'est un tour bizarre de ma mémoire qui m'a incité à prendre contact avec lui. J'avais, il y a longtemps, entendu prononcer son nom, sans qu'il soit question de *La Passante du Sans-Souci* que je n'avais pas encore vue. Vers 1986, un professeur de français au lycée Hoche de Versailles m'avait montré d'excellentes copies : élégante façon de me faire comprendre que j'avais encore du pain sur la planche avant de rejoindre le club de ses sujets les plus brillants. J'avais lu distraitement, retenant surtout leurs patronymes étranges : Bénatar, Vivek Badrinath et Wendelin Werner. Pourquoi avoir mémorisé ces noms qui sortaient de l'ordinaire ? Leur avais-je attribué ces vertus qui font les élèves exceptionnels ? Mais voilà pourquoi je voulais retrouver ce Wendelin Werner : comme on recherche un fantôme de sa jeunesse. Werner, pourtant, m'assure d'emblée qu'il n'a jamais eu ce professeur ! Il n'a aucune raison de me mentir. Et que vaut ma mémoire comparée à celle d'un génie mathématique ? Elle m'a donc joué un tour, mais un joli tour.

Un lien existait tout de même. Pendant mes années au lycée Hoche, Werner avait fréquenté les mêmes couloirs que moi, pour préparer Normale sup'. Et plus tard, lorsque j'avais intégré cette école, il s'y trouvait encore. Forcément, nous nous étions croisés. Ce « forcément » ne pouvait que le faire sourire, lui, le premier probabiliste couronné par la médaille Fields. Mais ce genre de rencontres n'est pas éloigné de ses recherches, dont certaines portent sur les « marches aléatoires auto-évitantes ». Devant ma mine perplexe, il évoque les gaz parfaits, dont les particules interagissent de façon aléatoire, mais indépendamment l'une de l'autre. Puis il trace un gribouillis où le trait ne revient jamais couper une ligne déjà tracée. Il semble avoir dessiné au hasard, à la réserve près que ce hasard était déjà un objet mathématique. Dans notre cas, il s'agissait de se croiser, non de s'éviter. Il a un petit sourire : là encore, les maths s'étaient penchées sur l'affaire. « Soit une trajectoire prise sur un temps très grand », énonce-t-il. « Quelle est la probabilité pour qu'une seconde trajectoire, qui part peu de temps après, ne rencontre pas la première trajectoire ? » Ainsi vient-il en termes choisis de formuler le fait que nous ne nous soyons jamais parlé, alors que nous avons hanté les mêmes lieux. Le pire, c'est qu'il a la solution : « Plus le temps est grand, plus la probabilité est faible et l'on sait qu'elle décroît de manière asymptotique, à la puissance 5/8. » Je suis ravi de l'apprendre. Mais je suis venu pour Romy Schneider et ses rapports avec lui. « On a parfois essayé de me faire parler d'elle : des journaux à sensation, des chasseurs de scoops. » Telle avait été sa réponse à mon premier mail envoyé sur son adresse de l'université d'Orsay. J'avais deviné qu'il ne supportait pas les exagérations suscitées par ce dernier tournage dramatique.

Le contexte, bien sûr, s'y prêtait : c'est une Romy épuisée par la vie qui, fin 1981, avait entamé le tournage de *La Passante*. Le suicide en 1979 de son premier mari, Harry Meyen, son divorce début 1981 d'avec Daniel Biasini avaient déjà fragilisé une femme de quarante-trois ans qui, à l'occasion d'une séance photo à Quiberon en mars 1981, n'avait cessé de répéter : je suis trop vieille, je suis trop vieille. Le printemps avait apporté son lot de désastres : en sautant comme une demoiselle lors de cette séance, elle se fractura une jambe. Un mois plus tard, elle subissait l'ablation d'un rein avec interdiction de boire de l'alcool, consigne qu'elle ne respecta évidemment pas. Par deux fois, le film, prévu pour avril, avait été retardé. Le coup de grâce arriva avec la mort accidentelle de son fils, David, le 5 juillet 1981, qui s'empala sur les grilles de la maison des parents de Biasini, à Saint-Germain-en-Laye. Le film fut reporté une troisième fois. Depuis le mois de mai, le coproducteur allemand cherchait à remplacer Romy par Hanna Schygulla, mais en France, on ne la laissa pas tomber. Le producteur Raymond Danon avait promis à l'actrice que sans elle, le film ne se ferait pas.

J'étais allé rendre visite à Danon dans son hôtel particulier de Neuilly. Depuis plusieurs années, il cherchait à produire un film sur Romy. Le projet initial, un biopic, avait été abandonné, il voulait se concentrer sur le tournage de *La Passante du Sans-Souci*. Jean-Claude Carrière était en train d'écrire le scénario. Fallait-il que cette aventure eût laissé une profonde empreinte pour que son producteur, trente ans après, emploie ses dernières forces à la ressusciter à l'écran ? Il résumait cette période à une tragédie, celle de Romy qui avait voulu croire encore à la vie, se battant pour ce film avant de mourir, épuisée, six semaines après sa sortie. « J'avais déjà produit six films avec Romy », m'avait précisé Danon. « J'avais un contrat pour *Lulu* de Wedekind, qui devait être tourné par Liliana Cavani, la réalisatrice italienne du *Portier de nuit*. Romy s'est rendue à Rome et ne s'est pas entendue avec elle. J'ai donc déchiré le contrat. Quelque temps plus tard, elle m'a rappelé pour me proposer le livre de Kessel, *La Passante du Sans-Souci*. Il se souvenait d'une visite à l'Hôpital américain de Neuilly où Romy lui avait fait jurer qu'il ne ferait pas le film avec une autre. Le nom d'Hanna Schygulla était déjà arrivé jusqu'à son lit d'hôpital. Danon promit à Romy Schneider qu'il ne la lâcherait pas.

Jacques Rouffio m'avait dressé un état des lieux identique. « Ce tournage était pour elle une question de vie ou de mort. » Pour la première fois, elle était aussi à l'origine d'un projet. « Un soir, en février 1980, elle m'appela assez tard », me précisa Rouffio, qu'elle avait rencontré sur *Le Trio infernal*, de Francis Girod, dont il était le coscénariste. Tu connais le livre *La Passante du Sans-Souci* ? Non. Tu connais Kessel ? Oui. Quoi, me dit-elle, tu connais Kessel et tu n'as jamais lu *La Passante* ? Lis-le. » Elle était ainsi, emportée, passionnée.

Si ce livre la passionne, c'est que l'ex-Sissi y a encore découvert un personnage de « mauvaise Allemande » : Elsa Wiener, épouse d'un opposant politique à Hitler enfermé dans un camp. Ayant fui à Paris, elle y est rattrapée par un officier nazi qui la soumet à un chantage : coucher avec lui si elle veut que son mari soit libéré. Ce n'est pas la première fois qu'elle joue les victimes de son propre pays : dans *Le Train,* elle était une Juive qui fuyait l'Allemagne. Dans *Le Vieux Fusil,* des soldats de la Wehrmacht la passaient au lance-flammes. Après son départ pour la France en 1961, elle se fit un malin plaisir à accumuler des rôles qui dénonçaient le silence allemand. « Il y a toujours autant de nazis ici », lâcha-t-elle aimablement, lors de la sortie du *Train* en 1973. Elle poussa la provocation jusqu'à vouloir incarner la terroriste Ulrike Meinhof, ennemie publique numéro un du gouvernement d'outre-Rhin. Un hasard si elle avait appelé ses deux enfants David et Sarah ? Anti-allemande, mais aussi pro-juive. Dans *La Banquière,* elle incarnait Marthe Hanau, victime d'une violente campagne antisémite. Raymond Danon se souvenait qu'un jour, elle avait tenu à l'accompagner à la synagogue qu'il fréquentait. Romy réglait ses comptes avec sa mère, Magda Schneider, qui avait frayé avec Hitler et imposé à sa petite fille des séjours prolongés à Berchtesgaden. Que Romy ait vu Hitler est en effet très probable. La main du Führer s'était peut-être même posée sur sa petite tête blonde, comme on le voit faire dans ces charmants *home movies* en couleurs tournés par Eva Braun sur la terrasse du Nid d'Aigle. L'ex-petit caporal autrichien et la future Sissi… Comme pour se laver de cette souillure originelle, Romy portait une étoile de David autour du cou. Elle avait mal à l'Allemagne, qui ne lui avait pas pardonné sa désertion : jetant la défroque dorée de Sissi, l'impératrice guimauve, elle avait tout plaqué pour ce Français un peu voyou, Alain Delon. On l'avait traitée de traîtresse, de putain. On l'avait menacée d'un procès, lorsqu'elle avait osé ajouter son nom dans le magazine *Stern* à celui des trois cent cinquante femmes ayant pratiqué un avortement. Et lors de son divorce d'avec son premier mari, Harry Meyen, la presse allemande avait choisi le parti de l'époux abandonné.

Elle avait répondu avec des rôles. Et Elsa Wiener était un de ces rôles. Joseph Kessel avait créé le personnage dès 1934. Alerté par quelques amis, il avait pris très tôt sa plume de romancier pour dénoncer la réalité des camps. Elsa Wiener aggravait son cas en adoptant un jeune Juif dont le père avait été massacré sous ses fenêtres par les SA. Lors du tournage, Romy Schneider en rajouta sur son engagement : elle déclara vouloir réagir ainsi à l'attentat antisémite de la rue Copernic. Le film comportait une partie moderne, très militante, ajoutée par Rouffio et son scénariste, Jacques Kirsner : Romy Schneider y interprète aussi l'épouse de Max Baumstein (Michel Piccoli), l'ex-enfant juif recueilli, qui assassine quarante ans plus tard l'officier nazi reconverti en diplomate sud-américain. Le message est clair : comme le déclarait l'actrice, les nazis sont encore parmi nous.

Mais pour qu'elle puisse tourner, il fallait résoudre le problème des assurances, qui refusaient de couvrir le film, persuadées que Romy Schneider allait finir par se flanquer par la fenêtre. Rouffio fut lâché par certains de ses collaborateurs. Danon, une fois encore, resta fidèle à Romy Schneider. Rouffio m'avait raconté leur déjeuner au Fouquet's. « Danon me dit : "Ou bien je ne fais pas le film et je me fais grassement rembourser, ou je prends tous les risques et peut-être que Romy mourra en cours de route." Nous avons fait *La Passante* contre toute logique et tout accommodement avec les faits », avait conclu Rouffio. « Personne n'y croyait », confirma Danon, « au festival de Cannes, au mois de mai, les collègues que je rencontrais sur la Croisette me posaient tous la même question : alors, *La Passante* ? Vous savez, avec ce petit sourire narquois. Mais pas un seul instant, j'ai cru que c'était foutu. » Autre soutien : le nouveau compagnon de Romy, Laurent Pétin, qui la poussait à faire ce film. Tourner ou mourir : voilà l'alternative qui s'offrait à cette femme, dont plus personne ne voulait dans le milieu si charitable du cinéma. Elle allait montrer qu'elle n'était pas encore morte.

C'est dans ce contexte que Wendelin Werner a fait ses premiers pas. Il avait été choisi début 1981 par

Dominique Besnehard, qui tournait dans les écoles de musique de la banlieue parisienne. « Qui veut faire du cinéma ? » Tout le monde leva le doigt, sauf Wendelin, qui attira l'attention du chasseur d'enfants. Lors de l'audition, il joua du Vivaldi : « Ils ont vite été bluffés. Ce n'étaient pas de grands mélomanes », se souvient Werner, qui regrette qu'on ne l'entende pas pour de vrai dans le film : « C'était le mouvement lent du concerto pour violon de Mendelssohn, un morceau à ma portée. Mais je n'avais pas le droit de toucher la corde. » Je pensais qu'il avait été aussi retenu pour ses compétences linguistiques, car au début du film, son personnage doit prononcer plusieurs répliques en allemand. « A aucun moment, je n'ai été choisi sur ce critère », dément Werner. Il venait pourtant d'une famille germanique : son père, un universitaire, s'était installé en France dans les années 60 pour étudier les manuscrits de Heinrich Heine conservés à la Bibliothèque nationale. Du côté de sa mère, Werner est apparenté à Maximilian Harden, né Witkowski, le plus grand journaliste allemand du début du siècle, victime des premiers coups de boutoir de l'antisémitisme après la Première Guerre mondiale.

Mais tout cela n'intéresse guère ceux qui l'engagent. On ne retient qu'une chose : Wendelin ressemble à David, le fils disparu en juillet 81, quatre mois avant le début du tournage. Ils n'ont que deux ans de différence. Que s'est-il passé entre l'actrice et l'enfant ? « On a déformé, on en a rajouté », affirme Wendelin. « Je n'étais pas aveugle, je savais qu'elle était fatiguée, usée par une période compliquée. Mais je ne voulais pas m'en mêler, ne pas confondre vie privée et relation professionnelle. J'essayais d'être discret. » Dans son collège de Buc, il fit preuve de la même discrétion : personne n'était au courant qu'il faisait du cinéma. Tout juste si un ou deux camarades s'étonnèrent de la disparition de son habituelle crinière, rasée pour les besoins du tournage. « A aucun moment, je n'ai pensé que le malaise venait de moi. Elle sentait sans doute que j'étais en retrait, mais elle prenait sur elle. » On devine cependant qu'il ne garde pas un souvenir exceptionnel de cette expérience. Werner confirme. « Tout le monde l'entourait, la soutenait, c'était oppressant. On me regardait simplement parce que je lui rappelais son fils, je le supportais assez mal. Le soir de l'avant-première, je me suis dit que je n'allais pas continuer, si c'était pour finir comme elle. J'avais aimé jouer, mais je n'y étais pas pour grand-chose, je n'étais pas construit. »

Avec Jacques Rouffio, j'avais déjà abordé ce sujet. « Au début, elle avait approuvé le choix de Wendly. Mais après la mort de David, elle m'a dit : je ne veux pas tourner avec lui, il lui ressemble trop. Et puis elle s'est calmée. Lorsqu'elle avait une crise, l'enfant allait se promener. La scène la plus forte, bien sûr, c'est quand il joue du violon devant elle… » Le tournage, jusque-là, a déjà eu son lot de péripéties. Romy Schneider aime bien Rouffio, sa bonne humeur rassurante, mais cette affection ne l'empêche pas de le réveiller en pleine nuit, simplement parce qu'elle a besoin de parler. Dans sa chambre où elle se barricade, elle a disposé des bougies en mémoire de son fils. Un jour, elle s'enferme aux toilettes et refuse d'en sortir. Le matin, elle arrive en retard sur le plateau, avec une mine si fatiguée que le chef opérateur, Jean Penzer, doit faire des miracles. Tout le monde est d'une patience d'ange avec elle, tout en surveillant discrètement ce qu'elle boit.

Arrive le jour du violon. Un jeune garçon joue devant sa mère adoptive. On est dans un restaurant chic, des musiciens tournoient autour des tables, la femme propose que son « fils » prenne lui-même l'archet. Il se lance dans le concerto de Mendelssohn. Mouvement lent. On l'écoute religieusement. L'émotion est palpable. Des larmes de fierté, de bonheur triste, brillent dans les yeux de la mère. Ces larmes qui miroitent sans couler envahissent l'écran. La scène suffirait à bouleverser. Mais il y a ce petit comédien qui joue son fils et lui ressemble. La réalité s'invite en fantôme de la fiction. « Elle était arrivée encore plus en retard que d'habitude », précise Rouffio. « Tout le monde était extrêmement tendu, très silencieux, de peur d'un drame », ajoute Raymond Danon. « Finalement, elle s'est presque évanouie et il a fallu l'évacuer », conclut Rouffio. Werner reconnaît que la scène fut assez gênante. « Ils l'avaient fait asseoir à côté de la caméra. C'était une erreur, elle n'avait pas besoin d'être là tout le temps. » Rétrospectivement, Rouffio admire le sang-froid du garçon : « Wendly n'a rien laissé paraître, comme si rien ne s'était passé. S'il en a été blessé, il s'est bien gardé de le montrer. Ses parents devaient l'avoir bien éduqué. »

Durant le tournage, Wendelin, âgé de treize ans, avait vécu seul à Berlin chez des amis de ses parents qui lui avaient prêté leur appartement près de Nollendorfplatz. Il a le souvenir d'une grande liberté qui s'était prolongée sur le plateau grâce à la bienveillance de Rouffio. Il se souvient aussi des chaussures orthopédiques qu'il était obligé de porter pour les besoins du film et qui le faisaient boiter. Des cassettes de musique classique qu'il achetait pour 3,80 DM et des parties d'échecs gagnées contre Mathieu Carrière, qui jouait l'officier nazi. Il préfère ces souvenirs à la scène du violon, moins difficile à jouer que le début du film, où il se fait tabasser par les SA.

Le seul vrai contact entre Romy et le garçon eut lieu à la fin du tournage, qui se déroulait non plus à Berlin, mais à Paris. « "Viens, je t'emmène chez moi", m'a-t-elle dit un jour. J'étais surpris. Je ne savais pas où elle voulait en venir. En fait, elle voulait m'offrir un cadeau, une tortue violette en jade. » Wendelin ne précise pas s'il a conservé cette tortue. Il compare seulement ces quelques semaines d'un tournage imprévu aux dix ans de travail acharné qui lui ont valu la médaille Fields. « Rien à voir. Une goutte d'eau. » Manière de refermer une parenthèse que Werner rouvrira brièvement en 2008 avec *Un Conte de Noël*, d'Arnaud Desplechin. Hippolyte Girardot y tient un discours sur les diverses probabilités de survie du personnage de Catherine Deneuve. Le cinéaste s'était adressé à Werner pour écrire ce passage, où le mathématicien s'était senti bien davantage dans son élément. On était loin du destin funeste de Romy Schneider qui lui avait fait occuper brièvement une place qui n'était pas la sienne. Le destin ou le hasard. Toujours le hasard.

L'As des as :
Rachid Ferrache

Rachid Ferrache est repéré alors qu'il rend visite à sa tante qui vit avenue de Wagram. Jusque-là, il n'est que le fils d'une femme de ménage et d'un tapissier-décorateur qui vivent à Clichy-sous-Bois. Mais voilà qu'il se met à marcher sur les mains dans la rue. Un agent, Bruno Meinisse, qui a fondé l'agence Frimousse, l'aperçoit et le recrute pour des pubs dans des catalogues La Redoute. Il a six ans. Il commence à tourner avec Patrick Dewaere (*Mille milliards de dollars*) et passe un casting pour *L'As des as*, où il est choisi parmi d'autres par Jean-Paul Belmondo, bien qu'il soit d'origine arabe alors qu'il s'agit de jouer un enfant juif, Simon Rosenblum, engagé dans l'aventure des JO de Berlin en 1936. « On va passer trois mois ensemble, alors, tu me tutoies », lui dit la star, qui lui fera conduire sa Ferrari. Après le tournage, où Belmondo lui apprend aussi à boxer, il se mettra lui-même à la boxe avec Dominique Valéra, champion du monde de full-contact. En 1986, il commence à enregistrer des disques. Il tourne encore dans une petite vingtaine de films, dont *Banzaï*, enchaîne les castings où il croise Roschdy Zem, Sami Bouajila, Saïd Taghmaoui. Mais vers dix-neuf ans, las de ne se voir proposer que des rôles d'Arabes voleurs, il se consacre entièrement à la musique. En 1995, pour un enregistrement, on lui demande de changer son prénom, il devient Aaron, en hommage au chanteur noir Aaron Hall. En 2006, il fait partie du jury de l'émission « A la recherche de Michael Jackson » sur la chaîne W9. Longtemps directeur vocal pour Véronique Sanson et Maurane, il a conçu une série télé, après avoir fait partie d'un projet d'ouverture d'une chaîne aux Etats-Unis, Faubourg TV, qui aurait promu la culture française. Le 18 mai 2011, il était présent sur la scène du Palais des festivals de Cannes lors de l'hommage rendu à Jean-Paul Belmondo. En juin 2011, il s'est occupé d'un spectacle d'hommage à Michael Jackson au Zénith, « Génération Moonwalk », avec Jermaine Jackson.

L'Effrontée :
Charlotte Gainsbourg, Julie Glenn et Clothilde Baudon

Dans *L'Effrontée*, la petite Charlotte aime d'un amour fou, malheureux et impossible, Clara Bauman, la jeune pianiste prodige et célèbre. Il n'y en a plus que pour elle et Charlotte enquiquine tout le monde avec sa Clara, qui lui a promis qu'elle deviendrait son imprésario. Depuis que Charlotte a été invitée dans sa luxueuse maison au bord du lac, elle ne supporte plus sa famille, son pavillon si moche, car elle trouve soudain tout moche et sa vie insupportable.

Lorsque le film sortit en décembre 1985, ce fut un vrai raz-de-marée : 2,7 millions de spectateurs. Jamais Claude Miller n'avait fait mieux, jamais il ne ferait aussi bien. Toutes les adolescentes s'étaient précipitées et le monde fragile des jeunes filles françaises connut soudain une grave ligne de fracture : il y avait celles qui s'identifièrent à Charlotte Gainsbourg, à cette seringue râleuse et mal dans sa peau, mais il y eut aussi celles qui rêvaient de ressembler à Clara, qui voulaient la même robe rouge, les mêmes beaux cheveux blonds et qui regrettèrent soudain de ne pas mieux maîtriser les gammes au piano. Etre Clara ou Charlotte. La princesse ou la bergère. Au milieu, une troisième petite fille insolite eut son petit succès : Lulu et ses yeux qui louchent, ses grosses lunettes, ses médocs et ses drôles de phrases trop grandes pour elle. Lulu, qui traîne toujours dans les pattes de Charlotte et ne supporte pas son désamour, devint du jour au lendemain la mascotte des vilains petits canards.

A aime B qui aime C qui n'aime pas B, le tout chez des filles pas même encore en fleurs. *L'Effrontée* est un film sur le désir, les miroirs qui brillent, l'envie taraudante d'être quelqu'un d'autre à l'âge où l'on ne sait pas encore, où l'on n'aime pas qui l'on est. Mais qui étaient ces trois petites filles ? Ressemblaient-elles à leurs rôles ? Et comment ont-elles grandi après ce film ?

Pour Charlotte Gainsbourg, la réponse est évidente. Celle qui dit dans le film « j'ai envie d'être tout le monde sauf moi » fait aujourd'hui ce qu'elle aime, actrice, chanteuse, et elle le fait plutôt bien, saluée, plébiscitée. Mais le personnage de Charlotte lui a longtemps collé à la peau. Car tout le monde s'est dit que c'était elle, évidemment, cette jeune fille écorchée au petit filet de voix et à la timidité maladive. En prime, la pauvrette avait eu droit au bonus-malus Gainsbourg qui n'avait pu s'empêcher, lors du César reçu par sa fille, de faire son show habituel de papa poule ambigu.

L'envie de jouer, elle ne l'avait jamais formulée : « Ma mère (Jane Birkin) a deviné. Des regards en coin. On faisait des petits films à la maison, j'étais nulle, j'avais ma petite voix, mais ça me démangeait. J'étais un peu jalouse de Laure Marsac que Jacques Doillon, qui vivait avec maman, venait de choisir pour *La Pirate*. Ma mère a croisé Margot Capelier, qui s'occupait du casting de *Paroles et Musique*, elle cherchait un jeune garçon, Maman lui a dit : ne cherche plus, c'est une fille, c'est la mienne. Voilà comment tout a commencé, par un mot qu'elle m'a laissé sur la table : il y a un casting dans le 16e, vas-y. »

Elle tiendra un petit rôle dans *Paroles et Musique*, qui sort en même temps que le disque *Lemon Incest*. Le clip fait scandale et Charlotte devient célèbre à treize ans. Mais elle est en quatrième et pour avoir la paix, elle prend elle-même la décision de fuir Paris et de s'inscrire en pension à Villars en Suisse. C'est là qu'elle entend parler du projet de *L'Effrontée*. Elle connaît un peu Claude Miller, qui a un projet avec Jane Birkin. Annie Miller, l'épouse du cinéaste, qui vient chercher Charlotte dans la pension suisse, tombe sur une jeune fille mutique : « Je ne parlais à personne, sinon à Bambou, la compagne de mon père. » Ce mutisme avec les adultes ne l'empêche pas de prendre du plaisir à jouer : « Ça sortait : de la cruauté, de la méchanceté, des trucs de môme. Je n'en ai pas éprouvé de bien-être, mais tout m'amusait. Je m'entendais bien avec l'équipe, je faisais des paris avec la première assistante. Je n'avais aucune appréhension, j'étais dans l'instant, j'étais le personnage, je pensais que ce pavillon, où vivait mon personnage, était vraiment le mien. » Elle se souvient de ses lubies de gamine : s'acheter une mobylette, tomber amoureuse de Jean-Philippe Ecoffey, le jeune et séduisant acteur suisse. Elle découvre aussi l'égocentrisme : « Pour la première fois, on me regardait vraiment. » L'exercice de *L'Effrontée* a été donc fondateur, car elle apprend que jouer, c'est faire plaisir au monsieur derrière la caméra. « J'ai gardé cette docilité. Elle me vient de ce film. » Une docilité qui n'exclut pas la conscience de ses limites. Pour s'améliorer, elle s'inscrit au club de théâtre du lycée Racine où elle fait sa seconde. « Je n'ai même pas été prise pour la pièce de fin d'année. » Le César du meilleur espoir recalé au théâtre de son lycée ! Le chemin est encore long.

Miller la réengage pour *La Petite Voleuse*, elle a dix-sept ans : « Je suis plus sérieuse, concentrée. L'équipe du film devient une seconde famille. » Mais elle échoue au casting des *Liaisons dangereuses* de Milos Forman pour le rôle de Cécile de Volanges et prend, à dix-neuf ans, un chemin de traverse qui passe par les Beaux-Arts, l'Académie Charpentier. « Je faisais semblant de ne pas vouloir devenir actrice. Mais j'ai été libre, une liberté que je n'ai plus jamais retrouvée. » La mort de son père, un gros chagrin d'amour : à vingt et un ans, elle est au fond du trou. Mais sur le tournage de *Merci la vie*, dont elle partage l'affiche avec Anouk Grinberg, elle observe cette actrice qui annote et construit son personnage : elle découvre enfin que jouer est un métier.

Aujourd'hui, réconciliée avec elle-même, elle regarde *L'Effrontée* avec indulgence. « Quand je me revois, je m'attendris. Je me suis détestée si longtemps », avoue-t-elle, un mois après avoir reçu à Cannes son prix d'interprétation pour le film de Lars von Trier, *Antichrist*. Depuis son César du meilleur espoir, vingt-quatre ans ont passé. Il aura fallu du temps, mais l'espoir a été confirmé, la promesse tenue. Le petit animal sauvage, qui enviait la pianiste Clara Bauman, est lui-même envié. Oui, l'exercice a été profitable, plus joyeux qu'il n'y paraît sur l'écran. Charlotte for ever.

Sur le tournage, Lulu l'avait trouvée très gentille. Lulu, c'est Julie Glenn, la fille du grand chef opérateur Pierre-William Glenn. Elle est aussi la nièce de Claude Miller, qui a épousé la sœur de Glenn. Dans le film, Lulu est accro à Charlotte, mais dans la réalité, la petite Julie, six ans, avait fait un transfert : elle était accro à Clara Bauman, alias Clothilde Baudon. « C'était une façon de compenser par rapport à l'histoire de *L'Effrontée*, analyse-t-elle aujourd'hui. Le personnage de la pianiste, mon personnage ne l'aimait pas, mais sur le tournage, j'aimais beaucoup Clothilde. » Julie est une enfant de la balle. Sa mère était scripte, photographe de plateau, et elle lui fit travailler son texte que Claude Miller avait rédigé en s'inspirant de Carson McCullers, mais aussi de sa nièce, enfant précoce qui prononçait parfois des phrases de ministre.

Sur le tournage, elle comprend déjà que le cinéma, c'est du sérieux, un travail d'adulte. Elle s'énerve parfois toute seule, mais s'amuse aussi : on a coupé ses cheveux, on l'a affublée d'un short, d'un bob, d'un débardeur trop grand, une panoplie qui lui donne une dégaine impossible à oublier, dont on se souvient avec tendresse. Elle aurait pu être le Petit Gibus de *L'Effrontée*, mais c'est Charlotte qui a raflé la mise. La gloire est capricieuse. A l'avant-première, elle se cache, elle a honte. Une fois le film sur les écrans, elle devient pourtant la vedette du village où elle vit, à l'est de Paris. *L'Effrontée* la suit, les professeurs lui en parlent et chaque été, elle continue de tourner pour la télévision où elle croise des jeunes qui lâchent leurs études pour des miroirs aux alouettes. Mais cette enfant de la balle connaît la musique et ne lâche rien.

A dix-huit ans pourtant, elle coupe les ponts. Avec la cagnotte accumulée, elle s'en va faire de la musique à Barcelone, car depuis l'âge de six ans, elle joue du piano. La vraie pianiste du trio d'actrices, c'était elle. Puis elle va vivre à la montagne, revient faire l'école d'Alice Dona à Bobino : danse, solfège, chant, avec une formation de théâtre suivie en parallèle. Elle se cherche. Un agent la remet sur les rails, elle passe des castings, son nom l'aide un peu, *L'Effrontée* aussi, mais sans plus. Cela ne (re)prend pas. Elle donne des coups de main au clan Miller (pour *La Petite Lili* et *Un secret*), part à Naples, la ville de sa mère, où elle écrit un long-métrage qu'elle espère réaliser. En attendant, elle aide son oncle, Claude, et son cousin, Nathan, qui coréalisent *Je suis heureux que ma mère soit vivante*. Elle s'y occupe des… enfants. « Je me sers de *L'Effrontée*. Du souvenir de ma fatigue, à l'époque : parfois, Claude ne pouvait plus rien me demander, cela ne sortait plus. J'essaie de ressentir ce que ressent le gosse. Je suis là aussi pour que la suite se passe bien, ne tourne pas au délire. » Elle dit avoir eu de la chance, l'avoir échappé belle. Lulu coach d'enfant : la boucle est presque bouclée.

Il reste Clara Bauman. Une jeune femme, qui porte les mêmes initiales : Clothilde Baudon. Retrouvée avec peine, car elle a rompu avec le milieu. Son dernier agent – elle a tenu quelques rôles à la télé en 2004 – m'oriente vers Marseille. De fil en aiguille, je tombe sur une jeune femme grave, habitée, charmante, avec qui je prends un verre dans le quartier du Panier où elle s'est installée. Le discours est bien différent. En guise de préambule, une mise au point : elle ne ressemblait en rien à la poupée

Bauman. Garçon manqué, elle n'avait jamais mis une robe ni fait de piano. Déjà maître en casting, Dominique Besnehard, qui avait en tête l'image d'un tableau de Renoir, *Jeunes Filles au piano*, a commencé par chercher une jeune musicienne. En vain. De guerre lasse, il s'est rabattu sur les spectacles pour adultes avec enfants. C'est dans le 17e arrondissement qu'il déniche Clothilde, qui y a suivi sa grande sœur. Elle se sent à l'aise sur une scène, moins devant la caméra, décrite comme un œil intrusif. Du tournage à Evian, elle garde pourtant un souvenir assez doux, enveloppant, parfois magique. Un film se fait, mais c'est l'affaire des grands et pendant ce temps, elle fait du pédalo sur le lac Léman, s'amuse avec des pétards, essaie des robes : le cinéma a des airs de vacances rigolotes. Elle s'entend bien avec Charlotte, une fille comme les autres, qui devient meneuse, une fois sa timidité surmontée. Jusque-là, tout va bien. Jusqu'à la sortie du film.

« Je n'avais pas compris que mon personnage fascinait. Que je jouais un fantasme auquel les filles, comme les garçons, m'ont identifiée. Qu'est-ce qui se passe ? Qu'est-ce qui leur arrive, je me disais. Il a fallu que je sois à la hauteur de ce fantasme. On me prenait pour une autre, on venait vers moi, fasciné, intéressé, comme avec une fille de milliardaire. Mais j'étais incapable de donner ce que les gens attendaient. Tous les rapports étaient faussés. » Clothilde marque une pause, reprend son souffle, avant de poursuivre : « On ne m'a pas prévenue. Rien expliqué. Ce rôle, je le garde comme un fantôme, enfermé dans une boîte. Quelque chose s'est tordu, que je n'arrive pas à réparer. C'est une manipulation, une sorte de viol : sur le moment, on ne comprend pas, mais un enfant n'a rien à faire là-dedans. J'ai mis du temps à m'en parler. »

Là-dessus, s'est rajoutée la mère : « Elle était obnubilée par le cinéma, elle voulait devenir actrice. Elle ne s'occupait que de mon image, me poussait à continuer, dans une attente perpétuelle. Elle n'a rien compris. Je n'ai pas été éduquée. » A seize ans, elle coupe les ponts, se prend en main, apprend à jouer, car *L'Effrontée*, heureusement, ne l'en a pas dégoûtée. « Je préfère le processus, le contexte, au résultat. » Elle se produit dans de petits théâtres, travaille bénévolement avec des femmes en prison, des psychotiques. On est loin, très loin, du cinéma et de Clara Bauman. Elle est partie aussi s'installer à l'autre bout de la France, dans cette ville où elle se dit heureuse. Pour gagner sa vie, elle relooke des appartements, les fait visiter, une manière aussi pour elle de jouer un rôle.

Alors que nous marchons sur le Vieux-Port, Clothilde Baudon évoque à nouveau le cinéma, qui lui a « donné une morale » : comme spectatrice, non comme actrice. Elle voue un culte au western : « J'aime sa dureté, sa loyauté, cette vérité dans les relations humaines. Depuis *L'Effrontée*, je sens très vite tout ce qui est faux. C'est pour cela que j'aime tellement le cinéma de Pialat et les tableaux de Bacon : ils fouillent à l'intérieur, ils montrent ce qu'il y a de monstrueux. » Je prends congé en repensant à ces paroles fortes, où *L'Effrontée* ressurgit comme un contre-modèle, mais aussi une épreuve de vérité. Des trois jeunes filles, Clothilde est la plus marquée. Avec le temps, elle est devenue la véritable effrontée.

Au revoir les enfants : Gaspard Manesse

Si Gaspard Manesse, trente-six ans, avait une chose à retenir d'*Au revoir les enfants*, ce serait sa dimension politique. La claire conscience que la barbarie menace, toujours rampante. En 1999, douze ans après le tournage, il avait été invité à commémorer l'arrestation des trois enfants juifs à Notre-Dame de Sion d'Avon, le collège religieux où Louis Malle avait été élève pendant la guerre. Le souvenir obsédant de cette tragédie allait être à l'origine, quarante ans plus tard, d'*Au revoir les enfants*. Ce jour-là, les fantômes de l'inhumanité nazie furent évoqués. Il est bien de ne pas oublier, avait précisé Gaspard Manesse, mais il faut être attentif à la barbarie d'aujourd'hui. On était alors en pleine guerre du Kosovo, avec ses massacres, ses charniers.

Il est ainsi, Gaspard Manesse. Engagé. Entier. Intraitable. La barbarie actuelle, il la côtoie au quotidien comme infirmier au sanatorium de Bligny, dans l'Essonne. Le dernier sanatorium de France, qui traite notamment les tuberculoses multirésistantes. On est loin de *La Montagne magique*. Les malades se recrutent parmi les SDF, les réfugiés, les clandestins… Des rescapés de la misère du monde, qui ont parfois transité par les centres de rétention. Et Manesse d'évoquer les fléaux conjugués du néolibéralisme et de la mondialisation, qui ont permis la résurgence en France d'une maladie que l'on croyait éradiquée. Rien à voir avec son personnage de Julien, fils de la haute bourgeoisie parisienne et double de Louis Malle, l'héritier des Béghin-Say.

Chaque jour, Manesse côtoie ces damnés de la terre. Le soir, il habite dans un lieu collectif au sud des Yvelines, à la campagne, où il mène un projet associatif depuis qu'il a passé en 2006 un bac agricole. Que fais-tu là-bas ? lui demande-t-on souvent. Pourquoi n'as-tu pas continué le cinéma ? Il admet, avec un léger sourire, qu'on ne comprend pas toujours son parcours.

Il y a deux enfants dans *Au revoir les enfants*. Julien, le fils de la grande bourgeoisie, et Bonnet, le garçon juif qui vient, sous une fausse identité, se cacher dans l'institution religieuse d'Avon. Bonnet, alias Raphael Fejtö, n'a pas voulu participer à ce livre. C'est même le seul qui ait refusé. « Mes souvenirs avec Louis Malle ne regardent que moi. » Hasard ou coïncidence : Fejtö est aussi le seul qui soit devenu réalisateur. Il a tourné deux films, *Osmose* et *L'Age d'homme*, avec Romain Duris, son ami d'enfance. Fejtö, Duris, mais aussi Gaspard Manesse étaient tous du même collège Turgot, rue Turbigo. Hypothèse étrange d'un Duris qui aurait pu débuter avec Louis Malle.

Le cinéaste avait d'abord recherché des enfants comédiens, avant de privilégier la spontanéité. Sa directrice de casting, Jeanne Biras, avait donc commencé à faire la sortie des collèges. Manesse fut trouvé avant Fejtö. Incarner Hans-Helmut Michel, l'enfant juif arrêté et déporté à Auschwitz par le convoi 67, avait été plus délicat pour Louis Malle.

Gaspard Manesse reçoit encore du courrier via Facebook. Ses réponses provoquent toujours un étonnement. Comme s'il était un pur fantasme qui ne se conçoit que sur un écran. Il n'a pas oublié les centaines de lettres reçues après la sortie du film. Ni même les adultes, qui venaient le draguer à la sortie du collège et parfois sonner chez lui. Le cinéma provoque toutes sortes d'engouements. Pour ma part, j'associe ce film à un samedi après-midi de l'automne 1987 passé au Champollion, avec quelques camarades d'hypokhâgne. Pour la première fois, je me retrouvais assis à côté de la jeune fille qui allait devenir mon grand amour de jeunesse. En jetant des coups d'œil furtifs, j'avais cru deviner son émotion. Dans la foulée, autour d'un verre, j'avais défendu le film contre deux garçons un peu cyniques qui ne l'avaient pas aimé. Aucun souvenir par contre de l'émotion collective provoquée par *Au revoir les enfants*, sorti peu après le procès Barbie, et qui plaquait des images fortes sur les rafles d'enfants juifs en France revenues soudain sur le devant de la scène. On en était aux prémices de la mémoire de la Shoah et de sa résurgence hexagonale. J'avais oublié également que le film avait obtenu sept Césars et que plus de trois millions de spectateurs étaient allés le voir.

J'ai retrouvé Gaspard Manesse grâce à sa fiche Wikipédia. Elle indiquait son appartenance – en réalité révolue – au groupe Surnatural Orchestra. Plutôt que de musique, il préfère me reparler de conscience. A l'époque, il ne s'était pas rendu compte de la confiance que lui témoignait Louis Malle en lui demandant d'incarner le petit garçon qu'il avait été. Il est vrai que le cinéaste lui en avait dit le moins possible, pour ne pas fausser sa spontanéité. Pour ne pas le paralyser avec ce souvenir dramatique qui le hantait. *Au revoir les enfants* se conclut sur une scène troublante : par un simple regard qui lui échappe, Julien dénonce involontairement Bonnet, ex-Kippelstein, alors que le gestapiste Müller tourne dans la classe à la recherche des enfants juifs qui s'y cachent. Dans la réalité, Louis Malle n'avait pas provoqué la mort de son camarade, mais il exprimait ainsi la culpabilité qui l'avait accompagné toute sa vie. Manesse y voit aussi une culpabilité de classe, de cette grande bourgeoisie à laquelle appartenait Louis Malle et qui avait continué, dans sa majorité, à faire des affaires au cours de la guerre.

Conscience toujours, quand Manesse, lors de la promotion du film, découvre le luxe démesuré de sa suite de l'Hôtel des Bains de Venise où Louis Malle obtiendra le Lion d'or. Ce fils d'universitaires divorcés grandi près de République fut ainsi averti très tôt, dit-il, d'une société « où le fric et la futilité règnent en maître ». Il se confronta aussi au fantasme voyeur d'un public qui eut soudain envie de tout savoir sur lui : qu'est-ce qu'ils me veulent, calmez-vous, les gars, laissez-moi tranquille… Autant de phrases qu'il s'était souvent répétées à l'époque. Il se souvient d'une présentation du film au musée d'Océanographie où il avait dû affronter ce feu roulant de questions auxquelles il n'avait pas répondu, agacé : Louis Malle, qui l'accompagnait, avait compris que l'enfant était livré à lui-même.

A douze ans, rien ne vous prépare à vous retrouver en 4 par 3 dans le métro. Sa mère, elle-même, fut un peu dépassée. A Venise, Jean-Louis Trintignant avait déjà mis en garde les deux garçons : « Faites attention, les gars, si vous voulez faire du cinéma, c'est maintenant que tout se joue, cela peut valoir le coup, mais il ne faut pas laisser passer le train. » Le train suivant aurait pu être ce *Bal du Gouverneur* où Marie-France Pisier l'invita à monter. Peu emballé par le rôle du précepteur qu'on lui proposait, Gaspard avait décliné l'offre. Et le grand train du cinéma s'était éloigné dans la nuit.

Mais il restait un cachet. Avec les 10 % qu'il eut le droit de toucher sans attendre ses dix-huit ans, il s'achète son premier cornet à pistons. Il baigne dans la musique depuis son enfance et intègre plusieurs groupes semi-professionnels. Après des études de médecine avortées, il passe un diplôme pour devenir infirmier sans pour autant oublier le cinéma. Entre-temps, il a joué dans quatre courts-métrages, a fait une apparition dans un long (*Erreur de jeunesse*, 1989), avant d'interpréter un des rôles principaux dans un long-métrage tourné par un ami (*Comme il vient*, 2002). Puis il croise pour un court-métrage la route de Justine Malle, qui lui montre d'autres films de son père. Il découvre ainsi tardivement un cinéaste dont il admire la sensibilité, l'honnêteté et la capacité à se remettre en question. Il est surpris par le ciné-journal tenu par Malle en Inde juste avant 1968. Il avait connu un cinéaste d'âge mûr, il a la révélation d'un homme barbu en rupture de ban.

Récemment, on a pu apercevoir à nouveau Gaspard Manesse dans un film tourné par Dyana Gaye, *Un transport en commun*, une comédie musicale, qui a été sélectionnée à Sundance, Toronto, et nommée aux derniers Césars. Avec cette réalisatrice franco-sénégalaise, il est revenu à son amour de jeunesse, qui lui manque un peu. Le cinéma, il est tombé dedans tout petit, il s'y sent bien. Selon les époques, selon son humeur, il a parfois le regret de ce film où d'autres faisaient également leurs débuts : François Berléand, Irène Jacob, et un certain Mathieu Amalric en guise de troisième assistant. Mais attention, il ne veut pas tourner n'importe quoi. Pas question de se vendre. Le cinéma aussi est un acte politique.

Interview de Dominique Besnehard

Avant d'être l'agent des stars, Dominique Besnehard, aujourd'hui producteur, a découvert beaucoup d'enfants acteurs. Il fut même, dans cette catégorie, une sorte de pionnier.

Comment êtes-vous devenu le spécialiste des enfants au cinéma ?

Dominique Besnehard : Jusqu'aux années 70, on tournait relativement peu de films avec eux. Le « cheptel » venait de quelques tribus familiales, les Maurin (d'où Patrick Dewaere est issu), les Demongeot, et de l'école des Enfants du Spectacle. Puis le genre a fleuri après 1968 et il a fallu se diversifier pour les trouver. Par exemple, pour *Un sac de billes*, en 1975, j'ai visité les Talmud-Torah, je suis allé aussi dans les catéchismes. Durant le tournage, j'ai fait répéter les enfants, je leur faisais chanter *Maréchal, nous voilà.* Claude Berri, qui coproduisait ce film, m'a promis qu'il allait me rappeler. J'ai enchaîné avec le gosse du *Jouet*, le premier film de Francis Veber.

Pour les écoles publiques, on avait de la peine à obtenir des autorisations du ministère de l'Education nationale. Je me suis rabattu sur les écoles privées, plus ouvertes au cinéma. Le père di Falco, qui enseignait rue Madame, m'a beaucoup aidé. J'ai écumé les boîtes privées de Paris. Par la suite, on m'appelait dès qu'il y avait un gosse à trouver.

Comment procédiez-vous exactement ?

Je ne m'adressais jamais directement aux enfants. J'allais au club de théâtre, j'observais. On me présentait parfois comme un jeune inspecteur pédagogique. Ou je faisais un cours sur le cinéma. Mais je n'évoquais pas le projet du film, je n'en avais d'ailleurs pas l'autorisation. Puis je faisais mon rapport à mon relais dans l'établissement, qui en parlait aux parents.

Quelle a été votre plus belle découverte ?

La petite de *La Drôlesse*, Mado Desdevises. Je m'étais rendu dans toutes les écoles du Cotentin, car Jacques Doillon voulait tourner dans cette région. J'étais avec Mic Cheminal, la costumière, à Saint-Aubin-du-Perron. Lorsqu'on a fait notre cours sur le cinéma, la petite Mado nous écoutait, le menton appuyé sur sa main, puis elle a posé des questions très intelligentes. Elle avait onze, douze ans, mais un visage extraordinaire, une sensualité incroyable. C'était Béatrice Dalle en petite fille. Avec Mic, on s'est regardés. Le professeur nous a expliqué qu'elle venait d'un milieu très pauvre. Ses parents vivaient dans des baraquements d'après-guerre, on y est allés. Le père était cantonnier, la mère a voulu mettre une nappe sur la table, mais la petite l'a arrêtée : « Maman, ne change rien. » Elle voulait garder sa dignité. Lorsqu'on lui a demandé si elle avait envie de jouer, elle nous a répondu : « Je veux bien essayer, mais c'est pour faire des études avec l'argent que je gagnerai. » A l'époque, on ne faisait que des Polaroid, Doillon les a regardés, il l'a retenue et on est retournés ensemble dans le baraquement. Entre-temps, on l'avait fait travailler, mais elle était fausse, trop cérébrale. Doillon a passé l'après-midi avec elle dans un bar et il a décidé que ce serait elle. En une journée, elle a tout compris du cinéma. Après le tournage, je suis allé la revoir, car mes parents habitaient la région. Puis je suis parti travailler sur *Le Retour de Martin Guerre*. Lorsque je suis rentré à Paris, j'avais de nombreux messages de sa sœur, qui tenait un bar à Carentan : « Mado va très mal, elle est à l'hôpital de Caen. » Je me suis rendu à son chevet, elle me posait encore des questions sur le film. Elle avait été mal soignée par un médecin de campagne, qui n'avait pas diagnostiqué une leucémie. Les infirmières m'ont dit : elle en a pour dix jours. J'ai appelé Doillon qui a accouru. Elle nous a dit au revoir. On s'est rendus à l'enterrement. Le souvenir le plus fort avec elle reste le festival de Cannes en mai 1979. Elle avait assumé la promotion comme une vraie pro mais, juste avant de partir, elle m'a demandé très gentiment : est-ce que je pourrais aller me tremper les pieds, je n'ai jamais vu la Méditerranée. C'était une petite fille qui n'était jamais sortie du Cotentin et on ne lui avait même pas proposé de se baigner. En repartant, à la gare de Cannes, un assistant d'Yves Boisset était venu nous voir : elle est extraordinaire, vous pouvez me dire comment contacter ses parents. Mais Mado m'avait tiré par la manche : ne lui donne rien, je veux faire mes études.

Qu'est-ce qui a changé aujourd'hui ?

Aujourd'hui, tourner avec les gosses est entré dans les mœurs. Vous les arrêtez dans la rue, parfois, ils s'en fichent de faire du cinéma. La magie a disparu. Ils sont plus facilement bons, car ils voient bien plus de films. A l'époque, c'était toute une aventure.

Comment faut-il se comporter avec un enfant sur un tournage ?

Il faut le responsabiliser. Il doit voir que c'est un jeu, mais que c'est aussi un travail. Pourtant, il ne faut jamais le forcer. On choisit un enfant non parce qu'il joue bien, mais pour son humeur, son charisme. J'en ai tellement croisé dans les cours de théâtre, qui savaient dire un texte, mais ne dégageaient pas grand-chose. Le gosse de *La Vie devant soi*, il n'était pas bon aux essais, mais il avait une telle beauté…

Comment expliquer qu'aussi peu d'enfants aient continué ?

Un premier film, c'est la coïncidence entre un gamin, un rôle, un physique. Les enfants changent. La « Drôlesse », un an après, était déjà devenue un peu lourde, elle avait perdu de sa grâce. Cela dépend aussi des parents. Est-ce que les gosses sont bien entourés ? Moi, je leur déconseillais de s'inscrire dans des agences pour enfants. On entre dans une spirale. J'ai vu trop de castings où les enfants n'avaient pas envie d'être là, il y avait la mère qui poussait. Les parents étaient souvent des acteurs frustrés.

Avez-vous des regrets ?

Je parlerais plutôt d'une honte. C'était en 1981, sur *Le Retour de Martin Guerre* avec l'enfant qui jouait le fils de Nathalie Baye et de Gérard Depardieu. Nous tournions à Saint-Girons et dans les environs, une région qui avait attiré beaucoup de hippies. Quelques jours avant la fin du tournage, alors que je cherchais des figurants, j'ai remarqué un type blond, magnifique, et je l'ai engagé. Il s'appelait Didier Gentil, il avait l'air sympa, il s'est tout de suite bien entendu avec le gosse, ils sont même devenus inséparables. On avait encore quelques jours à faire à Perpignan, le type nous a accompagnés, le gosse voulait qu'il dorme dans sa chambre. Mais un soir, alors que je revenais du restaurant avec Nathalie Baye et Depardieu, je trouve le gamin en larmes, avec des traces de coups sur le visage. La panique. Je lui ai demandé s'il avait été abusé, il m'a assuré que non. J'étais très embêté par rapport aux parents que j'ai appelés. Nous avons pris ensemble la décision de ne pas porter plainte, même si le type était parti en nous volant aussi pas mal d'objets. Le lendemain, le gosse tournait et il avait un gros cocard sur l'œil : j'ai préféré dire au réalisateur qu'il était tombé dans l'escalier.

Malheureusement, l'histoire ne s'arrête pas là. Des années plus tard, j'ai été contacté par la police de Marseille. Mon nom leur avait été donné par Didier Gentil, qui avait été arrêté en 1988 pour le meurtre de Céline Jourdan, une petite fille tuée dans les Hautes-Alpes. Les médias ont appelé cela l'affaire de l'Indien, du nom de l'acolyte de Gentil, Richard Roman, qui avait été baptisé ainsi. Roman a été acquitté, mais Gentil condamné à perpétuité. Dans sa déposition, il avait déclaré que le seul moment heureux de sa vie avait été ces quelques jours passés sur le tournage de *Martin Guerre*. Toute ma vie, je me suis posé la question : et si nous avions porté plainte ?

REMERCIEMENTS

A tous les « enfants » qui m'ont fait confiance.

A tous les témoins qui ont accepté de se souvenir.

A Antoine Perreaux, qui m'avait parlé des enfants de *L'Argent de poche*.

A Paul Claverie, pour sa disponibilité.

A Monica Donati, pour m'avoir mis sur la voie « Chaplin ».

A Maëlle Arnaud, pour la piste Mouchette.

A Marie-Françoise Leclère, pour ses nombreux conseils.

CRÉDITS PHOTOGRAPHIQUES

Sauf mention contraire, toutes les photographies sont issues des collections particulières des acteurs.

Page 1 : En haut :
© Collection Christophel
En bas : Prod DB © Films du Carrosse / DR
Page 2 : © Collection Christophel
Page 3 : © Collection Christophel
Page 4 : En bas : © Collection Christophel
En haut : © Collection Christophel ;
en médaillon : Tous Droits Réservés

Table

Du même auteur :

L'ÉLÈVE TROUBLÉ, roman, Fayard, 1995.
L'ÉQUIPIER, roman, Fayard, 1997.
LES ENVELOPPES, roman, Stock, 1999.
PROLONGATIONS, essai, Castor Astral, 2002.
L'HOMME DE LYON, roman, Grasset, 2011.

Traductions

PARTITION, de Rita Kuczynski, Actes Sud, 1996 (traduit de l'allemand).
J'AI CONNU KAFKA, collectif, Actes Sud, 1998 (traduit de l'allemand).
KURAJ, de Silvia di Natale, Gallimard, 2003 (traduit de l'italien).

PAPIER À BASE DE FIBRES CERTIFIÉES

Le Livre de Poche s'engage pour l'environnement en réduisant l'empreinte carbone de ses livres. Celle de cet exemplaire est de :
350 g éq. CO_2
Rendez-vous sur www.livredepoche-durable.fr

Composition réalisée par NORD COMPO

Achevé d'imprimer en avril 2013 en France par
CPI BRODARD ET TAUPIN
La Flèche (Sarthe)
N° d'impression : 73268
Dépôt légal 1re publication : mai 2013
LIBRAIRIE GÉNÉRALE FRANÇAISE
31, rue de Fleurus – 75278 Paris Cedex 06

31/6735/0